消失的城镇

[日] 三崎 亚记——著

帅松生——译

上海译文出版社

目 录

序曲暨尾声······················· 1

Episode 1　待风之丘·············· 11

Episode 2　引航海流·············· 51

Episode 3　深灰月色·············· 97

Episode 4　绝世之音·············· 149

Episode 5　舵手呼唤·············· 193

Episode 6　隔绝光迹·············· 251

Episode 7　壶中阿望·············· 323

尾声暨序曲······················ 383

序曲暨尾声

"系统全部归零!"十二号干哑的声音在监视车内回荡。

安装在墙壁上的二十余台监视器,无一不放映着城镇的低解析度夜视图像。所有的监视器内全都人迹杳然,夜晚的十字路口和街道宛若静止的画面。

"预计三号二十秒后从十四号监视器前通过。还剩十秒……五、四、三、二,确认通过!"

"明白!图像解析!渗透开始!"在逼仄的车体内,六号轻轻地叹息了一声。

人生几近二十年的时光,全都倾注在构建系统上。自己的努力能否开花结果,今夜就可以得到验证。想到这儿,她便觉得自己似乎就要被重压摧毁。她从上衣里兜内取出一纸书简。这封残破不全、颜色几乎褪尽的信件,就像是一道护身符,一直被她带在身边。

"十四号监视器,图像解析完毕。观察结果未见消失。系统全部归零。"

"明白!系统全部归零!"

只是留下了终端系统的演示区域,其他监视器全都转换成了普通模式。车体里高涨的内压俄顷间便恢复了常态。六号抬起头来看了一眼挂在墙上的挂钟。并排悬挂在墙上的两个挂钟，一个只有短针，指向八点；另一个只有长针，指向三十五分。

三十年前的那起事件的发生时刻被推定为深夜十一时许。如果此次也是相同时刻的话，那就还剩有几个小时的富余时间。

"下次是从八号监视器前通过。还有二十分钟的时间。六号，你可以休息一会儿。"十二号凝视着终端装置，声音压抑。黑夜还很漫长。六号默然颔首，摘下了耳机。

今夜果真能够阻止城镇的"消失"吗？

刚刚迈出监视车辆一步，身体立刻就被一股寒冷的夜风所包围，令人难以相信眼下的季节已经是四月。寒气使眼内沁出了泪水。六号抬头仰望着长空。因为云翳厚重，天空看上去显得逼仄阴郁。

"云层很低……"六号由佳一边深深吸入刺骨的冷风，一边解开一层又一层的"抑制"屏障①，使自己从几乎覆盖着整个车辆的拱形过滤板的影响区域内解脱出来。

眼前出现一片城镇之光。

在居民已经撤离完毕的城镇里，看不到可以显示出人类生存迹象的温馨灯火，只有街灯井然排列在那里，闪烁着白光。这个无人的城镇，似乎也要强迫其保持秩序似的，红绿灯每隔一定时间就会改变颜色，如是反复不已。从那幽然闪烁的光线上，无法感受到"城镇"的意识。

城镇消失时，既不会出现冲击和震动，也不会伴随声响和光亮，

---

① 指通过训练来控制感情的起伏，以防止受到污染。全称"感情抑制"，是管理局的人员需要掌握的技能。

只有人销声匿迹。

与三十年前月濑镇的消失不同，此次，人没有消失。因此也就难以判断出消失的具体时间。既然人的思绪没有消失，"残光"也就不会在城镇中闪烁。

"'城镇'并无可怕之处。对于一个内心世界处于自由状态的人来说，'城镇'绝不会令其感到恐惧。如果是由佳的话，一定没问题！"

阿润的话如今依旧藏匿在由佳的心底，并一直在引导着她。她一面俯瞰着城镇上的光，一面再次回味起迄今为止自己与各类人物的际会轨迹。

记忆停留在二十七岁的和宏。他所不断描绘的，是已经消失了的月濑镇。而且，那并不是记忆中的风景，而是已被封闭了的、无人踏入而行将腐朽的现实的城镇风景。

他受到了"城镇"的"污染"，并由此以某种形式与"城镇"连接在了一起。管理局一直在认真观察他的绘画。

两年前的某日，他的笔下之作发生了变化。风景已经不再是腐朽的建筑物，而是开始描绘人了。据此，管理局得出了如下结论——这是下次即将消失的城镇的风景，于是预测并圈定了五处将要消失的城镇。

最终确定此次消失地，则是根据他一年前画下的给人以深刻印象的城址和两根烟囱的投影。没错，恰恰就是现在由佳从山丘上俯瞰着的景致。

在确定了消失地以后，便按照当初的计划，由"分身"阿响居住在城镇中，探寻着"城镇"的意识动向。如果让居民过早撤出，"城镇"的意识就会发生变化，消失就会转移到其他城镇。可是另一方面，如果居民的身上出现了"消失适应"症状，又会导致他们与城镇一起消失——倘若在出现了这种状态后再采取对策的话，则为时已晚。因此，必须小心谨慎伺机而行，否则就会前功尽弃。

由"城镇"引发的消失适应扩散于两个月前。"城镇"将一种能够诱使人们服从消失的特殊声音，安插进城镇所产生的所有声音内。尽管受到上述声音的侵蚀，"分身"阿响依旧与消失适应进行着抗争，并利用分身者特有的"心灵感应力"，向待命于城镇外的"原身"阿响通报着"城镇"的动向。

看到消失适应的征兆后，"消失对抗音"便一齐被发送到城镇里。阿润在自己消失前曾把"音种"托付给了由佳。在近乎二十年的岁月里利用这一"音种"酿造出来的音，中和了城镇居民的消失适应，并把他们强行带出了城镇。也就是在三天前，所有的居民才完全撤离了城镇。

如今，只有三号调查员阿望一人留在城镇里，观察着城镇的动向——她是一个拥有消失抗性的人，对消失具有亲和力。

"阿润，这样的结果你是否满意呢？"由佳这样自言自语着，脑海中浮现出来的阿润形象依旧是他十五岁时的样子。由佳的头上虽然已经明显地出现了银丝，然而其心理年龄却与和阿润朝夕相处时并无二致。

由于三十年前月濑镇的消失，她失去了阿润。阿润托付她"斩断消失连锁反应"的夙愿，如今是否已经实现了呢？

"城镇"对管理局的抵抗察觉几多？它的触手能够伸展到何处呢？对此无人能够做出预测。眼下的瞬间也是如此，"城镇"和管理局之间正在暗中进行一场无声无息因而也就更为炙烈的博弈。

"'城镇'不可小觑，虽如此，亦不足为惧！"

由佳的脑海里浮现出自己几乎从未接触过的前总监在上次消失时说过的话。将管理局这个过去只是单纯负责回收消失污染物的机构变革成一个预测未来的消失、具有战略意义的对抗未来消失的组织——构筑起这样的基础，简直就像传奇一般。

即便防止了城镇的消失，该做的事情和不得不考虑的事情也同样不胜枚举。人并未消失的城镇是否也会出现"二次消失"？已经离去的居民何时才能重返家园？最大的问题则是：消失被阻止后"城镇"产生的反作用将是无法预测的。今后的一切都是未知数。

为了回避消失而采取的行动，或许正与最糟糕的消失连锁反应连接在了一起。面对着"城镇"的力量，自己竟显得那样渺小。

前总监白濑女士的话语在脑海中复苏了——即使明天就会消失，我也会把自己的想法一直坚持传递到那个瞬间。

在确认了阻止城镇消失的计划已初显轮廓后，她于去年离开了人世，享年六十二岁。多年来她一直与城镇的消失有着千丝万缕的关联。虽然拥有消失抗性，但污染依旧将她的身体腐蚀得百孔千疮。即便是为了继承她的遗志，此番作战也必须成功！

"由佳……啊，对不起，六号。你怎么了？"

由佳回头望去，只见原身阿响正伫立在那里。无意中想要呼唤由佳的名字，她随即吐了一下舌头。

"总算迎来了这一天。一想到这儿，我这心里边不知怎的就……是吧？"

"可不。"寡言少语的阿响答道。

"他的状况怎样了？"

"好像还没恢复意识。"

分身阿响，由于违背了"城镇"的意志，向原身阿响通报了消失的时刻，受到了严重的污染。在做最后的相互联络时昏倒在地，之后两个月内都不曾恢复意识。

即便没有语言的交流，二人也心灵相通。分身阿响，今后大概无法恢复意识了。即便恢复了意识，或许也只能像和宏一样，出现记忆障碍。而他就是在事先知道这所有一切的前提下潜入城镇的，为的是斩断消失的连锁反应。

不仅仅是他，由佳也好，原身阿响也罢，包括管理局的所有成员，全都选择了这样的人生之路——他们一面与污染的恐怖做斗争，一面从事着与消失有关的工作。而消失则属于"污秽"之物，为人们所忌惮和厌恶。他们所做的一切，都是为了让未来充满希望。

"六号，马上就要通过八号监视器了。请做好待命准备。"十二号招呼着由佳。从监视车辆内漏出的光使十二号变成了一个影子。

"明白！"

由佳与阿响一起向车辆走去。她想再次从精神上构筑起"抑制"屏障。这时，她感受到一股风正在吹动自己的刘海，于是便回头向城镇方向望去。

"风……？"

"风吹过来了呢，是吧？"阿响也停住了脚步，冲着迎面袭来的寒风眨巴着眼睛。风从城镇的方向爬上丘陵的坡脊，向由佳他们刮来。这风到底能否吹向未来呢？

由佳仰望着没有星斗的黝黑夜空，想起了三十年前消失了的月濑镇。

　　阿茜一边烧水，一边凝望着墙上的挂历。今天的日期被她用笔画上了红圈。眼下这个时候，由佳等管理局成员大概正在静静地向新的城镇消失进行挑战呢。

　　"打那时算起，一晃都三十年了……我也五十五岁了。真是时光如梭呀。"

　　三十年的时光，恰恰是自己移住到这个都川以后的岁月，也是自己与和宏朝夕相处的日日夜夜。她抱着胳膊将视线移向镜子。眼角处浮现出来的皱纹再次使她感受到岁月的流逝，不由得双眉颦蹙起来。那难以视为四月之夜的冰冷空气让她周身颤抖，她披上了披肩。

　　今夜也没有客人到客栈投宿。碰上这种日子，她总是要先喝点茶什么的，并早早就寝。

　　阿茜熄灭了所有的灯，向位于偏房的和宏的画室走去。和宏正和往常一样专注于自己的画作，似乎沉湎于自己的世界里。他头也不回，只顾在画布上飞龙走蛇。良久，阿茜就那样端着茶盘伫立在原地，注视着他的样子。

　　为了不打搅对方，阿茜在其身后窥望着。当她看到画布上的画作后，不由得屏住了呼吸。

　　二十七岁时，和宏受到了"城镇"的污染。打那时起三十年的岁月倏忽而过。和宏的记忆停留在了二十七岁。如今他只能让意识自由驰骋，每天都在描绘已经消失了的城镇风景。

　　他的画被那些讨厌污染的人鄙视为"污秽之作"，可同时又被那些无法公开表露自己失去亲人后悲哀之情的人所暗自喜爱。这便是阿茜三十年来守护着的一切。

然而和宏今夜描绘的，并不是城镇的风景。他在画肖像画，而且是阿茜的肖像画。

和宏总算意识到了阿茜的存在。他停住画笔，回过头来。就在那一瞬间，他的脸上显露出诧异的神色。

"阿茜……"

是自己听错了吗？然而，和宏莞尔一笑，再次开口说道："阿茜！"

这声音深深震撼着阿茜的心。虽然时光已经流逝了三十载，和宏的声音也已经与他现在的年龄相符，但毫无疑问那就是令人怀念的和宏的声音。

一直被"城镇"夺走了声音的和宏终于开口说话了。而首先开口说出的，大约早就注定是阿茜的名字。这是一种真切而又毫不迟疑的声音。

"和宏……"阿茜难以置信地一直伫立在那里。

"我回来了呀！"

千真万确就是和宏的声音。它意味着和宏已经摆脱了"城镇"的影响。在新的消失迫近之际，"城镇"把和宏从捆绑着他的污染诅咒中释放了出来。

和宏紧紧地抱住了仍然一动不动的阿茜。紧紧地、紧紧地。这种拥抱似乎饱含着对阿茜的感激之情——阿茜一直在支持像他这样一个说不出话来、甚至连记忆都未能留住的人。

阿茜与和宏朝夕相处。他就待在自己的眼前。一个可以相互接触、可以共欢颜但却无法享有共同记忆的和宏。仿佛要夺回已经失去了的东西一般，和宏紧紧地拥抱着阿茜不肯松开。他以极为强烈的力量拥抱着阿茜，似乎想要帮阿茜弥补这三十年的岁月丧失感。泪水不断地从阿茜的眼里汩汩涌出。

当阿茜睁开濡湿了的双眼时，窗外已经下起雪来。这是四月的雪花。在已经消失了的城镇——月濑镇里，毫无光亮，到处漆黑一片。

Episode 1
待 风 之 丘

两人一组的作业正在进行中。

今天最初被分配到的人家，是一栋木造灰浆的二层独栋住宅，大约建造于三十年前。被木板墙围裹着的院落里，恣意生长着的树木的绿色枝叶已经延伸到墙外。五月下午的日光正在嫩叶上懒散地摇曳闪烁。

三十四号穿着对女性而言未免略显肥大的工装裤。裤子上吊着一个回收用布袋。她把帽子重新紧紧地扣在头上。午后的作业即将开始。

搭档九号是一位四十多岁的男士。作业已经进入到第三周，因此，无须互相搭话沟通，作业程序及业务分担皆已了然于心。

看到门柱上的嵌入式住宅显示牌后，九号不由得咂了咂舌。

"这下可麻烦啦！"

"我去借个工具吧。"

"不用。我自己去取。用撬棍撬总该没有问题吧？你就先去处理屋内的东西吧。"

"明——白！"将玄关托付给九号以后，三十四号穿着工作鞋便径直走进了屋内。房门没有上锁。迄今为止走过的人家也全都如此，因此没有什么大惊小怪的。家家户户都是这样——门不上锁大敞四开。

"啊，开始工作吧。"

作业每次都是从最为耗时的房间开始。三十四号首先走进了起居间。穿着鞋子就踏进他人房间搜寻私人物品的罪恶感早已彻底麻木。

最先看的是信袋。包括寄来的明信片、信件和发票之类。所有这一切都是回收对象。她把信袋反扣到悬挂在腰间的厚布袋上，将信袋中的物品悉数倒进布袋里。之后便去搜寻摆放着电话机的小桌。将三本电话簿装进布袋以后，袋子已经相当沉重。

"那么，接下来……"三十四号环顾着四周。因为已经转了五十多户，所以何处放着何种物品大体上已经心中有数。如今，她对于盗窃空巢之家的小偷能在短短几分钟内将值钱的东西一洗而空的高超本领已经颇有心得。

"这项工作干完以后，我们也有能力去干个空巢盗贼什么的了。"

"那就还得去学学撬锁的本领，否则……"

三十四号曾和九号开过此类玩笑。

她逐个打开了抽屉，在里面发现了银行存折——工资的打入、公共费用的扣除、三五万元的取款额——这些细目全都留下了浓重的生活影子。她不由得环顾起四周来。自不必说，房内空无一人。存折上还有四百万元的余额。对于这个家庭来说，这绝对不是一笔小数目啊。但是，当她看到首页上的"月濑中央支行"字样后，便毫不犹豫地将其塞进回收袋中。

完成室外作业的九号露出了身影，也加入到室内回收作业中。从他找到的纸袋里搜出了几捆发票以及收款凭证。这家人当初大约

13

是想把它们记到家庭收支账上吧。

"哇！要甄别这些东西吗？这可麻烦死了！"

两人对视着将叹息声咽进肚里，开始了分拣作业。他们把写有城镇住所的进行了回收，把写着城镇以外住址的放回纸袋里。作业虽然繁琐，然而未过多久，他们便一如既往地埋头于这种机械而又单纯的作业中了。

完成一楼的回收作业后，他们来到二楼。二楼有两个六铺席大小的房间和一个八铺席大小的房间。两人各自走进一个六铺席的房间里。三十四号负责的是儿童间。从张贴在桌上的贴纸和四处散落的游戏软件上看，房间的主人似乎是个小学男生。小孩子的房间回收起来不怎么费事。

她先把书包内的课本、笔记本等倾倒在地板上。

"月濑第二小学三年级四班北村卓也"

名字的笔迹幼稚而又拙劣。

友人写给他的贺年片、幼儿园的毕业相册、学校的通知——这些都被她装进回收袋里。

"差点儿给忘了！"三十四号兀自嘟哝着打开了步入式衣橱的门。她再次意识到自己自言自语的时候越来越多。这是因为现在的作业令她每天都在接触如此众多残存着那些突然消失了的人们思绪的物品。她觉得自己似乎已经被那些看不见身形的居民的影子吸住了魂魄。为了从这种思绪中挣脱出来，她便常常无意识地脱口嚷嚷点什么。

她忘记的，是对服装的检查。因为如果是小孩子的话，有时衣服上也会写着名字。不出所料，她在运动服、游泳裤的内侧以及几件内衣上发现了卓也的名字。

就在她把一切都回收完毕，哼哼唧唧地伸着懒腰时，九号露出了身影。

"这个房间已经回收完毕了。请你检查一遍吧。"

九号抱着胳膊打量着整个房间，露出了看似刁难的笑脸，用手指了指墙壁。墙壁上挂着"预防虫牙宣传奖"的奖状。上面写着"月濑镇教育委员会委员长柿原孝三郎"。

最后，两人又回收了夫妻寝室。于是，这个家庭的回收工作就算大功告成了。垂挂在腰间的袋子沉甸甸的。

集聚地设在大约百米开外安装了红绿灯的十字路口上。写有十字路名称的标示牌已被摘下。他们向没有名称的十字路口走去，回收物的重量使二人步履蹒跚。

和以往一样，那里停放着卡车和高空作业车。简易帐篷下，几个管理局的工作人员正在待命，管理着作业进度。

三十四号将二人收集的回收物按纸类、布类、金属类、玻璃类及其他类别，分门别类地装到卡车上。

"嗯……第十一班，回收对象 D-256 回收完毕。"她将作业进度表递给了管理局职员。

"发票这么多，回收起来可费劲儿呢！"

穿着深蓝色工作服的管理局男性职员完全无视三十四号带有诙谐意味的话语。他瞥了一眼进度表，用红铅笔打勾作了确认，之后便把它放在其他班提交完毕的进度表上，接着打开了蓝色文件夹。

"辛苦了！那么，从三点四十分开始，请去下一个回收对象 C-34 开展回收作业。在回收之前请先休息二十分钟吧。"

职员一次都没有抬起过头来，便将下次回收进度表以公事公办的态度递了过来。三十四号略带恼怒地接过了进度表。她有些愤懑，因为对方说出"辛苦了"这句话时，语调中居然毫无感情。

"哎呀哎呀！"三十四号阿茜在马路上躺下，身子形成了一个"大"字。她知道不会有车子驶来。五月的天空孕育着深邃的透明感，几乎就要刺痛她的眼睛。鲜明地浮现于空中的云朵正在缓缓飘曳。

"真够累的呀！"被唤作九号的信也将配给的装有饮料的塑料瓶递给阿茜，在她身边坐了下来。

"那样坐着会累的。一块儿躺下来吧！"

"是吗？那我就不客气了。"

二人呈"大"字形闭眼躺在那里。

如果是一般的城镇，汽车驶过的声音大约就会将风声淹没。然而此时此地，掠过大地的风声正响彻在二人的耳畔。

"好静啊！"

"可不！无人居住的城镇更是令人感到寂静，甚至让人觉得要超过原本就无人居住的大自然。"

阿茜等人正在力图将这个城镇上所有的地名以及曾经居住在这里的居民的痕迹抹去。国人皆知的是：之所以这么做，目的就是要控制住消失的"余波"。阿茜望着没有光亮的信号灯思忖着：那些业已消失了的人们究竟跑到哪里去了呢？

这个"月濑镇"的消失，起始于一个月前。阿茜是通过报刊得知这一信息的。再精确一点说，她"只能通过报刊得知这一信息"。

消失管理局通知

成和三十三年四月三日下午十一时许（推测），月濑镇消失了。关于消失地的回收工作，将由各地方政府、管理局地方办事处日后另行通知。请等候指示。另，由国家选定任命的回收员，请尽快做好赴任准备。

数万人转眼间便踪迹皆无。这个事件应该能够成为报纸的头版头条了吧。然而，报道只是登在了管理局的内部宣传刊物上，完全不见其作为单独报道刊登在报纸上。电视报道亦然，消息并未享受到新闻的待遇，只是在广告之间由管理局插入了一段静止的画面通知。自不必说，这是管理局的限制使然。

这么做的目的，是为了避免引起人们对消失产生多余的兴趣，进而导致再发生二次消失。同时，还因为所有与"消失的城镇"有关的事物，都已被人们视作一种"污秽"。

城镇的消失据说滥觞于数百年前。在原因不清真相不明的情况下，国民的心中已经广泛蔓延开这样一种意识——与城镇消失相关的事乃至话题都是一种令人生厌且忌讳的"污秽"。

消失刚一结束，一纸针对"国选回收员"的任命通知书便寄到阿茜手上。虽然阿茜本身早有自知之明，知道自己是回收员的合适人选，但却万没想到这个使命真的就会落到自己头上。

成为回收员有几个条件：首先是回收员的居住地须远离消失地

17

五百公里以上；其次是迄今为止从未去过消失地；再就是消失了的城镇里完全没有自己的亲属、朋友或熟人。此外还有一个条件，那就是只有最难以被城镇"污染"的人才能够成为回收员。对城镇的消失持有悲悯之心，则必受污染无疑。

国选回收员是一种国民义务行为，基本上讲，不可以拒绝。此外，当选人的单位或学校等，也都暗中被要求对当选人前往消失地赴任以及半年的回收作业结束后的复岗予以大力支持。

眼下，阿茜已经来到消失的城镇月濑镇，每天过着回收的日子。

"不管怎么说，和他们一起工作也有三个星期了。那些管理局的人，多少透露一点信息给我们也没有什么大不了的不是？您说呢？"阿茜躺在那里，乜斜着管理局的帐篷，压低声音恶狠狠地发着牢骚。

"怎么？你还看不出来呀？他们那是在控制自己的感情！"

"控制感情是什么意思啊？"

"我们参与这个城镇的工作也就半年左右不是？但是，他们的工作却要与消失的城镇伴随始终啊。从城镇上接受的污染日积月累就会达到极限值。因此，便通过这种控制自己感情的方法来极力避免受到污染呀！"

"哎？还会有这种理由啊？"

"所以呀，并不是他们愿意板着那副面孔。他们干的是大家都在躲避无人愿干的工作。你就体谅一下他们吧……"

"哼！"阿茜用一只胳膊拄着地面看了看帐篷，正在默默工作的职员们依旧是那副冷若冰霜的面孔，"如果是这样的话，好吧，也就只好原谅他们了。"

“瞧你牛的！好了，差不多该去回收下一家了。”

“遵——命嘞！”

一天的工作结束了，回收员们三三两两地汇合到集聚地。

如今在这个镇上，包括阿茜他们在内，一共有三十名回收员从事着这项工作。他们被分作十五组，工作期限是半年。阿茜他们是第一期。半年后，第二期回收员便会被选出，并派到这个月濑镇来。

二人走进邻近的住宅里，将工作服换成了便装。

五时的汽笛声鸣响起来。劳作了一天的疲惫感也起着推波助澜的作用，令那汽笛声听起来愈发显得沉闷。

回收员们无一例外全都抬头仰望着汽笛长鸣的天空。城镇中央微微隆起的山冈上，高射炮塔形成的影子正在静静地睥睨着城镇。

接送回收员的卡车不知从何处冒了出来，货厢口敞开着。说是接送，听着好听，但对乘坐者来说，只能说是“运送”。

“这段坐车的时间，我始终习惯不了。简直就是一种痛苦的修行！”

“即便工作结束了，可是一想到最后还要熬过这么一段时间，这心里边就无法平静下来。”

货厢呈密闭结构，让人联想到集装箱，只有尾部的进出口可以出入。内部构造粗劣至极，甚至配不上简易一词。在内部侧面恰恰可以坐下的高度搭起了一段台阶，回收员们默默无语地并排坐在上面。

车厢门被关上以后，安装在顶部的唯一一盏黄色微暗的应急灯便开始支配起整个空间来。于是，没有窗户的车厢就变成了一个郁闷暗淡的封闭空间。

阿茜任凭没有靠垫的车子摇晃着自己的身躯，在心中暗忖：自己果真待在已经消失了的城镇里吗？

一般情况下，即便看不到景色，车子的动向也能够凭感觉得知。可是坐在这辆卡车里，即便将身躯委托给自己的感觉器官，也丝毫感受不到车子的行驶状态。

证明车子是在行驶的震动确实时而有之，甚至有些过度。但是，这种震动该不会是为了掩盖什么而刻意为之的吧？如此想来，这些让人无法开口说话的噪音仿佛就是为了欺瞒回收员们才特意发出的。

城镇的消失，据说是由具有意识的"城镇"发动的。果真如此的话，这种做法或许就是为了在进出城镇时让回收员们避免与"城镇"的意识进行接触而采取的一种措施。

伴随着冲击，卡车停了下来。货厢门从外面被打开了。光线照射进来。因为晃眼，回收员们全都歪扭着面孔走到地面上。今天的解散地点或许以前是铁路设施吧，车子停在了一块杂草丛生的铁道线路旁的空地上。

下车的地点没个准儿。有时是在站前广场，有时是在超市停车场，有时就在农用道路的正中间。为什么要这样做？阿茜不解其意。然而，不管在哪里下车，在车上乘坐的时间都是十七分十五秒整。

回收员们并不搭伴而行，下车后立刻作鸟兽散，分别奔向了四面八方。阿茜也是，跟信也打过招呼后，立刻向商店街走去。

都川市毗邻已经消失的月濑镇，是一个随处可见的地方小市。以市内靠近北侧的私营铁路站为基点，整洁雅致的繁华街向南侧扩展开来。与站前大道隔着一条街的道路为拱廊所覆盖，起了一个似乎以无个性为目的的屡见不鲜的名字——都川站前商店街铃兰大道。

出门购物的中年妇女是这个时间段的主角，她们穿着与华丽二字无缘的服装，推着自行车在街上阔步行走着；身着短裙的女高中生们正聚集在杂货店或快餐店前；而早早下班的公司员工们，则成群结队地准备拥入小胡同里的小酒馆内。一派随处可见的地方都市黄昏之际的热闹景象。

阿茜走进超市，一边在脑海里回忆着储存在冰箱里的食材，一边考虑着今晚的食谱。

"鸡蛋好像还有啊。"一如既往的自言自语。今天前去回收的那户人家的主妇，如果没有发生消失事件的话，如今应该和自己一样，正在外面购物呢。想到这儿，她便自然而然喃喃自语起来。

阿茜手里拎着装有只够自己一个人食用的少量食物的食品袋，踏上了返回自己寓所的归途。她来到站前，穿过小小的汽车终点站。接下来便是一座横跨铁路专供行人使用的破旧天桥。不含钢筋的混凝土台阶由于人们长年累月的踩踏已经磨损了许多。阿茜的脑海里浮现出令台阶磨损至今的众多行人往返于此的情景。

站在天桥的中央，像以往一样，阿茜回过头来眺望着街景。眼前鳞次栉比的二层楼住宅和多层公寓，正因为是随处可见的光景，不知为何反倒令她心里感到不安。

"我现在，在这里……"阿茜似乎自我确认一般喃喃自语着。她觉得如果不这样做，便没有自信确认自己的所在之处。短期大学毕业以后，她就一直居无定所地辗转于地方城市，仿佛是在抗拒着定居某处。那些城市的风景已经在阿茜的心中互相重叠，变成了无法区分的"某一城市的风景"。阿茜觉得，在这般风景中，无论何处都没有自己的栖身之所。

火车站后面那个六铺席大小的一室公寓，就是奉命工作半年的回收员们的居所。房间虽然逼仄，但作为临时居所还是够宽敞的。因为一切费用都由管理局负担，因此，也就不能再有任何奢求。

　　省去"我回来了"这句寒暄话，阿茜已经伫立在从玄关处即可将室内的一切尽收眼底的房门前。

　　"嗯，怎么总觉得……"阿茜嘟囔着，她自己也不知道接下来想说什么。眼下即便自己消失了，也不会留下任何痕迹。自己曾经生存过的证据将会消失殆尽。

　　阿茜并非是感受到了悲伤。她也自知：所谓生命的厚重与现实世界中每天都在被轻易夺走的"生命存在之轻"之间一直都在进行着博弈。

　　几万人一眨眼就消失得无影无踪。然而自己却住在与之比邻的甚至连一个熟人都没有的城市里，准备着晚餐。

　　"这就是所谓的失衡吧？"她自语，手上菜刀切卷心菜的节奏却一如既往。

　　某日，阿茜等人被拉到了都川岸边的停车场。下车后，信也等其他回收员全都登上堤坝踏上了归途，阿茜却不想离开气候宜人时节的河岸。离日落时间虽然已经所剩无几，她还是决定沿着河边散一会儿步然后再回去。

　　都川是一条这样的河流——它从已经消失了的月濑镇流向此地，穿过都川市后便注入大海。距离入海口尚有一段距离。虽然看不到那里，但却可以想像出：在那片夕阳西映红晕渐增的天空下，大海正在舒展自己辽阔的身姿。

阿茜吸进黄昏的气息，一边向上游漫步，一边眺望着河流上游方向的月濑镇。夜幕即将降临的月濑镇，云霞轻曳。在那宛若泼洒了数层薄墨一般的剪影中，镇民礼堂的三角形屋脊和高射炮塔等，凸显出它们特有的身影。

已经属于下游的河流，水面浩荡宽阔，令人感觉不到河水的流动。没有固定流向的波浪正在随风曳动。阿茜顺着河边悠然漫步着。

"啊，你等等。"突然，一个坐在长椅上的男人跟她搭起话来，"这里是缓冲地带，你最好还是折回去吧！"

起初，阿茜错听成了"感伤①地带"，过了片刻，她才意识到男人说的是"消失缓冲地带"。

消失以城镇为行政单位发生。即便是比邻而建的两栋建筑物，如果城镇的分界线介乎两者之间的话，一条区分消失与否的命运线也就俨然横陈在那里。

然而，刚刚经历过消失的城镇很不稳定。它吸收了人们的悲伤，并力图将消失扩展开来。据说其结果，是会在城镇范围外引发二次消失。因此，消失了的城镇周围一公里范围内，便被指定为消失缓冲地带，居民们全被责令撤离该地。当然，根本无须发出这种命令，因为对污染持有恐惧心理的人们早已开始逃离上述区域。

"啊，是吗？对不起，我不知道。"

"没事！没事！我并不是在责怪你，只是觉得你不应该受到污染。"

这是一位看上去似乎年过花甲的满头银发的男人。他语调稳健，

---

① 在日语里，"缓冲"和"感伤"发音相同。

细筒裤配着羊绒对襟毛衣，看上去气质高雅举止温和。

"我可以坐在您旁边吗？"并不认生的阿茜，觉得这位与自己年龄差了一辈的男人很容易接近，于是，未等对方答话便坐了下去。

"哎，当然可以。"

男人似乎还想谈谈污染的事，他先是以温和的目光看了看阿茜，随后将脸转向月濑镇的方向。

"这个，这么问虽然有些失礼！您是不是在那个城镇上失去了什么亲人啊？"阿茜客气地问。因为很少有人会喜欢缓冲地带并踏入其中的。

"是的。妻子、女儿夫妇，还有外孙女……"

阿茜失语，不禁沉默起来。消失了的人们并非已经死去，只是不见了踪迹而已。因此，不允许悲伤。最重要的是，这里是消失缓冲地带。"城镇"可以敏锐地察觉到悲哀，并将污染扩展开来。"对消失了的人们不可以表示悲哀"这一不成文的规定，人们早已了然于心并自动将其视为忌讳。

"你好像不是这一带的人嘛！"男人似乎想要转变话题，这样问道。

"果然还是看得出来呀？"

"语言似乎多少带点南方口音。"

"嗯，是的。"

"来都川是旅游还是……"

阿茜有些踌躇。虽然并未被要求隐瞒身份，但也没有必要向外公开。但是，如果是这个在消失了的城镇上失去了亲人的男子，则大约不会蔑视自己——一个踏进了月濑的人。于是，她决定实言相告。

"其实，我是以回收员的身份来到都川的。"

男人的表情略微阴沉了些许。

"是吗？那么你是知道现在那个城镇的状况了？"

"嗯。今天也是，直到方才，我都一直待在那个城镇里。"

正在向黄昏迈进的天空，意欲将城镇的轮廓融入夜色中。

这个自称中西的男人，不再提起城镇的话题。他向对这一带知之甚少的阿茜介绍起附近的观光名胜和都川的历史来。

自不必说，两人之间已经有了某种默契，那就是谈起已经消失的城镇时，不能怀有"悲戚情感"。可是，如果继续谈论城镇的话题，一种试图抑制满腔情思的悲哀意志则势必油然而生。

"有点凉了，差不多该回去了。"

"可不。"阿茜说。

仿佛是在护佑阿茜一般，男人将慈祥的目光转向站起身来伸着懒腰的阿茜。他失去了的女儿或许与阿茜年龄相仿吧。

男人把手放到下颔上，似乎若有所思。

"这个……你能看见那个半山腰上的房子吗？"

男人手指的方向，是朝着都川市南面扩展开来的丘陵地带的一角。沿斜坡有一片住宅区。住宅区一直延伸到丘陵的中部，再往上则残存着一大片野生林木。可以看到一座独栋住宅的白色屋脊隐没在那片茂密的林间。

"我在那里经营了一家小小的客栈，只能住下几对客人。啊，不，应该说是曾经经营过吧。因为现在暂时停业了。不过，你要是来玩儿的话，我随时都可以奉茶招待。"

对阿茜而言，这是个不错的提议。

"那么，我星期六休息，去拜访您好吗？"

"当然没问题。非常欢迎!"

黑色针织衫配着驼色裙子,外面再套上一件薄薄的外衣。阿茜以这样一身打扮在过晌时分离开了公寓。她越过架设在铁路线上的天桥,走上带有拱顶的站前商店街。

周六的午后,时间尚早的商店街上行人寥寥。经历过岁月洗礼的拱廊使商店街看上去有些晦暗失色。只有弹子游戏厅的灯饰在不协调地闪烁着光辉。

阿茜在西式糕点铺买了点礼品穿过拱廊后,来到一片古旧的住宅区前。没有人行道的道路两旁,房屋鳞次栉比,门面逼仄的房屋间间相连。

路上人迹杳然。阿茜突然觉得风似乎静止了。初夏的日光将树木和建筑物照射得十分明亮,又将浓浓的影子洒在地面上。她不由得环顾着周遭。在这样的风景中,只有自己一个人伫立在那里。

错觉向她袭来,她觉得自己仿佛踏进了消失的城镇。轻微的恐惧感令其毛骨悚然。在眼下这个瞬间里,这里会不会也正在消失呢? 越是陷入这种错觉,眼前的明媚阳光就越是使她产生一种来到异世界的感觉。一辆轻型卡车拐过十字路口驶了过来;紧接着,又有一大群小学生骑着自行车超过了她。阿茜总算恢复了自我。

她再次向前走去,横陈眼前的都川堤坝堵住了她的去路。尽管不远的上游处隐约可以看到台阶,阿茜还是毅然踏上了杂草丛生的斜坡。她有着这种鲁莽的秉性,自己也心知肚明。"啊,又错了!"类似的先例不胜枚举。二十五年的人生,事到如今想要改变性格谈何容易？将错就错的心理占了一半。

"真舒服呀！啊！"

几片皑皑白雪般的云朵飘浮在天上，将碧空映衬得一片瓦蓝。河川空地上，回荡着业余棒球赛的喊声。吹拂着刘海的风令她心旷神怡。在这种感受下阿茜大步流星地从桥上走过。

她只是凭借着大体上的方向感向前行走着，在山麓下的十字路口她费起脑筋来。从十字路口拐向左侧的道路后，前方似乎变成了一条上坡路。那条上坡路或许可以通到客栈吧？然而道路弯弯，看上去似乎颇费时间。

笔直地通往山冈上的道路，位于大型私营铁路公司开发的新兴住宅区入口处。前天在河滩上眺望时，客栈看上去就位于住宅区的正上方。从那里也许能够攀登上去吧？阿茜天生的急性子再次写在了脸上。

"走走看吧。嗯！"

阿茜权且按着住宅区整修的道路慢慢攀登上去。沿途都是一些划分好了的分售土地，上面建有许多规模相等的崭新住宅。

恐怕在几年前，这里还是一片森林吧。如今，却在这样的地点建设起了一个城镇，人们开始在这里生活度日。既然在什么都没有的地方可以建设起一个城镇来，那么，迄今为止存在过的城镇突然消失也就没有什么可大惊小怪的了。

在住宅区的顶端，不出所料，道路消失了。在最顶端的一块规划用地上，阿茜发现了一块尚未建造房屋的空地。从那里似乎可以穿越树林。

无人踏入的林内，到处都是互相缠绕阻止人们前行的爬山虎和芊绵的杂草。一不小心就会碰到蜘蛛网上。就在阿茜再次开始反省自己的性格时，攀登终于宣告终结，她总算来到了一块平坦的地面上。这里已经是客栈的用地。中西先生正以狐疑的目光从晒台上向下张望着。

"您，您好！"

"哎呀，你可是选了个有趣的地方登场了！"

"我想抄个近道。可是，好像反倒浪费时间了。"

"不过，你能平安到来就比什么都强啊！欢迎你光顾客栈'待风亭'！看来得先洗一把脸了。"

走进屋里以后，阿茜被领到了盥洗室内。镜子里的阿茜狼狈不堪。抹掉附着在头上的蜘蛛网和树叶后，阿茜开始洗手。

"我女儿也是一样，经常这么莽撞地穿过林子爬上山来。"

在盥洗室外，中西愉快地笑着。

待风亭由一栋比普通人家大出一圈的主屋和中西夫妇居住的偏房组成。如果事先不说的话，大约很难发现这里是一家客栈。

主屋的二楼是四间客房，面向可以俯瞰月濑镇的东北方向。一楼是供客人用餐的餐厅和供交流用的起居间，再就是厨房。在面向餐厅的院落里，有一个铺着木板的晒台。据说天气晴好的时候，可以在那里品尝香茗。

客栈的内部，天然色的土墙和业已褪色的柱子相辅相成，看上去朴素安宁。在没有天花板一直通到二楼楼顶的起居间里，抬头可以看到一根硕大的顶梁。阿茜觉得心旷神怡，就好像来到了乡下婆婆家一般。

"客栈是什么时候开业的?"

"十五年前。五十岁时,我提前脱离了白领生活。和太太两个人,几乎就是门外汉起家啊!最近经营状况总算稳定下来了。"

中西淡淡地叙说着,声音里感受不到悲哀。似乎不想给阿茜留下搜寻安慰话语的时间,他换上一副平静的面孔接着说道:

"那么,我现在就开始履约,马上给你上茶吧。说来在这个客栈里,最有名的就是我太太经手的各国茶叶了。啊,说来也只有茶叶留了下来呀。我就照猫画虎地给你沏上一壶吧。"

"啊,好的,拜托了!"

毕恭毕敬递上来的茶单上罗列着阿茜全然不知的香茗。在好一阵踌躇之后,阿茜最终还是选择了自己已经喝惯了的普洱茶。

"今天天气不错,到外面晒台上慢慢品尝如何呀?我这就去准备,请你到室外等候好了。"

阿茜经由餐厅一侧的木门来到室外的晒台上。铺着木板的晒台,白色的油漆已经脱落大半,令人愈加产生出一种亲近感,坐上去神清气爽。

种植在院落中的橡树投下了自己的影子。树叶的影子正在餐桌上婆娑摇曳。四把椅子为手工制作,看上去形状不一。但是,与粗笨的外表相反,坐上去的感觉反倒令人觉得格外安稳。就在阿茜挨个儿坐上去确认椅子的稳定度时,中西端着盛有茶具的托盘走了出来。

"桌子和椅子都是女婿手工制作的。"

中西以娴熟的动作摆放着茶具,从一个小型暖水瓶里将茶水倒进杯中。阿茜慢慢地品尝着香茗。

中西开始准备自己饮用的茶具了。他打开了一个圆形陶筒容器，从里面取出一个铜片，并将铜片压到叠放在一个大瓷杯里的茶叶上，然后开始注入热水。受到热气熏蒸的茶叶立时挺立起来，充斥在整个茶杯内。只有新鲜的生茶才会出现这种现象。

"这是什么茶？"

"这是煮那茶。阿茜小姐也来一杯尝尝吧！"

阿茜后仰着身躯晃了晃头说道：

"我小的时候，曾经被爸爸逼着喝过，因为太苦，所以全都吐了出来。打那时起，我就受了刺激再也不喝煮那茶了。"

阿茜夸张地皱起眉头。中西向她投去温和的笑靥，继续啜饮着茶水。

二楼的客房拉着窗帘。

"现在客栈正在停业吗？"

"是的。虽然不过是一个只能住下四对客人的客栈，可是一个人还是忙不过来。以前我太太在，忙的时候女儿女婿也都过来帮忙。"

中西双手捧着茶具，以一种想要把思绪封堵在茶具里似的口吻说。

"不管怎样，从消失基金会那里还可以拿到半年的补偿，所以想再认真考虑一段时间。"

仿佛重新振作起来了似的，中西又对阿茜说道：

"记得阿茜小姐说过，你是从南方过来的，是吗？"

"啊，出生在南方。后来辗转过很多城市。"

"是因为工作关系，还是……？"

"嗯。变换住所是根据自己的意思。因此工作嘛，也是随时变动

30

什么都干。不过大都是在派遣公司登记后做一些事务性工作。"

"在这个都川住住看如何?"

阿茜仰脸望着天空思索着,摇了摇头。

"怎么说好呢。虽然才住了大约一个月的时间,但我觉得这里真是一个宜居的地方。不过,说句大实话,迄今为止我辗转了很多城市,无论到哪儿都是'暂住'。这种感觉目前还无法消除。"

"你是说,无论住在哪里,都是暂住?"

或许是感觉到了什么,中西轻声重复道。

结果是,坐得舒心的阿茜一直坐在那里,直到吃过晚饭。招待她的饭菜是炖菜和沙拉。料理据说使用了从附近交往甚密的农户那里直接采购的蔬菜。阿茜甚至觉得自己有生以来似乎第一次品尝到了蔬菜的美味,难以想像这是以家里现成的材料烹饪而成的饭菜。

两人一起迅速将晚餐用过的碗筷洗涮干净,准备好茶水,再次来到屋外晒台上。

他们从晒台俯瞰着月濑的风景。中西默默地凝望着暮色渐浓的天空,停住了品尝香茗的手。

"马上,就要开始了。"

"哎?"

对于阿茜的疑问,中西并未再作说明,只是若有所待地俯视着月濑镇。

俄顷,天空的夜色愈加深邃起来。就在黄昏的金星开始闪烁之际,它开始了。

"啊……光。"

在月濑，一点又一点，灯开始亮起。光亮宛若一天结束后的晚餐灯火一般扩散开来——在那个根本就无人居住的城镇上。

"这就是，残光……么？"

这是一个即便阿茜也晓得的词语——"残光"现象。无人居住的城镇，不该亮起的光。据说这种亮光之谜尚未解开。随着时间的推移，周遭弥漫起夜晚的气息，残光也开始向整个区域扩散开来。

"残光，这种现象，作为知识倒也知道，可是，当它实际出现在眼前时……起初根本就无法把它看作是一种幻象。"

按均等距离直线排列的，应该是路灯吧？按照一定的时间间隔，红、绿、黄交替变化着的则是信号灯的光亮。而群集于城镇中央，随着向周边的延伸渐次变得稀疏起来的，则毫无疑问就是已经消失了的城镇上人家的灯火。

城镇已被切断了电源，不可能点亮人工灯火。但是，眼下的光景就仿佛是城镇上的人们已经回到家中。那里恍若存在着生活的气息，真切而且温馨。

"光第一次出现，是在城镇消失的第五天以后。当时，我正在聚精会神地用望远镜搜寻女儿女婿的家。在望远镜的视野中，找不到一丝亮光。"

"据说那种光无论是照片还是影像，都无法拍摄下来。"

"是的。只有像你我现在这样看的时候才能够看得见。是一种本来看得见，但却并不存在的光。"

据说消失了的人们的思绪会在城镇上飘荡一段时间，在思绪残留的这段时间里，残光将会不停地发出光亮。阿茜重新目睹了消失的不可思议性。同时也意识到，除了传闻以外，自己对消失可谓一无所知。

"阿茜小姐能待在这里真是太好了。平常，只要这种光一出来，我就会拉上窗帘，极力避免去看它。"

对于在城镇上失去了亲人的人来说，这种光也许是残酷的。这种光一直静静地存在着，故意刺激着留在此地，不能将悲伤流于言表的人们的神经。

"阿茜小姐之所以来到这里，究竟是失去了谁呢？"

"哎？"

"我是知道的。被选为回收员时并不向外公布的条件。"

阿茜收回自己的视线，无力地笑了。她把双肘拄在桌上，深深地叹息了一声。

被选为回收员的首要条件，就是近期内有骨肉至亲死去这一条。

也就是说，被选中的人必须在心底隐藏着悲哀。这种悲哀可以阻止"城镇"污染的靠近。

"对不起了。我知道这种多管闲事的做法很不好。我在想阿茜小姐之所以辗转了那么多城市，会不会是与失去亲人有关呢？当然，如果你不想说的话……"

"哪里，没有关系。我失去的是父亲。是去年的事。那是我唯一的亲人。"

"是你唯一的亲人？那么你母亲……"

"母亲……在我念高中的时候就故去了。"

或许是体察到了阿茜的心情，中西不再继续追问。他站起身来，将身躯靠在晒台的栅栏上。

"管理局也真够残酷的。包括阿茜小姐在内，所有的回收员心底全都藏匿着失去亲人的悲哀，可他们却像痛打落水狗一样，把大家赶到那种地方去，让你们每天都要面对消失的现场。"

"啊，您别误解呀。我并未因为父亲的死而感到悲伤啊！"

阿茜那强硬的语气促使中西身不由己地回过头来。阿茜的脸上浮现着僵硬的笑容。

"因为母亲的死似乎就是由父亲的任性造成的。我只觉得他是自作自受。不过，管理局倒是很单纯哟。因为他们认为凡是失去亲人的人心里都会悲哀的。"

阿茜的激越语调令中西难以捉摸出她的本意。

"阿茜小姐很久都不曾见到自己的父亲吗？"

"是的，短期大学毕业后和出走没有什么两样地离开了家。之后四年从未通过音讯。因此，出席葬礼就是久违的重逢。"

说罢这句带有玩笑意味的话，阿茜耸了耸肩头。中西沉默了片刻，俯视着城镇。片刻后，又把手伸向了茶杯。

"再来一杯茶水如何呀？好像有点凉了。"

片刻后，手里端着新茶的中西回到晒台上，将一条披肩披在阿茜的肩头。

"这是我女儿的披肩，你披上吧。"

接着，便将热气腾腾的新茶放到桌上。阿茜斜倾茶杯，呷了一口茶水。

"不可思议的味道……怎么说好呢。虽然有股苦味，但却一点都不令人生厌，一种在口中扩散开来的感觉。这么回味无穷的茶我还是头一次喝呢。这叫什么茶呀？"

"这就是令阿茜小姐头痛的耆那茶呀！"

阿茜惊讶地窥望着茶水，双目圆睁。

"和我小时候喝的完全不同。原来是这种味道啊？"阿茜向上翻着眼珠瞪着面带沉稳笑靥的中西，"中西先生，您心眼儿可真够坏的！"

"我觉得，有些东西大概只有经过岁月的洗礼才能够品出它的味道。"

中西打住了话头，一直俯视着城镇上那无声无息忽明忽暗的亮光。月儿刚从山巅露出笑脸。阿茜让月影映照在茶水中，摇晃着茶杯。仿佛要将城镇上的光亮集聚在一起似的，月亮静静地散发着凛冽的光辉。

夜色彻底深沉下来。中西开车把阿茜送到她的公寓门前。阿茜站在那里，一直到车子的红色尾灯消失殆尽，这才用力伸了个懒腰，走上通往自己房间的楼梯。

"只有经过岁月的洗礼，才能够品出它的味道……"

她打开信箱，确认里面空空如也后，便打开了房门。在走廊昏暗灯光的照射下，长长的身影映入门内。

"嗯，怎么总觉得……"

阿茜一如既往地嘟囔道。不过，接下来她并非没了话语，而是把后面的话咽了回去。

打那以后，每逢星期六，阿茜都要到中西的客栈去。在橡树投下的树影缓缓移动的午后晒台上，二人无所事事地打发着时光。薄薄的云彩瞬息万变，朝着城镇的方向缓缓移动。

她的到访，则是在二人一如既往地坐在晒台上品味香茗之际。

"这个……"

顺着声音回头望去，只见一个高中生模样的女孩正站在那里。这是一个非常漂亮的女孩。即便是阿茜，同为女人，见了她也会怦然心动。淡蓝色连衣裙配着半截袖白色对襟毛衣，那副清秀状竟会使人联想到初夏湛蓝的碧空。她的手里拎着一个偌大的旅行包。

"二位是客栈的人吗？今晚，能留我在这儿住上一夜吗？"

少女用双手将旅行包拎在身前，忽闪着睫毛问道。从她身上能感受到一种倔强而平静的力量。

"客栈现在暂时停业。"

"是吗……"

少女垂下了眼帘。见对方非比寻常地沮丧，阿茜站了起来，向少女身边走去。

"这个，如果你不介意的话，过来一起喝杯茶怎么样？"

少女仰起脸来，浮现在脸上的笑靥里含有一种成年人的美。

"可以吗？"

"哎，请吧！可以吧？中西先生。"

"啊，我这就去准备茶水。"

中西向厨房走去，阿茜将少女让到椅子上。

"不好意思，打搅了你们的清静时光。"

少女深深地鞠了一躬，之后便坐在了椅子上。少女知书达理举止端庄，博得了阿茜的好感。这在年轻女孩来说是十分少见的。

"你说你叫由佳，是吗？请多关照！"

"请多多关照！阿茜姐是这家客栈的人吗？"

"客栈的主人是那位中西先生。我啊……怎么说好呢？不是客人。朋友？也没有那种感觉。当然也不是情人。"

"关系很微妙嘛！我还以为您是他女儿呢。"

由佳从紧张的状态中恢复了些许，笑了。那份知性的微笑看上去就像高原上绽开着的一朵鲜花，清爽宜人。

"瞧瞧，瞧瞧，好像已经成了好朋友嘛！"

"嗯！像不像姐妹俩？"

中西笑了笑，并未答话，只是将茶水注入薄薄的白色茶具里。由佳以一种分辨细微声响的表情静静地品尝着茶水。

少女渐渐敞开了心扉，加入到会话中来。两人立刻为由佳那与印象无异的聪敏劲儿所瞠目。即便是并无深意的闲聊，由佳的话语中也透露出深邃的见解，并自然而然地充当起阿茜和中西对话的桥梁来。而且并无显摆的感觉，甚至使人感觉到她是在控制自己，以使话语能够与自己的年龄相符。

"果然从这里可以清清楚楚地看到城镇啊！"由佳放下茶具，再次俯视起城镇来。

"由佳去过月濑镇吗？"

"没有，我是头一次来这里。因为朋友以前住在那个镇上。"

由佳不想再说下去了。阿茜与中西面面相觑。似乎领会了她的意思，中西默默地颔首说道：

"如果你愿意的话，今晚就住在这里吧。"

由佳惊讶地回头向中西望去。

"可是，客栈不是正在停业吗？如果给您添麻烦的话……"

"没有关系！当然了，一直到方才为止，客栈都处于停业状态，所以拿不出什么像样的东西来招待你。"

"哎？一直到方才？"

中西笑容可掬地告诉她：

"今天是待风亭新装开业的第一天。你就是第一位客人啊！"

由佳似乎有些犹豫，不知道是否应该接受这番好意，遂向阿茜投去求助的目光。

阿茜和中西相互使了个眼色，两人双双站到由佳的面前，深深地鞠了一躬。

"客人您好！欢迎光临待风亭。敝店所有员工将竭诚为您服务！"

他们拉开了长期紧闭的客房窗帘，又打开窗户通风。用除尘器清扫了房间以后，再照猫画虎地铺好被褥。中西从院里折来一朵鲜花，是一枚淡紫色的风铃草。将其插进窗边的小花瓶里以后，房间的准备工作就结束了。

沿山坡爬上一小段，阿茜来到山坡不远处的农户家里，采购一些刚刚采摘的蔬菜。一听说是中西派来的，看上去人很不错的老婆婆立刻就把蔬菜给阿茜装了满满一筐。

"待风亭又开始营业了吗？"老婆婆那被日光晒黑了的脸上涌起皱纹，笑态可掬。

"是的！今天是恢复营业的第一天。今后也要请您多多关照啊！"

晚餐是三个人一起在晒台上吃的。虽然没有任何奢华的菜肴，可是，由于使用了大量刚刚采摘的新鲜蔬菜，这顿饭充满了家庭料理的温馨。

用过餐后，在夜幕即将降临之际，中西开口说道：

"我说，由佳呀！"

"哎？"

"我不知道现在的年轻人对城镇的消失知道多少，所以事先忠告你几句。"

温和的语调，更让人感觉到话语的分量，由佳不由得端正起姿势。

"如果由佳在那个镇上失去了重要的朋友，或许就会对即将看到的情景感到难以忍受。"

由佳认真倾听着，不安地眨巴着眼睛。

"您是指残光吗？"

"你知道什么是残光吗？"

"知道。就是那种闪烁着的虚幻之光。它们是由消失了的人们留下的思绪引发出来的。"

中西缓缓颔首。

"如你所知，对失去的人们表示悲哀是被禁止的。我们只能无可奈何地接受现实。如果你还没做好这种心理准备的话，那种光就还是不看为好啊。"

正因为语调深沉稳重，所以才充满了威严。这也是承受着相同痛苦的中西才能表现出来的温柔。

已经站立起来的由佳把手放到晒台的栅栏上，俯视着城镇。静候夜幕降临的天空，从周边开始，正在缓缓暗下来。当金星闪烁之际，城镇上的光就会亮起。

由佳回过头来，脸上浮现出安静的笑容。中西与阿茜明白了，坚强的意志正在暗中支撑着由佳。

"感谢您费心。不过，没有问题。我来这里就已经做好了正视一切的思想准备。"

确认过由佳决心的中西站到了她的身边。

"那么，就让我和你一起来看吧。"

一个人被留在桌旁的阿茜慌忙站了起来。

"啊，别把我落下呀！"

薄暮降临后，城镇在等待大地融入黑暗之中。万籁俱寂。毫无生息的屋顶延绵不绝，使人联想到波涛汹涌的大洋。

不久，镇民礼堂以及高射炮塔的剪影便难以辨认了。就在这时，城镇的中央出现了一点亮光。它就好像是一种诱因，紧接着，一点又一点的无声亮光逐渐增多起来。那是一种静谧、温和因此也就充满了悲怆的虚幻之光。就连在月濑镇并无任何熟人的阿茜，也觉得心底隐隐作痛。

由佳睁大了自己的眸子，目不转睛地凝视着那些光。她紧咬着小小的嘴唇。那极力想要控制自己情感的样子真是好看极了，甚至会使人联想到"崇高"一词。

"他会住在哪里呢？"由佳自言自语般小声嘟哝。

"你说的那个住在月濑镇上的朋友，是男孩还是女孩？"

"是男孩子。我小时候的伙伴。从幼儿园到初中，我们一直在一起。因为他父母工作上的原因，这才搬到了月濑镇。"

"这么说，你们是好朋友了。"

"他是一个让我托付终身的人！"

阿茜完全目瞪口呆了。中西的脸上也流露出惊诧的神色，默默地等待着下文。由佳的视线与阿茜的视线相遇了，她微笑着说道：

"觉得可笑是吧？果然是这样。"

"哪儿的话，没什么。我只是觉得高中生就定下终身大事有点早就是了。"

"并不是说要结婚什么的。当然，也不是没有爱恋。我们的关系超越了这些。即便不在一起，我们也会在思考问题的方法啦、将来啦、选择未来生活道路啦这些事情上一直互相影响对方。"

这是无法用年轻气盛的固执专一来解释的、冷静而又毫无迟疑的话语。

"真不知能让如此聪明漂亮的由佳产生这种想法的，会是一个怎样的男孩子啊？好想见见他啊！要是能有照片什么的……"

意识到自己的失言后，阿茜立刻打住了话头。就像回收员要清除那些曾经居住在消失的城镇中的人们的痕迹一样，全体国民都有义务"上交"自己拥有的留有消失城镇或居民名字的相关物品。毫无疑问，由佳想要留在身边、与"他"有关的所有物品都已被回收完毕。

"哼哼，谁知道呢。搞不好他立刻就会和阿茜姐吵起来的，阿润他呀。啊，他的名字叫润。"

由佳丝毫也不愿流露出悲伤之感。这种大人式的顾虑，如今更加令人感到悲怆。

"由佳看到了现在月濑镇的样子，打算怎么办呢？"一直旁观二人交谈的中西开口问道。

由佳有些踌躇。片刻缄默过后，她仿佛下了某种决心似的点了点头。

"中西先生，月濑镇为什么非得消失不可呢？"

"这个嘛……"

中西的话语有些吞吐，因为还没有人寻求过消失的意义或探究其理由。当然，所有的人都在心中思索着那个"为什么"，但却绝对不会说出口来。消失即是污秽，应该避而远之的意识已经潜入人们的心底。尤其是对中西这代经历过三十年前上次消失的人来说。

"我知道，不应该有这个念头。可是，自己无论如何都无法不去思考阿润不得不消失的理由。"犹如堤坝决了口子似的，由佳打开了话匣子。恐怕自打城镇消失以来，她还从未对人提起过这个话题，而只是一直默默思考着。

"我觉得城镇的消失，存在着过多不可理解的地方。为什么消失要以城镇为单位呢？说什么如果对消失产生悲伤就会导致'二次消失'的发生？事实果真如此吗？人们知道自己将要消失，却又无法逃走，真的是这样吗？我想要调查过去的消失情况，但却没有成功。因为所有的文件都被管理局回收了，电子情报也受到了管制。"

中西感受到了由佳话语中的疑惑，不由得皱紧了眉头。

"你该不会是对管理局产生兴趣了吧？"

"正是这样。如果能进入管理局的话，就能搞清消失的意义，或许还能够阻止人们的消失。"

"这倒可以理解。但是，你的想法可真够大胆的。当然了，想法很了不起！可是，管理局的工作或许比你想像的要艰苦严峻得多呀。这么说或许有点那个，按由佳的条件，不是可以选择更加幸福的人生道路吗？"

这种委婉的忠告未能改变由佳坚定的态度。

"假设处在相反的立场，如果是我消失了，我想阿润也一定会采取同样的行动。"

"你所做出的决断，或许比忘掉他更为残酷痛苦！即便如此，你也毫不在乎吗？"

由佳的眸子是坚定的，毫无动摇。

"对于我来说，更为痛苦的，反而是在不明真相的情况下将他遗忘。如果他的消失毫无意义，那么，他曾经生存过的事实也就毫无意义了。因此，我想要找出阿润消失的意义。所以，我想对消失这个事实做进一步的了解。"

"原来这样！"

或许是感受到了对方坚定的决心，中西不再开口。他用手指着下方残光中一个格外显眼的光点说道：

"那个明亮的光点，或许就是阿润的光啊。瞧，那么耀眼！"

"是吗？如果是的话那就好了。"

由佳探出身躯，向那无法触及的光伸出手去。

是日夜晚，阿茜也在中西的劝说下，住进了偏房内中西女儿女婿的房间。那里似乎只在旺季女儿女婿来客栈帮忙时才会加以利用。房间里的摆设极为朴素，只有床、桌子以及若干日用品。

桌上相框内的照片已被取出。里面当初装的，是中西女儿女婿的照片还是外孙女的照片呢？

身为回收员的阿茜心里非常清楚。房间主人的气息已经从这个房间消失殆尽。这更使室内的空气显得虚幻。中西是以怎样的心境

43

处理掉了那些与亲人有关的物品呢？

活下来的人只能在回忆中缅怀失去的人们。这既是一种残酷的事实，同时或许也是一种温情。无缘无故地失去了他们，将再也不能回到身边的人们的物品放在身边，倒不如被彻底夺走更能令人了断心思。

阿茜在思考中西没有安排自己住进客房，而是将自己安排在了他女儿女婿房间里的理由。或许正如阿茜无意识地在中西身上寻觅父亲的面影一样，中西也在阿茜身上看到了自己失去了的女儿的身影。

耳畔传来敲门声。中西端着茶具走了进来。

"临睡前喝杯茶吧。这是雷贝克茶，能起到催眠的作用。睡得可香了。"

"今天不给喝着那茶了？"

看着阿茜狐疑地窥望茶具的样子，中西笑着摇了摇头。

"不会再搞恶作剧了。"

阿茜为茶水的温馨香气所吸引，呷了一口。

"我已经明白了。母亲的死并不是因为父亲，母亲和父亲在一起是幸福的。可是，我无法接受母亲不明不白就死去了的事实。或许我就是把母亲的死归咎到父亲身上，才得以避开与死亡正面相对。"

阿茜深深地吸了一口气，仿佛要抑止那动辄溢出的混沌不清的各种思绪。

"那是因为阿茜不得不背上母亲去世的重负啊。我觉得你父亲一定是明白这个道理的。"

中西把手轻轻地放到阿茜的肩上。

"阿茜你不是说过吗？无论去哪里，都觉得只是一个临时居所。"

"嗯。"

"那或许就是因为你心里虽然排斥着自己的父亲，可同时还存在着寻求血缘纽带的希冀。正因为如此，一旦你在某处确定了自己的固定居所，就会觉得好像要失去与父亲之间的纽带似的。这种想法可能一直在潜意识中作祟啊。"

中西手掌的温暖，令阿茜无形中感受到了安笃。如今阿茜已经明白了：她强烈希冀得到的，其实就是"父亲的温暖"，尽管长期以来她都以同样强烈的感情排斥着他。

阿茜轻轻地握住了中西一直放在自己肩头上的手。哪怕只有一次，如果能像现在这样握住父亲的手……阿茜的鼻子一阵酸楚。

"失去了双亲，无家可归，我今后也只能继续去过这种居无定所的生活吗？"

"怎么会呢？就像我已经决定把这里作为终老之所一样，阿茜也一定会找到自己的扎根之处。"

"会吗？要是能那样就好了。中西先生很喜欢这里是吗？"

"当初寻找地方修建客栈时，一看到这里的风景，我就毫不犹豫地选定了这里。每年，全家人从这里眺望城镇上的烟花大会那可真是一大乐事啊！"

"是城镇上的烟花大会吗？我也想看呀！已经看不到了是吗？"

"不，迟早会看到的。肯定！"

两人透过窗户鸟瞰着城镇上的光。由佳现在也正独自一人眺望着这片光吧。

由佳得不到任何支持，正打算独自一人承受重负。他们二人无法帮她共同承受。每个人背负的东西各不相同，既无法互相分担，也无法互相支持。

虽如此，却可以不时为对方送上这样的话语——偶尔放下重负，喝杯茶如何？阿茜觉得，这似乎就是自己眼下的任务。

"我说，中西先生，您再给准备一杯茶好吗？"

当阿茜来到由佳的房间时，由佳正穿着西式睡衣伫立在窗边。山下城镇的残光与在晒台上看到的相比，显得更加明亮。

两人坐在了床上，品尝着香茗。

"这热乎乎的雷贝克茶，具有催眠作用哟。喝下去以后会睡个好觉的。"

阿茜向由佳炫耀着自己刚从中西那里学来的知识。由佳用双手捧着素烧茶具，惶恐似的竦缩着肩头。

"对不起。让您这么费心。"

"嗯嗯！你不必客气。我和中西的境遇大体上相同。因此，对你多少有点担心啊！知道吗？"阿茜一边让茶水凉下来，一边不问自答地向由佳讲述起中西失去亲人的经历以及自己的双亲。由佳对二人的痛苦似乎感同身受，不时地闭上眼睛，微微颔首倾听着。

"由佳是个聪明的女孩儿，所以我想你是知道怎样做才能独自一人抚平那种悲哀的。这件事与那种说出来以后心里就会痛快的事不同。我也没有心思像杂志的人生问答栏那样为你做出一通泛泛的解答。我知道由佳并不需要这些。不过，只有一点我想对你说——人们无缘无故就消失，这件事如果不存在任何意义呢？"

由佳毫无表情地盯着阿茜。阿茜虽然感受到了对方的痛苦，却仍然继续问道：

"无缘无故就被剥夺了生命，这种事原本就存在于这个没处讲理的世上。明白了这个道理，你还能在自己选择的道路上继续走下去吗？"

由佳一动不动地定住了，仿佛连时间都已经消失。片刻后，她的嘴角似乎浮现出一抹淡淡的笑意。就在这一瞬间，从她那一眨不眨的眸子里，犹如决了口子的河水一般，眼泪汩汩涌出。

"即便如此，我……"由佳难受地低下了头。一颗又一颗，泪珠滴落在地板上，向四周扩散开来。在阿茜眼里，那泪珠仿佛就是蔓延在消失的城镇上的虚幻之光。

"即便如此，我……"由佳仍然低垂着头，再次说道。接下来便是一阵呜咽。话语中断了。

"没关系！你随时都可以到这里来。中西先生和我等着你。"

阿茜能够做的，就是紧紧地抱住对方。

没有什么方法能够取回已经失去的东西。所有的人，都只能每天触摸着缺憾的断面，并习以为常地走完自己的人生。

"给二位添麻烦了！"翌晨，由佳完全恢复了精神。

"如果你不介意的话，就让我用车子送你去车站吧？"

对于中西的提议，由佳莞尔一笑，精神奕奕地摇了摇头说道：

"不用了。我走着去。我现在想自己走走。"

十足的精气神儿，似乎分给中西和阿茜一部分都绰绰有余。与来时一样，由佳用双手将旅行包拎在胸前，深深地鞠了一躬。随后转身离去。

一条小径连接着翻过山顶的道路，以缓缓的坡度延伸到林子里。走出片刻后的由佳回过头来，看到中西和阿茜还在目送自己，便将双手拢到嘴边喊道：

"我可以再来玩儿吗？"

"啊，再来好了，什么时候都可以！"中西大声回应道。

"我还会再来的。一定！"

由佳使劲挥动着手臂。阿茜则以加倍的力气挥手回应着。即便对方的身影已经消失，二人仍然依依不舍地注视着由佳方才走过的沙石路。

"阿茜知道这个客栈名的来历吗？"

"嗯？有什么特殊的意义吗？"

"以前，在船还是依靠自然风航行的时候，人们把起风之前船只停靠的港称作'待风港'。"

"待风的……港。"

"待风亭也是一样，希望来访的客人能把这里当做那样的港湾。在人生吹来新风之前，暂且在这里散散心。我太太就是这么给它起名的。"

听了名字的由来以后，阿茜觉得这个名字变得充满了温馨的情怀。

"真是个好名字啊！"

"没错！这么说可是有点自吹自擂了，我也觉得这个名字不错。对于由佳来说也是一样，如果待风亭能够让她稍事停留，等待新风吹来并迈出航海旅程的第一步，那该多好！"

"嗯，一定会的！"

看到阿茜天真的笑脸，中西笑了，眼角上的皱纹越来越深。

"其实我在想啊，哪怕只是周末也好，能不能让客栈重新开张呢？说来毕竟只有我一个人在经营，能做到哪一步还不好说。要一步一步慢慢来，必须迈出脚步，就像由佳一样。"

中西一边笑，一边认真地注视着阿茜。

"一股新风也正在向我吹来。是阿茜给我带来了这股风。"

面对面地听到这种话，未免令阿茜感到羞赧，但同时一股想要回应中西这一想法的情绪也油然而生。

阿茜想像着在新风的吹拂下，船舶扬帆远航的样子。虽然没有说出口来，阿茜觉得与中西的邂逅也给自己带来了一股新风。对于无论住在哪里都是"临时居所"的自己来说，她预感到这里将会是自己的首次定居之地。

我现在，在这里——阿茜在心中自语。这不是她迄今为止在失衡、不确切的日常生活中说给自己听的话语。她以一种双脚死死踏住大地一般确凿的语调重复说道：

"风吹来了呀！"

追逐着云朵的流向，中西的眼睛眯成了一条缝。在朗朗晴空下，月濑一如既往地存在着。从城镇方向刮来的风正在轻轻吹动阿茜的刘海。

Episode 2
引 航 海 流

没有窗户的管理局走廊上，雪面冰层似的黄色朦胧之光按照一定的间隔闪烁着。

　　桂子浓淡不同的身影多重地映现在走廊上。随着她的步伐迈动，影子也在移动。旧的影子消失以后，新的影子又会浮现出来，并且浓度渐增。

　　仿佛要斩断这种循环似的，桂子仰起脸来加快了脚步。鞋跟踩出的声响在闭锁的空间里多重回荡着。竟然令她产生了这样的错觉——仿佛有谁正在向她走来。

　　在"书籍对策二科"的门口，桂子一边检验指纹，一边张开"感情抑制"的屏障。厚达一米的污染防御壁由双重门扉死死封闭着。桂子用手摸了摸系在脖颈上的围巾扣结，轻轻咳嗽了一声。双重门笨重地滑动起来，书籍对策科内杂乱无章的地面展现在眼前。

　　处于"抑制"状态下的科员们，只是用颈部以最低限度的动作确认了桂子的到来，用一种宛若画像上描绘出来的表情木然瞄了桂子一眼。接着，视线便再度回到自己的手上。其间，他们也并未停止手上的检索动作。

　　在毫无表情这一点上，同处于抑制状态的桂子也不例外。她绕过科员们堆满了书籍的桌子，站到书籍回收负责人面前。

"怎么样？"

负责人冲着从检索系统中提取的统计资料，一脸愁容地答道：

"嗯，进展状况也就是预测的八成左右吧。当初输入检索系统的那些东西，大都已经不起作用了。因此，很是耗费时间啊！"

二科是应对书籍的先头部队，其使命是检索国内的流通书籍，判定污染对象读物。之后，再以二科的判定为基础，由实际操作人员从国内的书店和图书馆入手，最终将记述了与月濑镇有关内容的所有图书从每个国民手中回收过来。

今后，将要耗时十载、二十载，将国内所有有关月濑镇的记述全部处理干净，就仿佛唤作上述名称的城镇从未存在过。

在吸取上次消失教训的基础上，作为国内统一标准的检索系统适用图书，经过三次大幅改定后，其占有率已为国内流通书籍的百分之九十六。从这个意义上讲，"肉眼检索"的辛苦操作将会大幅减轻。另一方面，书籍的总量也已经是三十年前的五倍，因此，整体工作量还是半斤对八两。

国内发行的书籍或杂志，从"回收"的角度看，被分为五种类型。

第一种　题名上写有"月濑"字样的印刷品。为即时回收对象。

第二种　通过题名或概要，明显可知里面记载着与"月濑"有关的内容。

第三种　虽然并不明显，但被怀疑里面可能记载着与"月濑"有关的内容。

第四种　其他所有国内流通印刷品中，已被输入检索系统的印刷品。

第五种　不在检索系统网内、系统导入前的印刷品及地方流通书籍、自制书等。

二科所负责的，主要是第三种和第四种书籍。

二科在管理局内原是一个闲职部门。然而，因为此次时隔三十年的消失事件竟日益忙乱起来。感情抑制中的检索员们，机械般从事着自己的工作。确定检索棒的照射区域，对不断从书籍院运来的书籍进行检索，并根据污染危险度排列出顺序。

所谓"污染"，也就是指接触到"城镇"的意识伸出的肉眼无法看到的触手后引发的感觉器官的整体衰退及机能障碍。污染即等于失明，这种认识之所以蔓延开来，无外乎是因为"看"到与消失的城镇有关的记述后所导致的污染频率最高。

检索员的工作也是一种随时随地与污染进行的抗争。当然，通过管理局的污染防御壁和自我感情抑制，已经针对污染构筑起多重抵御机制。然而，正如矿工靠防尘口罩难以避开罹患尘肺病的危险一样，"城镇"引发的污染，自会瞅准抑制的空隙，潜入人们体内长年累月地蓄积起来。

过去，检索员是裸眼检索，所以污染对视觉神经的损伤相当严重，大部分人的视觉能力都已消失殆尽。现在，利用检索棒检索，检索变得简单易行，危险性得以降低，但随时都面临污染风险的事实并未改变。

"那么，就拜托您在下次预知委员会上做一个过程报告吧。"

"哼，事到如今才想起要召开预知委会议？"负责人虽然控制着自己的声音，却难掩其揶揄的语调。桂子是"消失预知委员会"的成员。因为未能避免月濑的消失，所以为了善后，委员们便承担起制定消失后对策的任务，在管理局内到处奔波忙碌着。

桂子之所以造访书籍对策科，是为了编制消失预知委员会汇报用的回收状况统计数据。尽快收集与消失的城镇有关的信息，对于推迟下次消失的到来是不可或缺之举。此番月濑镇的消失之所以牺牲者众多，她觉得责任似乎就在自己身上。

桂子又向"电子情报对策科"走去。这个于十五年前网络情报系统开始普及之际设立的科，面对首次接触的消失事件，日日夜夜为难以预想的问题忙得焦头烂额。终端监视器的银白色光亮，将管制员们的面庞映衬得一脸病态。

室内比书籍对策科还要狼藉。开了电源的检索棒滚落在地板上。甚至连检索文字列大约也都还保持着输入状态吧。横着打开放置的书籍已经出现了反应，正依序翻开符合检索条件的文字列所在页码。

桂子拾起检索棒。她发现科员来岛的状态有点异常。来岛是局外通信网的一个工作人员。按理说在墙壁上显示通信网开放的红灯亮起黑红色期间，他有意识的动作理应处于抑制的状态。

眼下通信网正处于开放状态。尽管如此，来岛的身躯却在活动着，似乎在反抗对自己动作的抑制。桂子以为是通信异常，便条件反射地确认了一下红灯。然而灯光并未闪烁，显示对流一切正常。

桂子手持检索棒与来岛对视着。来岛咯咯作响地扭动着脖颈，向桂子转过头来。这一异常事态令桂子敛声屏气地僵立在那里。

来岛虽然将视线投向桂子，但是，在他存有意识的视野中，却似乎并未意到桂子的存在。总而言之，那并不是视线，而是将一种不成"线"的"视"，定格在了自己毫无表情的脸上。

不久，他的嘴角出现了间歇性的痉挛。可以看出他那受到控制的意识正在极力想要压制住体内涌出的某种物体。出现在脸部的痉挛，述说着眼下短时间内意识阈的攻防。然而不久，抑制便似乎败下阵来，"那个词语"冲口而出。

"ku……ku、ku……ku、ku、kura、kura……kuratu、kuratu、tuji、tuji、ji……ji。"

虽然宛若滚滚浪涛般的压缩机工作声正在以通奏低音鸣响着，但是，在基本上保持肃静状态的办公室内，仍然回荡着来岛那无机质的声音。

"kura……tuji……仓辻？"

桂子将上述发音视为一个带有指向性意义的词汇来理解，于是，脑海里便出现了"仓辻"两个汉字。不巧的是，她的手里正拿着检索棒，因为没有确定照射范围，故而周围桌上的手册便对检索棒产生了反应，书页哗啦啦地翻卷着。当翻到"过去的消失城镇一览"处后便停止了。

"赶快切断通信网！"

听到桂子的喊声后，管制员强行关掉了通信网。墙壁上的红灯熄灭了。卸去负荷的压缩机的音域转变为高音，终端处同时响起沉闷的错误提示音。

大家的视线全都集中到来岛和桂子的身上。

"怎么啦？他！"即便是这个事故频出的科室，出现这种情况似乎也是开天辟地头一遭。负责人奥田一边将滑落下来的眼镜向上推去，一边以无可奈何的语调问。

"虽然通信网处于开放状态，但是，他的抑制恐怕还是被解除了。他完全处于'自我'暴露的状态下。所以，'城镇'的意识便在一瞬间化为病毒并不断滋生蔓延，向他逆袭而来。"桂子控制着自己内心世界的动摇，简洁地说。

来岛的意识恢复了。原因就在于他没有张开感情抑制的"屏障"，而是以一种"无防范"的状态接触到了"城镇"的触手。其所受污染的程度大概相当严重，但从外表上却看不出什么变化。当然，刚刚借助通信网切断后的磁场空域带恢复了机能的来岛，不可能立即恢复人性。他眯缝着藏匿在眼镜后面、依旧很少眨动的眸子，呆然俯视着桌面。

"你不要紧吧?"桂子窥望着他问道。来岛只是怯懦地一个劲儿晃头。

"这种状态可是从未有过的……"

负责人的焦躁明显是冲着桂子而来。所有在场的人也都确信：来岛之所以如此，是因为受到桂子到来的影响。

"请把他带到净化中心去！看来有必要把受到的污染清洗干净。"说罢，桂子便抽身离开了该科。仿佛是被自己的脚步声追赶着一般，她在被黄色的雪面冰层似的朦胧之光照射下的走廊里疾步而行。她本人的心里也一清二楚——信息逆袭就是由自己引起的。

仓迁。那是三十年前消失的城镇的名称。"城镇"绝不打算忘掉桂子，动辄就想拖拽攫取她。因为她的抵抗，这才导致周围的人受到牵连并被污染。即便如此，她也依然留在管理局内，为的是要给不知何时才会终结的城镇消失打上句号。

深藏记忆底层的光景复苏了。引导她的大海。她的人生始于那片海洋。作为无法反抗的结局，她投身管理局。迄今为止也好，从今往后也罢，她都将处于几乎就要被无法摆脱的苦恼和重责压碎的状态下。她已经无法站立，只好靠近墙壁蹲伏下来。

"大海……很近。"

海洋就是自己孤独的象征，同时也是显示自己存在根源的场所。寂寥与乡愁成双结对地向她袭来。

待波涛的余响从体内缓缓退去以后，桂子站了起来。仿佛是为了斩断"城镇"伸出的、肉眼难以看到的触手一般，她飞快地走向下一个部门。

是日，桂子见到自己的男友要比约定的时间晚了两个小时。约好见面的那家咖啡馆已经打烊。男友正在灯光已经熄灭的店前等候着她。桂子向对方跑去，鞋跟儿差点没让她摔倒。

"对不起！我没法联络你。"

为了防止"城镇"的入侵，管理局禁止工作人员与外部有任何联络。

"没办法，眼下就是这样一个时期嘛！"

男友安慰似的将手搭在桂子的肩上。桂子多少有些撒娇地将身躯依向对方的胸前。

"对不起。让我稍微靠一靠……"

"你这是怎么啦？很少见嘛！"

这种谋求对方安慰的举动在桂子来讲是极为罕见的。对方有些惊诧，但还是把桂子揽在怀里，抚摸着她的头发。

时间已经过了九点。二人在位于附近酒店三十层的酒廊里一边吃着简餐一边饮酒。酒廊配有硕大窗户，可以鸟瞰首都夜景，向人们展示着夜晚的繁华。一位身穿黑色晚礼服的女性坐在钢琴前，静静地弹奏着乐曲。

耳畔传来轻轻的碰杯声以及令人心旷神怡的摇动调酒壶声，此外还夹杂着温馨的话语声——在这样一种氛围里，二人俯瞰着窗外的景致。

办公楼已经灯影稀疏，但是宾馆的客房或高层公寓却仍然灯火通明。每个灯影下都有人在生活度日。桂子不可思议地望着这一切。

消失的为什么只是"城镇"呢？说不准哪一天，这个首都也会一下子就消失？她想像着窗户对面的日常景象在没有任何前兆、没有任何必然性的情况下突然消失的情景。

城镇消失的理由无人知晓。大约三十年一次。既无任何预兆，也没有什么因果关系，一个城镇的居民就会突然消失得无影无踪。既然原因不详，也就没有办法阻止这种消失。人们能够做的只有一件事，那就是扑灭消失的火星，尽可能地推迟下次消失的到来时间，并为此清除掉已经消失了的城镇的痕迹。但是，即便这样做，也并非是有什么科学依据，只不过是根据以往的经验为之罢了。或许这一切都是无的放矢。

对桂子来讲，她觉得城镇的消失似乎是一种补偿。但要问究竟补偿了什么，她又无以作答。

"桂子，你怎么了？"看不下去桂子端着酒杯一动不动的样子，男友将脸靠近她。

"啊！没什么。对不起！"

"最近你好像总是精神恍惚嘛！是不是工作上太拼了？"

"嗯……怎么说好呢。"

一如既往，桂子含糊其辞。关于工作内容，即便对男友或者骨肉至亲也不能谈起。桂子已经感觉到，对于这一点男友虽然表示理解，但不满也日积月累地积攒起来。

"我倒是觉得眼下正是你辞职的大好时机啊。"

听了男友的话后，桂子放下了手中的红酒酒杯。

"什么意思？"

男友的手越过餐桌，静静地伸来，握住了桂子的手。

"我知道你以管理局的工作为荣。面对着人人都想避开的消失，不怕自己被污染，怀着使命感与之正面交锋。这种精神值得钦佩。可是，新的城镇消失，你就会受到更大的污染。我不想看到你遍体鳞伤的样子。"

他目不转睛地看着桂子，脸上写满了"认真"二字。

"和我结婚吧，好吗？然后辞掉管理局的工作，嫁给我吧。"

这是迄今为止对方绕着弯说过的话。每次桂子都是巧妙地岔开了话头。可是，既然此次对方已经把话挑明，自己也不能不给他一个答复。

"你呀，还是没明白啊。"桂子勉强挤出了这样的话语。她必须把"那个事实"告诉他。

"我并未以管理局的工作为荣，也没有什么使命感。如果可能，我也想逃出来。"

"那么，对我来说算是正合我意呢，我还是希望你认真考虑一下这件事。"

与桂子相反，他的声音更加明朗和坚定。

"如果有什么难言之隐的话，你就说出来好了。因为从今往后，你的问题就是我们两个人的问题了，我们必须一起面对并解决它！"

"不管我有怎样的人生经历，你都能够和我一起生活下去吗？"

对方露出了安心的神色，仿佛在说，我当什么呢，原来是担心这个啊！他更加用力地握紧了桂子的手。

"你的父母双亡以后，你就举目无亲了。这，我是知道的呀。所以呀，我的父母也都一直把你当亲生女儿一样看待。你已经不是一个人了。你已经有了亲人啊。"

你已经不是一个人了……这句话深深地刺痛了桂子的心。自己眼前的这个颇有教养的恋人，果真是在明白了"一个人的孤独"之后，才说出这些话吗？

一想到这儿，她就更加意识到自己就是孤独无助的"孑然一身"。脑海中的记忆——自己孑然一身地伫立在那里，凝望着一望无际、空无一人的大海。从那时起她一直都是"孑然一身"。桂子在心中这样呐喊道："我，就是孑然一身的。"

男友似乎想要说点什么似的张了张嘴。桂子间不容发地接着说道：

"我是一个特殊污染对象！"

用饱含深情的温柔目光凝视着桂子的男友的脸色变了。握着桂子的手缓缓地抽了回去。他的脸上显露出无法掩饰的动摇。

"即便如此，你也还会爱我吗？"

此次是桂子向对方伸出手去。就在桂子的手即将触碰到对方时，男友的手伸向了红酒杯。桂子的手在桌子上没了着落。

"迄今为止为什么一直瞒着我？"

"如果一开始就告诉你，你还会选择和我交往吗？"

"我选择恋人并不是以这种事为标准的！"

对方眼神的游移未能逃过桂子的视线。从这时起，他不再谈论结婚的事。桂子也没有勉强去触碰这个话题。

吃过饭后，两人走出了酒店。已经到了即将迎来新一天的午夜时分，通向繁华大街的道路上却依然车水马龙。

"今晚怎么办？"桂子一边走，一边询问道。两人明天都休息。

"嗯。怎么办好呢？还是去以往的那家酒店吧。"

男友加快了脚步。耳畔鸣响着两人并不协调的鞋音。

"不过，每天都加班你现在不累吗？"

这种带有揣摩意味的问话令桂子感到心痛，但她丝毫未露声色。

"嗯，也没觉着怎么样。倒是担心你呀！没问题吗？"

男友抬头仰望天空，为的是躲避桂子窥望的视线。接着，便突然"想起"了明天日程似的说道："啊，对了！明天还得早一点去趟公司。能不能想办法不去呢……"

他一边说一边为难地看了看手表，似乎是惧怕桂子看到自己的表情。

"那就别勉强了。今天算了吧？"对话的流向导致桂子不得不提出这个建议。

在地铁站附近的公园处，两人停住了脚步。桂子将在这里登上末班电车；而方向相反的他则会乘坐出租车回到自己的家里。

沉默降临了。若在以往，他会轻轻地抱住桂子的肩头，把她拉到怀里，送上似触非触的温柔一吻，之后才会离去。然而今天的他，只是呆然伫立在那里，毫无行动的迹象。

两人僵硬地互相等待着那个时刻的降临。对桂子而言，这段时间既是确认与对方分道扬镳的时间，也是勉强维系所剩无几的一线希望的时间。桂子向前踏出一步，将自己的唇轻轻凑向对方那熟稔的唇。

对方恐惧地歪扭着脸颊，在大声喊出一个词语后，便将桂子推到一边。对于摔倒在草坪上的桂子而言，与这种行为相比，倒是对方吐出的词语更加刺痛了她的心。她已经无法站立起来。那个"词语"是半公开使用的、对受污染者的一个蔑称。

回过神来的男友，为自己源于恐怖和拒绝所采取的行动而愕然。他并不打算扶起桂子，而是一味地看着自己的双手。正因为他的行为并非源于恶意，才更加使桂子遭受到了沉重的打击。

对方置之不理地将桂子抛在身后，头也不回地钻进出租车绝尘而去。红色的尾灯转眼间便消失在夜幕中。

桂子的心里一清二楚：明天，对方的手机号码就会变更；而且即便到对方家里去拜访，他也会一直佯称外出。就像她以往数次经历过的那样。

"结束了……"她像说给自己听似的喃喃自语道。她无意责备对方。兴趣与思考方式，宗教或人种。原本是陌路之人的一对男女，想要海誓山盟，需要逾越无数的障碍。但是，面对着一个与消失的城镇有关联的人，而且还是一个"特殊污染对象"，真的有谁能够平和地对待她吗？

一个已经被污染到如此地步的人，已然成为人们恐惧和忌惮的对象。真相不明，疑心生暗鬼，于是便导致臆测与流言以真实的面孔出现，并且活灵活现地传播着，最终如病毒一般迅速繁殖起来。

不能一味地埋怨人们无知。因为污染的全貌就连管理局也未能掌握，即便那并不完美的调查结果，也没有完整地公诸于世。

原因只有一点，那就是污染并非像化学反应一样具有一定的起因和归结。桂子本身也不清楚自己将会给别人带来怎样的影响。

话虽如此，桂子从小就在"净化中心"做过用自己身体来承受的、可以称之为人体试验的临床检查。因此，已经揭开了许多污染者的实态之谜。

只要特殊污染对象的"消失抗性"这一体内污染构成因素与"城镇"保持适当的距离，他们便与一般的常人几乎没有什么差异。已经得到证明的是：只要不出现"体内硅化"现象，就不会给外界带来危险。

但是，即便是对此了如指掌的管理局的人也毫不例外，只要桂子一出现，他们立即就会增加一道抑制"屏障"。对于那些与消失没有瓜葛的常人来说，对消失产生过剩反应还是情有可原的。虽说制定了污染者保护条例，但人们的视线还是与看到了接触性瘟疫带菌者无异。

无论如何都无法拂去的、肉眼难辨的污染诅咒。在烦恼亦无益的现实面前，桂子坐在了草坪上，精神恍惚地仰望着太空。在她的身后，车子一辆又一辆地相继驶过。那来往的车声，不知为何使桂子联想到了波涛声。那耳鼓深处铭记不忘的波涛声。

"大海……很近……"

她觉得"城镇"似乎已经看透了自己柔弱的内心世界，为了抓住自己，正在伸出触手。然而眼下的她万念俱灰，甚至懒得还击。

她曾一直拥有一种犹如使命感一般、想要阻止消失的意志。但是，一想到今后自己只能去过一如既往的孤独生活，她就觉得心灰意懒。干脆就让对方俘虏去算了！这样一来就能够轻松一些也未可知。仿佛是钻了她心绪不佳的空子，"城镇"触手的前端已经接触到了她。一个冷战穿透了整个身躯，就好像有一根冷冷的冰柱扎到了身体内部。

三十年的岁月倏忽而过，"城镇"一直都想要抓住她。意识正在渐行渐远，波浪的声音渐渐高涨，几乎就要包裹住她——一种陷入泥塘之中的安泰感觉。她知道这一切都是"城镇"为了抓住她而采取的步骤，然而她已经失去了抵抗的办法。

她忽然感觉到，自己的身体被谁冷不防地向上抬了一下。有人正在拥起并支撑着自己。温柔的泥塘不想叫她逃走，瞬间变为荆棘。这是现实吗？她一边纳闷，一边在渐行渐远的意识里对那个"谁"说道：

"你不可以，碰我。我，是特殊……污染……"

没有得到回答。从那紧紧拥抱着自己的温馨感觉上，滋生出了一抹微弱的、让她留恋这个世界的希望。她用尽最后的力气摆脱了"城镇"的触手，之后便丧失了意识。

第五会议室内，"消失预知委员会例会"的字样在消失已经发生了的现在，依旧满不在乎地挂在那里。在显示入室条件的发光二极管上，简洁而威严地标注着如下内容——"抑制屏障五层"。它意味着这里属于高等级污染对象物处理区域。

桂子站在入口处，一边整了整围在脖子上的围巾，一边在精神上一层又一层地叠放着抑制屏障。多层屏障被解除后会伴随一种猛烈的倦怠感，若在以往，正是兴致索然的时候。可眼下，这种低落消沉的状态正好可以利用一下。

椭圆形桌子四周摆放着差不多二十把椅子。大约百分之八十的委员均已落座。在抑制感情的作用下，大家全都麻木地翻看着手里的资料。委员会的成员大都是管理局的人，而来自其他院局的委员，也全都是以前从管理局抽调出去的。

一瞬间里就消失了数万人，这个消失对策会议，规模未免过小。但是，对付消失，存在着必须学习并掌握抑制感情诀窍的现实问题。跟消失扯上关系，是受歧视的。因此，管理局演变成了一个应对消失的特殊能力集团，一直独立于其他院局，采取单独行动。

坐在席位上以后，桂子注视着里面的空位。总监在月濑镇消失后兼任了都川办事处主任，一直没有回过首都。

会议开始，蜂鸣器以阴郁的声音鸣叫着，双重门关闭了。房间里的内压高涨起来，鼓膜感受到钝重的压力，耳畔传来委员们吞咽唾液的声响。

此次会议的中心议题，是从月濑镇回收的防盗录像。回收员们在消失区域内总共发现了四十二处装有防盗录像等监视器的场所。

便利店或停车场、商店街或个人住宅等，设置场所不一而足。

在那些录像中，哪怕只有一个——只要能够发现记录了人消失瞬间的情景，今后的消失预知方法便会出现巨大改变。上次消失是在三十年前，故而没有留下任何录像资料。

"请大家看看录像吧！"

都川办事处的远藤干事将准备妥当的录像放映到了前面的屏幕上。

"这是设置在月濑镇原田便利店里的防盗录像资料。时间是夜里十点五十分，距离推定消失时刻十一点还差十分钟。"

画面分为四部分，说明店内设置了四台防盗录像机。站在杂志陈列架前阅读的学生；站在收银台前挑选关东煮的情侣———一幅平淡无奇的便利店夜景。

突然，录像中断了。之后延续的便是沙尘暴一般的画面。

"就是这些。最后的画面是十点五十三分。距离推定消失时刻还差七分钟。其他录像大体上也都是在消失发生十分至三分钟前中断的。"

远藤干事抑制着感情以冷漠的语调接着说道："对所有的录像都作了解析。发生消失时没有一台摄像机在工作。因此，不存在可以搞清消失瞬间状态的录像。"

说明声虚无地回响着。画面中断了，委员们依旧盯着沙尘暴一般的画面。表情木然的委员们默默无语地并排坐在那里。那样子，与其说是在开会，莫如说是在参加某种仪式。

"这是怎么回事呢？"室内亮了起来，被借调到情报保全局工作的藤田第一个发言道。

"也就是说，所有录像，都在消失推定时刻之前被人为地切断了电源。"

"是所有的录像吗？"

"是的，无一例外！"

回答简洁明快。这一无可辩驳的事实摆在了委员们的面前。

"消失适应……"一名委员不假思索地脱口说道，仿佛是代替所有人员说出了大家共同的心声。

居民们依据自己的意志切断了电源，为的是不留下消失瞬间的记录。这只能被理解为是受到"城镇""消失适应"的影响。人们并非是在不知不觉间被卷入消失的，而是明明知道会消失却并未逃走。抑或根本就无法逃走。

尽管消失是同时发生的，却并未引发出交通事故或者火灾，于是上述看法仅作为一种推论，一直众说纷纭。上次消失后，才正式成为一个重点理论攻关项目。此外，消失时居民如果不在城镇内就可以避免消失——亦即所谓的"免失者"笃定会"失去记忆"这一事实，也可以用这一理论来说明。

关于消失适应，某报告事例颇值玩味。那就是仓辻镇消失时得到的"关于消失对象居民R某事例"的报告。

居民R某是消失镇上的人，在仓辻镇消失时，作为犯罪嫌疑人已被拘留，正处在从仓辻向首都强行押送的途中。仓辻消失后，在高速公路旁发现了押解车。包括R某在内，同乘该车的四名警察也全都不知所踪。

就这一现象，管理局只能得出如下结论——这是一种消失适应引起的消失对象居民在镇外消失时所引发的消失连锁现象。居民一旦处于消失适应状态，即便让其在城镇外避难，也难逃消失的厄运。不仅如此，更会使消失向其四周蔓延。

打那以后，消失适应的中和对策便和消失预知并列，成为管理局研究的主要课题。如果能对消失适应做出中和处理并发现对抗手段的话，就可以成为阻止下次消失出现的起点。

　　管理局内没有窗户。休息室也不例外，尽管休息室本应是一个让人一边观赏窗外景致，一边驱除工作带来的疲惫，放松心情的所在。当然，从外表看，管理局与普通的办公楼并无差异。然而，如果仔细观察的话就会发现，看不到在窗户里忙忙碌碌工作着的职员身影。

　　从外面可以看到的窗户全是假的。建筑物的构造犹如套盒，外部建筑套着内部建筑。亦即，建筑物是被双重屏障封闭着的。在这个无法放松心神的休息室里，桂子一边喝着取自热水器的粉粒感浓厚的绿茶，一边缓缓地解除掉精神上的抑制屏障。

　　和以往一样，大脑的中心似乎变成了一个空洞，出现了一种奇妙的浮游感和微妙的失衡感。紧接着，疲惫感便袭遍了整个身躯。

　　"你今天还是回去吧！"清扫工园田一边擦拭桌子一边窥望着桂子。

　　"可，也是啊……"

　　"瞧你！挺起腰板来！"

　　园田敲打了一下桂子的后背。那颇为洪亮的呵斥声与其瘦小的身躯很不相称。早在桂子进入管理局之前园田就已经承包了这栋大楼的清扫工作，甚至可谓是这栋建筑物的物主。

　　"哎，这儿的总监年轻时也常常和你一样，皱着眉头喝茶。"

　　"总监也有年轻的时候？"

　　听了桂子的说词后，园田豪爽地笑了，"看来你是没事儿啊，还能耍贫嘴！喝完茶后赶快回去休息！"

　　一如既往的直言不讳。然而管理局的人全都知道，这才是园田独有的体贴人的说法。即便是对总监，她也并不使用敬语。

"园田阿姨在管理局还是财团的时候就已经认识总监了吧？"

"啊，在他还是小毛孩子的时候就认识他了。这种地方没有谁能干长的。我却一直干到了这把年纪……"

"以前的总监是个怎样的人？"

"和你一样，责任感高出常人一倍。整天穷忙瞎烦恼，什么事都是一个人扛着。"

"是……穷忙啊？"桂子呆然凝视着纸杯中细小的茶叶末沉淀下去的状态，自言自语道。

"不过我说桂子，听说你要去那边？"

"哎，是总监要我过去。下周起要在都川待上一阵子。"

表面上看是去做消失地的现场调查，然而明摆着的事实却是：这是针对不久前自己被"送到净化中心"所采取的一项措施。

那天，与"城镇"在意识阈下进行的攻防结束后，丧失了意识的桂子好像被一个素不相识的人护送到医院里。因为身上带着管理局工作证，所以便被迅速地送到了净化中心。不过救命恩人是谁却无从知晓。

"咳。大不了向总监撒个小娇吧！"

"怎么可能！那个总监可不是撒娇能搞定的主儿啊！"

话是这么说，却无法掩盖桂子面孔上自然浮现出来的笑意。即便是对园田，桂子的语调中也已经不知不觉间带有撒娇的意味。能够不在乎污染，毫无忌讳地与桂子接触的，只有总监和园田二人。

通过安全检查关卡后，桂子来到了外面。她在那里停留了片刻，沐浴着阔别了数日的自然光。在天色尚明之际离开管理局已是久违的事了。即便风是穿过城市楼房吹来，拂动发丝也令眼下的桂子心旷神怡。

她将要横着穿过与地铁站相连的公园。这里是一周前她与恋人诀别的地方。只是一瞬间，心底涌出一股刺痛感，往昔的记忆开始在脑海中复苏。到头来，她对"分道扬镳"已经习以为常。

说是公园，却并未配置任何游乐设施，只有一大片草坪，安放着长椅而已。与道路相接处甚至没有护栏。这里只不过是高楼大厦之间的一小块绿洲罢了。一只被解开了绳索的小狗，正在兴高采烈地追逐滚动着的球。

桂子感到一阵轻松，故意选择了草坪向前走去。脚下柔和的触感缓和了抑制解除后的虚脱感。

她环顾了一下四周，在确认并没有谁注意自己以后，便脱下鞋子，光着脚在草地上行走起来。并非心血来潮，而是暗自决心一试。解除了强力的抑制后，不知为何足底的感觉变得敏锐了。

并不单纯是"敏锐"。裸露的足底，从接触到的地面上可以得到多种"感受"。闭上眼睛以后，她知道小狗为了追球正在左侧奔跑。那一步一步的跑动，甚至连喘息声都可以感觉出来。眼下的桂子，即便闭着眼睛向前奔跑，大约也可以在就要跑到草坪尽头时分辨出来并停住脚步。"敏锐"指的就是这些。

由于长年的裸眼检索，总监的视力已经近乎失明。他之所以不需帮助就可以行走，无疑也是借了这种感觉力。

依靠感觉而非视力，桂子意识到行走的前方出现了自己不熟悉的物体。她睁开了双眼。

眼前支着一顶小小的单人帐篷。因为是在首都的中心区域，故而一些公园里便出现了用蓝色塑料布搭成的流浪汉们的临时居所。这所公园或许是因为过于开放的原因，迄今为止尚未出现上述情况。

虽然没有那个必要，桂子还是蹑手蹑脚地凑了上去。突然，"敏感"的脚感觉到了"什么"。帐篷里有人。而且对方也正在注视着桂子。刹那间，一股巨大的暖流包裹住了桂子。

入口处显露出来的，是一架照相机的长焦镜头。目标正是桂子。若在以往，桂子理应停住脚步，但是今天的她很从容。她甚至清楚帐篷里人物的一举一动。她趁机将身子闪向一边，于是，失去了目标的镜头晃动了一下，似乎是在寻找目标。这期间，桂子已经走近了帐篷，近距离再次回到了镜头的视界里。就在快门被对方摁下的那一瞬间里，桂子的手放在镜头上遮住了镜头。

"哇！太过分了吧？好不容易才捕捉到的镜头啊！"

从帐篷里传出男人的牢骚声。

"连个招呼都不打怎么可以拍照呢？"桂子以略显严厉的声音制止着对方。不过，却并非出自本意。因为方才瞬间感受到的那股暖流与那天夜晚的那人极为相似。

"到底还是惹你发火了呀。糟了！"

"打住吧！赶快露出脸来让我瞧瞧。"

桂子手掩相机，等待着对方现身。仿佛豁出去了似的，一个男人战战兢兢地走了出来。这是一个看上去要比桂子年长五六岁的男子。头发蓬乱胡子拉碴，与那身脏兮兮的迷彩服T恤衫，再加上磨破了的裤子以及长筒工作靴，搭配得真是无话可说。没有谁会相信这是一个正经人。可是，当他拢起蓬乱生长着的头发，露出了一双

72

眼睛以后，那对透着温柔和精悍的眸子倒是蛮讨人喜欢的。

"你在拍什么？"桂子总算收回了摁着相机的手，向对方问道。管理局的工作从性质上讲就是机密过多。没有什么比认真仔细更为重要。

"失礼了！从一大早起我就一直等候在这里。"

"哎？"

"早上你不是从这里路过去上班了吗？我睡得迷迷糊糊的，等我准备好相机时，你就已经走远了。"

"这么说，打一开始你就是准备拍我喽？"

"是的。好歹才看到你的身影了，却发现你突然脱掉鞋子，笑呵呵地走了过来，我就光顾着看你，忘记拍照了。"

自己古怪的行为被对方看了个正着，桂子不由得羞红了面颊。

"可是，你为什么要拍我呢？"

"来吧，喝杯茶怎么样？"

也不等桂子答话，他便忙着准备烧水。

"啊，算了，我不渴。"

"来吧来吧，没关系的。杯子我都仔细洗过了，再煮沸消消毒。再说了，这可是很少能喝到的第一茬黑茶呀！"

两个人份的开水，转眼间就在水壶里咕嘟咕嘟地沸腾起来。

"你是……"

"啊，叫我胁坂好了。"

沸腾的开水被倒进铝制茶杯内。用线捆扎着的黑茶的新鲜叶片如同黑色的花瓣在开水中绽开。

"胁坂先生为什么要在这里支个帐篷并待在里面呢？"

"啊，流浪到这里了嘛！"

"你是从哪里来的？"

"这个嘛……是从……那边……吧？"

根本就没看哪边，便把手指向了西方。对方这种大大咧咧的回答，令桂子不由得有点冒火。

"你是不是有点活得太放纵了呀？好像很惬意嘛！"桂子故意以略带挖苦的口吻说道。

"嗯，人生最重要的就是要快乐。整天哭丧个脸又有什么用呢？"

也不知是他没能听出挖苦的意味，还是故意装出没有听懂的样子。他脸上浮现着一种毫不介意的超然神色。桂子最初感受到的温暖变得难辨其义了。

"来吧！请喝茶。这是从居留地寄来的今春第一茬黑茶。要是合你口味的话就好了。"

黝黑的茶水，被倒进形成鲜明对比的白色茶杯内。对方硬逼着桂子端起了茶杯。

"可是……"

"你先喝了再说！"

对方不容分说，桂子小心翼翼地将茶杯放到嘴边。

苦味虽然诱引出一抹微微的寒意，鲜茶独具特色的香气还是开始在口中强劲地蔓延开来。暖流沁透了整个身躯。桂子惊讶地睁开了双眼。

"原来苦味里也包含着各种感情呀！虽然是热茶，却觉得似乎有一种凉爽的感觉残留在嘴里呢。"

"是吗？那就太好了！"

清爽明快的香茗余韵，似乎使抑制解除后的虚脱感远离了自己。

"不知为什么，真是绝了！香气似乎沁润到了身体的每一个角落！"

听到桂子夹杂着叹息的感慨声后，胁坂不由得喜上眉梢。

"疲惫的时候它最管用了。"

"哎？"

"你现在很累吧？"

"我，看上去有那么疲惫吗？"

桂子不由得把手放到了自己的脸上。

"嗯！而且脾气也不好啊！甚至还得了一种怪病——疲惫傲慢症！"

对方似乎领会了方才的挖苦。这令人讨厌的高明报复以及被刚刚相识的男人揶揄后的恼怒令桂子哑口无言。

"惹你生气了是吗？"

"好像是啊！"桂子答道。

胁坂使劲挠着自己凌乱的头发，脸上写着失败两个字。

"我就是有这么个毛病，越是自己感兴趣的人，就越是爱惹对方生气。"

桂子依旧将面孔扭向一旁。胁坂继续嘟哝了片刻后，突然站起身来，跪在地上谢罪道：

"对不起！请你原谅我！"

桂子惊愕得一时间说不出话来。过往的行人不知发生了什么事，全都诧异地看着眼前的情景，走过他们的身边。在附近游荡的小狗凑到胁坂身边，狐疑地嗅着他。

"请你……仰起脸来。"

见桂子终于开口说话了，胁坂就像是一只被压扁了的青蛙，依旧匍匐在地，只是将脸转向了桂子。

"你愿意听我说话吗？"

"听就是了。你别这么个姿势好不好？"

"OK！"

这次，胁坂又摆出一副正襟危坐的姿势。望着对方沾满了结缕草的脸，桂子强忍了片刻以后，终于忍俊不禁扑哧一声笑了起来。

"你总算笑了？笑脸也这么好看！"

对方这种厚脸皮的话，令桂子有些手足无措，不知道该以怎样的面孔来回应对方。看着他那张沾满了结缕草的脸，对话怎么可能顺利进行下去？于是，桂子从手提包内取出手帕，替对方擦掉了脸上的结缕草。对方神情专注地任凭桂子擦拭着。

"跟你搭话可不是为了让你惹我生气的，知道吗？"

"正是！正是！该谈正经事了。其实，我是有件事想求你。"

"什么事？"

"我想请你来当模特，可以吗？"

"拒绝。"桂子当即断然拒绝了对方。

"喂喂，你再考虑考虑不行吗？"

"像现在这个样子，你已经找过几个人了？"

"哎？"

"我在问你，算我，今天是第几个了？"

"喂，喂，我这可不是在泡妞啊！"

"也差不了多少不是？什么拍照，不就是个借口吗？要么就是你想拍个裸体照什么的？"

"这个嘛，要是你有那个意愿，拍裸体照也不是不行。只是，靠

76

裸体照上位，年龄上，这个……如果不再年轻十岁的话……"

对方说话时的态度极为认真，桂子的怒气终于爆发了。

"我可没有心思在这儿陪你胡闹！还说什么流浪到这儿了，其实不过是摆出一副流浪汉的样子给人看罢了！你可曾真正理解那些无家可归的人的心情？他们决不会希望去当什么流浪汉的！"

正因为她平素知晓很多与消失的城镇有瓜葛、丧失了自己家园的人的事，所以言辞才如此辛辣刻薄。同时，解除抑制后的神经过敏也是原因之一。

对方的轻薄，令桂子产生了"人生岂可如此"的反感。但是，她自身也很清楚，自己只不过是在迁怒于人而已。只不过是对自己——一个无家可归又不能如浮萍般到处流浪的人的内心憧憬的反唇相讥罢了。

胁坂的表情变得阴郁了。脸上飘逸着沮丧与悲伤。这似乎并非只是因为遭到了拒绝，而是因为自己的尊严受到了伤害，感到无地自容。他的视线转向了别处。

"是装成流浪汉的样子……吗？或许真的如此啊。我或许真的无法理解那些无家可归的人的心境啊。"

从与刚才的滑稽举动和话语相差甚巨的嗫嚅声里，可以感受到某种非比寻常的东西。就在桂子想要弄清这一点的一瞬间，对方的表情突然一变，脸上浮现出轻微的笑意。

"不好意思，忘了这一切吧！耽搁了你的时间真是不好意思。"

"可是……"

面对犹疑不决的桂子，他又追加了一句：

"你走吧！"

对方不容分说的静静的气势阻止了桂子的下一句话。桂子咬着嘴唇站起身来，示意之后，离开了公园。

　　打那天起，每当桂子走过公园，都会看到那顶帐篷支在那里。桂子不露痕迹地窥望着那顶帐篷，却不见胁坂的身影。当然，因为不知该以怎样的表情与对方相见，因此，不打照面反倒使她感到轻松。

　　星期五午休时，桂子一个人出去用午餐。她向沿公园而建的一栋商住两用大楼二层的咖啡店"Little Field"走去。她想见见久违了的店主。

　　穿过人行横道后，在与公园隔着一段距离的地点，桂子回头向公园望去。虽然萌生了一种看到胁坂后内心世界将会出现动摇的感觉，但这只不过是杞人忧天而已。也不知是发现了怎样了不起的目标，长焦镜头后硕大的相机伏在那里，就像狙击手等待狙击对象一般纹丝不动。

　　一打开咖啡店的门，耳边立刻响起通知有客人光顾的清脆悦耳的铃声。看到桂子以后，店主的脸上露出了笑容。

　　"哎呀，是桂子小姐呀！好久不见了嘛！"

　　"哎，最近忙。老板看上去蛮精神呀！"

　　说话带点女人味的老板，系着丹宁布围裙，转过浑圆的身躯，热情地招呼着桂子。桂子找了个窗边的座位坐下后，便向打工的女服务员索要午餐菜单。就在桂子想打开手里的女性杂志时，她注意到了某种异常，不由得四下张望起来。

原先挂在墙上的流行艺术画不见了踪影，取而代之的是一张黑白照片。照片并不算太大，尽管如此，却具有几乎可以影响店内氛围的存在感。

桂子已经忘记打开手中的杂志了，只是着了迷似的凝视着照片。她的视线已经无法挪开，心境绝非舒畅，但也并非不快。她被一种难以形容的奇妙的感觉支配着。

这似乎是一张静物照或雕像照，具有一种等候审判的孤高和庄严，同时还给人以一种慈悲为怀般的安宁感。

桂子恍然大悟似的将脸转向了窗外。原来如此！那是一张以完全相反视角拍摄的公园里司空见惯的风景照。看上去宛若三根柱形雕刻品一样的东西，原来就是首都环状防卫线的纽带双子座大厦和三座高射炮塔的剪影。

或许是旭日东升前的那一瞬间吧。从后面涌起的霞光，给黝黑威严的轮廓镶嵌上了一道黄金铸就的边饰。那霞光把"待敌三座塔"变幻成似是恶的化身，又似天使下凡的难以形容的东西。不明拍照原理的桂子，没有能力说出这幅作品的拍照技巧。但是，那直抵源头、压倒一切的力度还是深深震撼了她的心灵。

那是一种困惑，一种动摇，一种看透了人生苦短恍若云烟的智者眼神。同时，它的超然态势甚至会使欣赏这幅照片的人几乎产生一阵颤栗——鞭策你严于律己、勤奋立世。

"老板！这幅照片……"

桂子目不斜视地盯着照片，对拿来菜单的老板开口问道。

"啊，你说它呀！不错吧？"

"和以往的风景看上去截然不同。这，是谁的作品？"

"公园里不是有人支着一顶帐篷吗？就是那个人帮我拍的。说是帮我拍的，其实是拿它当了这儿的餐费，撂下它就走了。"

太像是那个人的厚脸皮做法了。桂子用叉子叉着鸡煲饭中的蘑菇，向窗下望去。

究竟是发现了怎样的目标呢？胁坂一动不动地保持着方才的那种姿势，端着相机匍匐在地上一动不动。

照片并非是单纯地拍摄风景，如果是想表现映射于拍摄对象身上的摄影者姿态，他会以怎样的心境来进行拍照呢？

一缕兴致在桂子的心底萌生。

"着什么急，再待一会嘛！"

谢绝了老板的挽留后，桂子匆匆离开咖啡店，向公园走去。胁坂依旧在老地方端着相机。在差不多一个小时的时间里，他一直保持着相同的姿势。

桂子坐在他旁边的草地上，搜寻着他的目标。长焦镜头瞄准的方向高楼林立，真不知他想要拍摄怎样的世界。

他似乎已经意识到了桂子的存在，却仍然聚精会神一动不动。无法跟他搭话，无奈，桂子向对方致意，打算站起身来。

"先别走啊！"

或许是胸部受到压迫的缘故，声音低沉。桂子顺从地重新坐了下去。不久，时机到了，他摁动了几次快门。接着便大声叹息着，将身体摊成一个"大"字，俯卧在原地。只是将脸转向了桂子，朝她温和地一笑。

"谢谢你过来看我。"

对方毫不矫饰的话语令桂子紧张的身心松弛下来，并得以坦率地向对方表达了歉意。

"前两天，对不起了。对你说了失礼的话。"

"我知道那时你的心绪很不稳定。我不介意的。再者说了，你也没说错什么呀。"

他终于站了起来，盘腿坐在那里，伸了个大懒腰。依旧是满脸的结缕草。桂子笑着替他擦掉了那些结缕草。温暖的感觉再次袭遍周身。今天的桂子，已经能够坦诚地面对这一切了。

"我怎么觉得，胁坂先生和上次相比大不一样了呢。"

"你还不是一样？上次好像触着你霉头了！"

"因为工作上有点……对不起。"

又不能直言抑制感情的事，桂子只好含糊其辞。当然还有一个原因，那就是被对方拍照令她产生了过激反应。

"嗯，和黑茶一样啊！随着当时的心情或者接触方式的不同，味道将会千变万化。不论是茶还是人。"

"可不。嗯，胁坂先生……"

"就是这样！"

桂子很想问问那天夜里是不是他救了自己，可是，自己的话却被对方大声的话语给淹没了。对方突然抓住了桂子的双手。桂子无法逃避地被那双温暖的手包裹着。

"总算把过去的一页翻过去了。看到你今天的样子，我就更想多为你拍几张各种表情的照片了。"

"虽然你这么说……"她无法抽出被对方紧紧握着的手，只是困惑地低垂着头。

"礼拜天休息吗？"

桂子决定不再搭理他，用力推开了对方的胳膊，并站起身来掸了掸沾上了结缕草的膝盖，向管理局走去。胁坂大声喊叫着追了过来。

"礼拜天上午十点我在这里等你！"

"我，不会来的！"桂子一边走一边回过头来说道。胁坂毫不介意地盘腿坐在那里嘿嘿地笑着。桂子停住了脚步，再次大声说道：

"我，不会来的！"

几经逡巡，到头来桂子还是应胁坂之邀来到公园里。眼前是空无一人的一大片草坪，帐篷已经不见了踪影。

桂子轻轻地咬住了嘴唇。在眼下这段时期，包括桂子在内，管理局的人全都在忘我地工作，甚至连假日也都在加班加点。现在想来，只觉得自己有点傻——居然勉为其难地休了个星期日，甚至还认真琢磨过穿什么衣服去为好，

眼角一酸，热乎乎的东西涌了上来。即便她自己，也还是不能控制不稳定的感情。这份泪水并非出自对胁坂不守信用、出尔反尔的愤怒和悲伤。

今天来到这里，虽说是受胁坂所邀，但桂子本人在心底一隅也企盼着能够让对方拍上几张照片。

当然，她并非希望借助拍照来"脱胎换骨"，这个词语常用在屡见不鲜的励志书上。靠别人的影响改变自己，说到底并非本质上的改变。

但是，从胁坂的照片上所感受到的动摇或者困惑，如果是他自身的投影的话，就可以期待通过让他拍照这件事，来看清他的真实面貌。桂子觉得自己也想看看自己被他拍出的形象。

如此说来，自己讨厌拍照的心理是否变淡了呢？这种厌恶感从孩提时代她知道了那件事起一直延续至今——当时，同学的父母们，因为惧怕污染，将与桂子的合影全部处理掉了。

然而，他却销声匿迹了。没有游戏设施的空荡荡的草坪今天愈发令桂子感到空虚旷荡。

"又是，孑然一身了吗？"

她自我规劝似的自语，并微微颔首。这个公园又给自己增添了一个悲伤的回忆。桂子边想边往回走去。

一部车子停在那里，胁坂正靠在那辆车上。

"脸色好吓人哟！莫非我又惹你生气了不成？"

桂子背过身去，取出手帕偷偷地轻拭着泪水。

"哪里，因为帐篷不见了。我想你一定是不在这里了……"

再次看到胁坂，对方的变化不禁令桂子大吃一惊。

发型整整齐齐，邋遢胡子虽然宛若商标一样依旧留在那里，但却毫无肮脏之感。他俨然变成了一个集精悍与才智于一身的男人。

修身的黑色夹克很合体，男性的成熟魅力呼之欲出。整个人物焕然一新。桂子几乎就要对对方一见钟情了。她慌忙掩饰着自己的表情。

在胁坂的身后，黑色的汽车正在低吟——那静静的引擎声，反倒蕴含着某种凶猛的劲头。铮亮的车体炫耀着自己的流线车型，似乎在宣告自己就是体育明星。

"车子是从朋友那里借来的。"

"这车子看上去好高级呀！"

"也就是暗示我，说这车子和我不般配喽？"

桂子对胁坂孩子气的乖悖报以微笑，没有回答他。

胁坂端正了一下自己的姿势，站在桂子的正面，深深地低下头来。

"你能来，非常感谢！"

一张充满了亲密感的笑靥。这个人真的是笑容可掬。最初感受到的温暖总算与真实的对方重合了。

"我可还没说 OK 呀！"桂子言不从心，控制着就要绽开的嘴角，以硬邦邦的语调提醒道。胁坂似乎考虑到了她的顾虑，说道：

"算了。不说这些了。你只要能来就很不错了。来，坐上去吧。"

星期天早上的首都高速公路并不拥堵。梅雨将至的这段时期，天空少见地一片瓦蓝。鲜明的阳光洒落在绿色的行道树上。柔和的光线反射到镶满玻璃的高楼大厦上，令人感到街头到处都潜藏着夏天的气息。

戴着太阳镜的胁坂同以前相比，变了个人一般默默无语地握着方向盘。摸不着头脑的桂子只是一个劲儿毫无意义地摆弄着围巾。

"你很喜欢围巾吗？"

今天的桂子在贴身背心外面穿上了一件无纽对襟毛衣，下身则是雪纺裙子。围巾一般说来只有工作时才会围上，可是今天，她在对着镜子踌躇了再三后，最终还是用围巾换掉了项链。她觉得盛装打扮有点令人羞赧。

"怎样的打扮才合适呢？我有点拿不定主意来着。"

"啊，就这样很不错的。搭配得很好。"

听到对方坦率的赞辞后，心情反而有些不爽。

"今天在哪里拍照啊？"

"如果可以的话，拍照之前能不能给我点时间呢？"

"给你点时间？"

"是的。在拍照之前你我必须有所沟通，否则我就无法为你拍照。"

"也就是说要给你理解我的时间，是这样吗？"

汽车驶上首都高速公路以后，胁坂开始提速。大排量引擎发威，极为轻松地提高了车子的速度。

"严格地讲，则不是那个意思。邂逅才只是一两天，要想认识一个人，那是不可能的。如果觉得自己已经了解了对方，那就是一种傲慢。我所做的，说到底只是从我的视角对你的解释。"

"那么，你说的时间，就是指让你站在自己的角度了解我的时间了？"

"如果你能答应我的话。"

扬声器里传出了桂子耳生的音乐。不过，通过乐曲的独特节奏旋律和穿插其间的古乐器调子，桂子就已经知道这是西域音乐。仿佛要跟上旋律，胁坂提高了车速。俄顷间，拐弯处露现出山巅隐匿在云端的隆起熔岩山脉。

海很近。桂子把手轻轻地放到围巾上，暗想。

在鸟瞰大海的高冈上的度假宾馆前，胁坂把汽车停了下来。他熟稔地把钥匙交给门童，向大堂走去。

"久违了！"一位身穿黑色制服的中年男子笑容可掬地迎接了胁

坂。与其说是宾馆员工，不如说是管家更为贴切。桂子看得出，胁坂的身份高于一般的客人。

对胁坂笑脸相迎的男子看到桂子后，仿佛突然受到惊吓一般立刻恢复了本来的面孔——只有待客的行家才有的"切换笑脸"。

二人被引领到餐厅内面朝大海的窗边座位上。

胁坂根本不看菜单，便直接向服务员点菜。使用的是西域语言。尽管连打开抱在胸前的皮面菜单的时间都没有得到，服务员还是显露出听懂了的表情，返身离去了。

任务完成了似的，胁坂缄默起来。拘谨的沉默中时间在流逝。可是，又不能没完没了一个劲儿地观赏景色，于是，桂子开口说道：

"那个，照片，我看到了。在 Little Field 咖啡店。"

"是吗……"

并无多大反应。胁坂把身子依在靠背上，眺望着窗外的景色。

"你不问问我的感想吗？"

胁坂慢慢地将身子转向了桂子。深邃而又清澄的眸子甚至会令人望而生畏。桂子觉得自己似乎看到了一颗深不可测的灵魂。但那也只是转瞬即逝，一抹笑意浮现在对方的眼角。胁坂以温和的声音说道：

"你的表情已经告诉我你想要说些什么了。至少不是坏印象。所以今天才来见我？对吗？"

"嗯，是这样的。"

"这就足够了。"

服务生出现了。身子优雅地转了半圈，将汤盘放在二人面前，而后抽身离去。

"这就足够了……"他好像说给自己听似的自言自语着。

菜品配合着进餐速度，被极为适时地端到桌上。在受过良好训练的服务生不卑不亢、恰到好处的服务下，二人在静静地进餐。

"胁坂先生为什么会选择摄影师这个行业呢？"

胁坂正打算用刀叉把鸭肉切开。可能是中途觉着麻烦，遂将鸭肉一下子全都送入口中。接着，他便用手示意桂子等一下，用手敲打了一阵胸部，然后才开口说道：

"这个问题嘛，难以回答呀！"

他将无醇啤酒灌进口中，总算把肉冲进胃里，然后大口喘息着说道：

"是不是可以这么说呢？如果描画一下自己的人生轨迹，可以说是在人生的道路上走着走着，最终便走到了这条路上，成了一种归宿。"

"是这样啊。"

"不过，我有时就想，如果当初我走的是一条完全不同的人生道路，如今的自己会在做些什么呢？即便如此，我想我仍然会是一名摄影师。啊不，是自己只能成为摄影师啊！"

听了对方的话后，桂子默默地点了点头。作为一个只能在管理局工作的人，她没有办法想像并描绘出不一样的人生图景。她觉得自己理解了胁坂的话。

"无论你在人生的道路上怎样摸寻探索，总有走到尽头的时候，总会与一个人邂逅。这简直就像是引航海流啊！"

"是……引航海流吗？"桂子回问道。这个词听着耳生。

"对啊，在这个国度是不怎么使用这个词汇的。而在面向大海开辟的居留地，海民们经常使用这个词语。嗯……"

他摸摸索索地在衣兜内搜寻出一张名片，在背面写上文字后把它递给了桂子。

"引航海流！"

"'引航海流'的意思就是：被大海中看不见的航路引导着去遇见某人。"

桂子将名片拿在手上，凝视着胁坂写上去的文字，在心中反复咀嚼着这个充满外国韵味的词汇。

餐食过后，上了茶水。茶水被注入淡彩纹西域瓷杯内。彩纹涂着浅淡的红色。茶叶笔挺的叶片显示，这家宾馆是居留地资本直营。

胁坂依旧闭口无语。桂子决定将今天早上的感受直言相告。

"对我的解释你好像不太满意是吗？"

桂子尽量避免自己的声音变得消沉。胁坂缓缓地收回了自己的视线。

"为什么这么说？"

"我想，可能是我与你的预想不一致，所以，你已经不想给我拍照了。对不起！一定是我让你产生了幻灭的感觉吧。"

胁坂张开了嘴巴，想要对桂子说点什么，但却似乎未能接着说下去。他面色沉痛地闭目沉吟了片刻，这才费力地说道：

"和你想的恰恰相反。"

"恰恰相反？"

胁坂没有回答。可是，当他看见桂子一直是一副等待其回答的表情后，遂自言自语般回答道：

"总之，我对你并没有失去兴趣，放心好了。"

离开宾馆后，胁坂再次驱车飞驰起来。大约过了五分钟，车子停在了距离海角不远的停车场上。将装有摄影器材的手提包扛在肩上，他走下通往海边的小路。

望着胁坂大步流星走去的背影，桂子几乎一溜小跑地追了过去。凹凸不平的道路似乎要绊住桂子的双脚，然而胁坂全无眷顾之意。

被低矮的海边植物覆盖着的小路，不久便延伸到可以眺望大海的半高处。眼前是一片广袤的沙滩。或许是远离了道路的缘故，弧形的沙滩上人际杳然。周遭的空气里充斥着涌来的波涛声和飞翔着的海鸟的鸣叫声。

浇筑后便被丢弃的钢筋混凝土碉堡，半个身躯淹没在海沙里，以均等距离排列在海边，以抵御不知何时就会来犯的"海上敌人"。

"你常在这里摄影吗？"站在总算停住了脚步的胁坂身边，桂子这样问道。

"不，摄影这里还是头一次。"

一种语感微妙的说法。对他来讲，这片大海意味着什么呢？在海风的吹拂下，脚下的植物发出一种干燥的声响，随风摇动。尽管沙子有些陷脚，桂子还是来到了接近海浪的地方。一层又一层的波浪声包围了她。

波涛声不容分说地将桂子引导到往昔的回忆里。据说，当初她在那个海边城镇上被人们发现时，就是这样茫然注视着大海的。就她本人来讲，当初的记忆已经踪迹全无。但是，就仿佛刻印在了她的视网膜上一般，那片大海的光景却时常萦绕在她的脑际。那天，理应和仓辻镇的人们一同消失的她，是怀着怎样的思绪奔向了大海呢？

桂子已经忘记是和胁坂一起来到这里了，她一直凝望着波峰的白色浪花和成群结队飞舞着的海鸟。无休无止的波涛声使她忘记了时间的流逝。待她缓过神来，用手拢了拢散乱的头发，回转过自己的身躯时，她发现胁坂已将方才端好的相机挂在了胸前，一副茫然若失的样子。

"你怎么了？"

"没什么……"

一副狼狈状，完全没了往日里胁坂的样子。

"今天你好像不打算突然袭击偷偷拍照了嘛！"

即便半开玩笑地嗔怪他，也未能使胁坂恢复常态。这几乎令桂子无所适从。

"哪里，是想那么拍来着，所以才对着取景器看了好一阵子。"

他就像是一个迷了路的孩子似的满脸迷茫地将视线落到照相机上。

桂子总算朦朦胧胧地意识到了自今晨起胁坂态度的不同。他似乎想要约束什么，却又无法约束，因此才感到困惑。

"我觉得如果拍了你，你的身影好像就会消失似的。"

"好像会消失？我……吗？"

自己理应是已经消失了的——想到这，桂子便感受到了极大的冲击。这是他的"解释"吗？

胁坂一直目不转睛地凝视着桂子。这么做似乎是一种身不由己的举动。仿佛这么做就可以防止桂子的消失。桂子不由得确认了一下自己的存在。

自己正伫立在这里，自己正待在这里——这种感觉是多么的虚幻啊！她甚至觉得：面对着如此浩瀚无边的大海，渺小的自己即便消失了也没有什么不可思议。

她想起了那些仿佛是代替自己消失了的仓辻镇上的人们，想起了那些无法逃避消失的月濑镇上的人们。自己本来应该跟他们一样，是"毫无理由地消失了的人们"当中的一员。

"就算那样，又有何妨？"这句话自然而然地脱口而出，"人早晚都会消失。也许就在眼下的这一瞬间里。因为这是无法阻止的。"

似乎不同意桂子的话，胁坂使劲儿地摇着头。

"你……你也想在我的面前消失吗？"

这是一种无力阻止、发自内心的声音。桂子惊愕了，因为她觉得自己似乎看到胁坂的脸上出现了湿润的东西。

泪水？就在桂子这么想的一瞬间，她的脸上也出现了冰冷的感觉。

突然下起的雨。

胁坂不顾雨水打湿了摄影器材，依旧伫立在沙滩上。为了避雨，桂子拽着他的胳膊，强行把他拉到最近的碉堡内。

这些在过去的战争年代为了保卫本土而突击建造的简单建筑物，随着时光的推移已经出现了裂纹，正在崩坏。但是，作为避雨的场所却绰绰有余。在四周粗糙的墙壁包裹下，内部一片微暗。面朝大海张着嘴巴的枪眼变成了获取光线的窗口。透过枪眼，可以眺望到一小条地平线。

雨势越发猛烈起来。雨声充斥着周围的空间。雨水一股脑儿地倾泻到沙滩和大洋上，转眼间地平线便消融在雨雾中。

"胁坂先生，你是不是失去过哪位重要的亲人呢？"在闭塞的空间里，桂子的声音伴随着余音回荡着。仿佛下了破釜沉舟的决心一般，胁坂将手放到枪眼上，凝望着因骤雨而朦胧氤氲的大海开口说道：

"正是！我曾经失去了一个人。所以对不起，说是要给你拍照那不过是个借口而已。我是想利用你，并以此为契机使自己重新振作起来。这不是摄影师应有的行为啊！我是想让失去了的人的面影与你重叠起来，借以满足自己内心的某种需求……可是，一到要给你拍照的时候，就觉得你对我来说，已经构成了一种超乎想像的压力。"

"为什么会这样呢？"

"因为自己的心已经超乎想像地被你攫取了。可是，我是从一开始就意识到会如此的，从我看见你的第一眼时开始。因此，今天你能来，我很高兴。可是反过来讲，也非常的恐惧。我之所以说理解不了你，那只是一个借口。我是害怕自己了解你。我害怕了解你以后会得到一些东西，同时也会失去一些东西。这两者都令我感到恐惧。"

一鼓作气说完这些以后，胁坂勉强露出了一个作怪相的笑脸。

"总而言之一句话，对不起！或许给你带来了不快的回忆。"

也许是包含着谢罪的含义，胁坂膝盖着地跪在了桂子面前。从他那宛若折断了羽翼的鸟儿一般的样子上，便可得知其失去的东西该是多么的重要。

失去的痛苦，并非仅仅在于失去这个事实。痛苦之处在于，明明失去了，却还必须每天面对自己不间歇地移动着的这一"日常现实"。他是以一种怎样的心情来坚持自己日日夜夜的漂泊生活呢？尽管桂子心明如镜，她还是说出了残酷的话。

"人早晚都有一天要消失的。不管你情愿还是不情愿。"

桂子将跪在那里的对方的头揽在自己的腹部紧紧地抱住。胁坂多少有些吃惊，但还是顺从地将身躯依偎过来。桂子轻轻抚摸着对方的头，就像哄劝小孩子一般。

"所以，我对失去并不感到悲伤。如果只是这样的话，我倒是希望每一个瞬间都能与将要失去的人正面相对。"

他依旧顺从地将头部靠在桂子的身上。那姿势令桂子涌起怜悯之心。

如何面对失去的人，因人而异。就算是逃避现实，如果能一时心绪安然，他人则无权说三道四。然而桂子已经下了接受他的决心。他的想法，自己的想法，两者都不可忽视。

"胁坂先生，如果害怕失去，你就无法为我拍照，是这样吗？"

他的肩头在晃动。桂子缓缓地抚摸着对方的头继续说道：

"对不起，我对你的工作，摄影师的工作，知道的不多。但是，看过你的摄影作品后我意识到了，你是一个能够截取过去指引未来的人。截取人们每个瞬间的思想大概就是你的使命吧。假如明天就会失去的话，你就更应该将那个瞬间之前的一切拍下来。难道不是这样吗？"

胁坂将额头顶在桂子的腹部，宛若一个天真的孩子似的摇着头。桂子多少有些粗鲁地抚摸着他的头，这种抚摸包含着叫他不要这么撒娇的意思。

"干吗这么严厉呀！"胁坂在桂子的腹部含混不清地说。

"对不起。说了这么多好像很了不起的话。"

"不！你说得没错！对不起。这副样子让你见笑了。"胁坂终于仰起头来，带有几分羞涩地站了起来。而后便突然用双手捧住了桂子的双颊。这一完全出乎桂子意料之外的举动令桂子呆呆地伫立在原地。心在怦怦乱跳。对方温和的笑脸近在咫尺。桂子已经意识到自己的满面绯红，遂咬着嘴唇错开了自己的视线。

"你就不能往这儿看吗？"

桂子为这温柔、因此也就更为坚定的声音所敦促，横下心来将自己的视线对了上去。瞳孔的深处，出现了在照片上所看到的那种宛如被深深拥抱着一般的安宁和孤高的庄严。桂子的心头相继涌起了踌躇与战胜了踌躇的激昂之感。

"跟最初相见时，掉了个个儿啊！"

胁坂嗫嚅着。"掉了个个儿"指的是什么？桂子如堕五里雾中。

"那天夜里，是我抱住了你。今天则反过来了，是被你给抱住了！"

桂子睁开了双眼。那天夜里把自己送到医院的，果然就是胁坂先生！他是在知晓自己身上的重负后才决定接受自己的吗？她难以向对方确认。

雨势开始减弱，雾霭蒙蒙的雨丝无声地不间断地洒下。胁坂来到碉堡外面，走到水边后回头说道：

"现在还不能给你拍照。"

这话既是说给桂子听的，又仿佛是对自己的宣言。

"还是回到自己的地盘上去吧。回到自己的居留地，先做个了断。否则就……"

一种来自远方的声音。声音里包含着静静的决心和破釜沉舟的精神准备。桂子静静地听着，她无法揣度那话语所表达的含义。

"总有一天我还会出现在你面前的。那时我所要拍摄的，既不是谁的替身，也不是其他任何人，就是你本人。"

回过头来的胁坂，用双手的拇指和食指作了一个框框，桂子被收进了那个框框里。

"如果那时可以为你拍照的话，我也许会向你提出更多的要求。可以吗？"

"我知道。"桂子静静地回答。正因为回答得平静，所以对方理应感受到了她的决心。

"啊，我对你有一个请求。"

"什么请求？"

"能不能把你身上的物件送一个给我？拿它作为海民的护身符，用来指引归来的人回到他想见的人身边。"

桂子稍微思考了片刻，便解开系在脖子上的围巾，把它递给了胁坂。

踌躇犹存。即便将自己的所有一切和盘托出，他也还会紧紧地抱住自己不放吗？为了存留一丝幻想，迄今为止桂子让自己对分手习以为常。此次也会迎来和以往相同的结果也未可知。

她凝望着远方的地平线。大海对她来说，就是失去的象征。眼前的大海，意欲把自己引向何方呢？

"引航海流……"

桂子在口中念着这个具有异域情调的词语。正因为那词语听起来耳生，所以便觉得自己似乎将要被引领到一个陌生的所在。当然，她并不知道前方等待着自己的是什么。迷茫与动摇依然存在。但是，她觉得即便存在着这些迷茫与动摇，剩下的那抹希望也还是可以寄托的。

迎风飞去的海鸟们那白色的羽翅在淡墨色的天空十分显眼地描画着弧形。桂子想象着自己与飞翔的海鸟重叠在一起的情景。自己能否像那些鸟儿一样展翅翱翔呢？以一种毫不犹豫的姿态。

她一边凝望着紧握着围巾伫立在海边的胁坂的背影，一边在心中暗想着自己不知何时才能与他再次相逢。

一道日光穿过厚厚遮掩着天空的云翳缝隙，斜着射向远方的外海。桂子向那道利剑一般劈将下来的光线，寄去自己的祈祷。

仿佛要将两人包裹起来似的，大海正在不断地咆哮。

Episode 3

深 灰 月 色

耳畔传来了秋蝉今年第一声性急的鸣叫。

是日，月濑镇的回收工作结束后，阿茜等回收员在远离城镇的一家废旧工厂仓库旁边的空地下了卡车。和以往一样，回收员们立刻避开人们的视线迅速四下散去。

七月的天空，即便过了六点，也依然亮如白昼。仿佛要珍惜这段时光似的，阿茜在都川的街道上散起步来。在往商业街漫步的过程中，她走进了一条自己从未步入的后巷。

阿茜在人影稀疏的马路上漫步。她一边躲避着伸到路上的店铺招牌，一边向前走去。

"原来是画廊啊……"

她在一个写有"风景画展——不知所在的地方——"的木框广告牌前停住了脚步。阿茜既无赏画的爱好，也不具备审美能力。她之所以身不由己地在那里停住了脚步，是因为从那敞开的门内飘出的一首凯丽的《归来的人》是她喜欢的曲子。她自然而然停住了脚步。

她向这个小小的画廊里窥望着。室内空无一人。在未作任何装修、也没有任何家具摆设的画廊里，三面的墙壁上悬挂着大约十幅画作，甚至会让人产生错觉，误以为现在是试营业。在观望了一下周遭以后，阿茜走进了店内。

广告牌没有说谎，画上画的是不知所在的风景。阿茜对没有署名的作者表现出敬意，端正了一下姿势欣赏起来。

画上画的都是一些随处可见的住宅街景。即便如此，阿茜还是感受到了强烈的感染力。所有的画上都没有人，虽如此，却能够让人感觉出生活在那里的人们的气息。

现在如此，将来也会继续如此的日常生活。同时，也是有可能于一瞬间就消失得无影无踪的日常景象。这是一个对上述日常景象感受到了倦怠或动摇乃至困惑的人所描绘的世界——阿茜产生了近乎如是的感觉。

在里侧的墙壁上，挂着一幅大出一圈的画作。阿茜退了几步，抬头观赏着它。笔直地延伸到山冈上的道路，还有耸立在那里、仿佛正在从高处鸟瞰世界似的暗色石塔和屹立着的炮身。

对阿茜来讲，这并非是"不知所在的地方"。以高射炮塔为中心所描绘的这个世界，正是阿茜每天伴随警报声看到的月濑镇风景。

"非特殊污染对象物品……"阿茜用回收员专用术语嗫嚅着。这是阿茜赴任时参加的讲座上多次出现过的话语。

在与消失的城镇有关的物品中，不属于回收对象的唯一例外就是画作。不管你画的是月濑镇还是在月濑镇消失了的人，都不在回收之列。据说这是因为画作没有污染之虞。但是，关于不会产生污染的理由，却未曾有任何说明。

"欢迎光临！"

听到背后传来的打招呼声，堵在门口的阿茜不禁回过头来。

一个高个子，准确地说是身形细长的年轻男子正站在门外。脸上漂浮着一抹似是困惑或恼怒的表情。看似作业时才穿的厚厚的棉衬衫上沾有绘画用的颜料。

"不好意思。我自己没打招呼就进来了。"

"没关系……请到这边来吧。我没想到会有顾客光顾。"

男人一边避开阿茜的视线，一边挠着头小心翼翼地走了进来，仿佛他才是顾客似的。看上去似乎与阿茜的性格恰恰相反，他是一个怕生的人。

"您是画这些画的人吧？"

"嗯，是的……"

阿茜前进一步，对方就要随着倒退一步。这种反应未免过于明显，阿茜不免忍俊不禁。

"这是月濑镇吧？"

"是吧。我想大概是的。"

"回答得没有自信嘛！"

"因为我自己以前住在那里，按理说现在是不应该待在这儿的。"

阿茜知道他的回答模棱两可的原因了。他是一个所谓的"免失者"——有相当数量的人，他们虽然是那个城镇上的人，却因为当时身在别处，便躲过了消失的命运。他们变得无家可归，而且还失去了亲人。可以说处于完全孑然一身、被弃于世的境遇中。

不必说，针对这些失去了一切的"免失者"，国家制定了优厚的保障制度。他们可以从消失基金会那里领取一年的生活补助；失去了工作的人则可以在再就业方面得到帮助等等。但是，没有人能够

"保证"治愈他们失去亲人和家园的悲伤。

"那天夜里，我在这里做个人画展的准备工作，所以躲过了消失的厄运。画作也保留下来了。仅此也可以算是一种幸运了吧。"

感受到对方不忍说出口的部分，阿茜能做的，只是点头而已。

住在都川的人们，全都或多或少地将失去了的城镇的记忆尘封于心底，不能畅所欲言。对城镇的回忆，就像是一根被植入皮肤深处的刺，在一成不变的日常生活中偷偷地喘息着，时而让人们产生一阵钝痛，宣布着自己的存在。

并排坐在接待客人用的椅子上以后，阿茜这才安心地观察起这个画廊空荡荡的空间。

"没有客人光顾，是吗？"

"嗯。也没做过宣传，再加上……"他有些吞吐，环顾着自己的画作，"虽然也有客人进来，可是有的人看到画后立刻就退了出去。"

就算是非特殊污染对象物品，人们也还是对描绘了"消失的城镇"的画作望而生畏。因为只是听管理局说画作不会产生污染，并没有人真正了解污染的实态。

突然，音乐停止了。凯丽的音乐不含矫饰，它总是在乐声停止后才令人意识到。但听者的心底却漂荡着丝丝余韵。

"我可以放点其他音乐吗？"

不待对方回答，阿茜已经蹲到了摆放在房间一隅的小小的立体声播放机前，取出了凯丽的光盘。接着，便从靠着的十张左右光盘中挑选起来。

凯丽、SEKISO·KAISO、山道年草＝富饶，摆放在那里的光盘的歌手艺名很小众，但有的却正合阿茜的口味。

"品位不错嘛！"阿茜一边将我思的《七日窗》插进播放机内，一边笑着回过头来。

"嗯，我也喜欢这个。不过，摆放在这里的这些唱片并不是我的。"

大约是某个消失了的人的物品吧。阿茜不再细问。

《七日窗》起伏平缓的主旋律，配上舒缓的吹奏法，使人联想到蔓生植物，像一杯令人胃口变好的餐前酒。

他的身上，轻轻地散发出一种画具的气味。虽然是一种没有闻惯的气味，但却绝不令人生厌。阿茜偷偷地窥望了一下对方的侧脸。稍微有点长，眼看就要垂下来的额发使他的面颊看上去颇具艺术家的风度。

发现阿茜在注视自己以后，对方曾一度惴惴不安地与阿茜对视了一下，接着便立刻错开了自己的视线。当阿茜继续以兴致盎然的神情注视他时，他便拘谨地面向前方僵直地伫立在那里。如此紧盯对方未免有些失礼，于是，阿茜转而打量起画廊来。耳畔传来对方如释重负的叹息声。阿茜不由得扑哧一笑。

于是，对方越发慌乱地挠起头来，似乎在说"糟了"。那张困惑的笑脸和我思独具魅力的泡沫一般的声音叠加在一起，令阿茜感到心情舒畅。

到头来，从阿茜到访时开始，一直到七点，在一个小时的时间内再无其他客人光顾。《七日窗》的尾部高潮也以一种舒缓的走向使人意识到了一天的终结。

"啊，今天就到这儿吧。"

走出画廊关好门扉后，他转过身来望着等候在身后的阿茜。那副表情似乎在问，你打算怎么办呢？看样子，他绝没把阿茜视为累

102

赘，只是觉得有些困惑，不知道在这种场合下应该怎样跟阿茜打招呼才是。见此情景，阿茜决定帮他一把。

"平常你都是怎样吃晚饭呢？"

"我倒是想说自己做。可是，家里所有的财产工具等一应物品全都失去了，所以呀，我总是在外面吃。"

"嗯，那么……"

阿茜想像着对方张皇失措的窘态，脸上浮现出捉弄人的微笑，斩钉截铁地宣布道：

"一起去吃晚饭吧！"

"哎？可是，我……"

"别说了，走吧！"

仿佛是在用这句话牵引着对方，阿茜迈步朝铃兰大道方向走去。对方就好像被拴上了一根缰绳，顺从地跟在了她的身后。不知为何，阿茜莫名地高兴。她时不时地回过头来，观望着紧随其后的对方。当他想要告诉阿茜"注意脚下"时，并不出声，只是用担心的表情来示意阿茜。阿茜觉得这就是他，虽然两人才认识不久！

打那天起，阿茜每天都要在工作结束返回住处的途中造访那家画廊。观赏画作成了阿茜每天的必修课。自不必说，七点打烊时，她就会帮助对方关闭店门，而后两人一起共进晚餐。

他的名字叫和宏，比阿茜大两岁。

和宏似乎一点一点地习惯了阿茜。阿茜喜欢他那种独特的跟人打交道的方式——那样子，就好像把一台不知将会怎样运作的机器推给了他，他需要每每谨小慎微地挨个摁着按钮做确认和认可。

然而，说是习惯了，他也并不会将自己的身世过多地讲给阿茜听。这或许就是他本来的性格。

阿茜想把和宏介绍给待风亭的中西先生。

上身穿着胸前点缀着荷叶边的无袖罩衫，下身穿着灰色缎子丝绸裙——阿茜挑选了自己所有服装中最可爱的款式，还戴上了古董珠宝耳钉。

她一如既往地认真地化了妆。因此，当她意识到时间时，约定的两点已经迫在眉睫。她飞也似的跑出公寓，奔上了天桥。令她感到不可思议的是：街道上的风景看上去似乎与以往迥异。在已经落下百叶窗的画廊前，和宏正百无聊赖地低垂着细长的双臂等候在那里。看到阿茜跑来后，便露出思索状，大约是在琢磨自己应该以怎样的表情迎接她为好。可到头来他还是一如既往似举非举地扬起一只胳膊向阿茜示意。

今天的和宏一身西域打扮。上身是带有三道线条的套头毛衣，下身则穿着丝光卡其裤。阿茜只是告诉他要介绍一位上了年纪的男性给他，因此他才在穿着打扮上花费了一番心思吧。这套看上去随意而不邋遢的服装，给人的印象颇佳。

穿过商店街后，两人走在了通往待风亭的路上。当和以往一样一口气登上了都川的堤坝后，阿茜这才注意到：自己今天穿的不是轻便运动鞋，而是一双鞋跟儿较高的坡跟拖鞋，走起路来立刻失衡了。见状，和宏慌忙握住阿茜的手挽扶着她。

"怎么能穿这类鞋登这种坡呢！"他一边看着阿茜的脚下，一边以轻微责备的语调说。

“嗯，嗯，可不是嘛！”

像两人当初邂逅时那样，此次轮到阿茜狼狈不堪了。她在拼命地掩饰。好在对方似乎并未注意到这一点。又不是什么初中女生，握握手怎么了？稳住神！阿茜！她在心中训着自己。但是怦怦的心跳一直难以平抑。

她突然注意到，与自己相向而立的和宏也不自然地挠起头来，因为阿茜一直紧紧地握着他的手不打算撒开。

“啊，不好意思。”

阿茜慌忙松开了手。那抹温馨的感觉从自己手上逃走了，令她惋惜不已。

“糟了……”

根据经验阿茜知道：一旦品尝了这种温馨，她就会像个小孩子似的，从心底里一直地追求下去。

在山麓下的十字路口上，走在前面的和宏回过头来，似乎想问接下来怎么个走法。若在以往，阿茜笃定会选择穿越树林的近道，不过看今天的这双鞋子，她只能再次求和宏与她牵手而行了。手指放在唇边做出思考状的阿茜最终斩钉截铁地说道：

“这儿有一条近路！”

看到阿茜被和宏牵着手登上山来，中西不禁瞪大了眼睛。

“喂喂，怎么又走那条路了？”

“嗯，我想让他认识一下这条近路。”

连自己都觉得这是一种辩解。没有办法。望着和以往迥异，认真化了妆、打扮得漂漂亮亮的阿茜，中西的脸上露出兴致盎然的表情。

就在身材修长的和宏打算躬身做自我介绍时，仿佛等候着这一刻似的，玄关的门铃突然响了起来，阿茜打开了门扉。只见门口站着四个男女，年龄大约都在六十岁左右。

四人好像是两对夫妇。客客气气地说过寒暄话后，一个男人向前迈进一步，对阿茜说道：

"如果房间空着的话，今夜能否让我们在这里住上一夜？"

突如其来的要求令阿茜难以回答，就在这时，中西赶了过来。

"倒是很想留下各位的！可是，因为今晚没有客人预约，所以完全没做准备呀！"中西抱歉地低头施礼道。

"突然上门打搅，有点难为您了。不过没有餐饮也没关系。只要能留我们住上一夜就行啊。您看能不能想想办法？"

看那男人的样子，似乎不达目的绝不罢休。

"恕我失礼，诸位是从哪里知道我这个待风亭的呢？"

男人目不转睛地凝视了中西片刻，这才含糊不清小声嗫嚅道：

"哪里……我们只是听说这里的夜景很美，所以……"

中西与阿茜相互对视了一下。中西抱起双臂，闭目沉吟了片刻，随后便下定了决心似的睁开眼睛颔首说道：

"很可能会招待不周的。如果诸位觉得即便如此也无所谓的话……"

四人各自深深地鞠躬致谢。

阿茜将他们引领到二楼的客房内。其间中西去准备茶水，和宏则离开了起居间，仿佛在说"你们不必管我"。

将客人领进客房后，阿茜向厨房走去。中西虽然手上拿着陶瓷茶筒，却似乎心不在焉地陷入沉思状态中。

"只怕还是那些离散家属散布的小道消息呀！"

"大概是啊。"

上个礼拜也有人以同样的理由前来投宿。

表面上看，禁止同为离散者（对已经消失了的人们，只要尚未在管理局办理正式宣布消失以及勾销城镇名的手续，便不会被视为正式"死亡"，会一直使用"离散"一词）的家属们聚集在一起议论消失的城镇这一话题。因为如果人们这么做，便会直接勾起他们对已经消失的人们的悲伤回忆。

但是，在背地里，却存在着离散者家属自己的联系网络。因为电子信息和纸质媒介信息已经受到管理局的严密监控，所以情报大都是口口相传的小道消息。

在中西以茶待客的这段时间里，阿茜拿着中西草草写下的便条，跑到熟悉的农户那里去采购蔬菜。不足部分则借中西的车跑到城里去采购。

"真不好意思啊。本来是特意请你来一趟的。"

连和宏也被打发出去采购杂七杂八的物品了。阿茜一边与和宏快步行走，一边关切地跟和宏搭话。

"哪里，与其被当作客人接待，反倒是干这个活儿轻松自在啊。"

真像是他！阿茜小声笑了起来。

"我说，阿茜与中西先生是什么关系呢？"

因为告诉过和宏，自己是以回收员的身份来到都川的，所以和宏才会对二人相识的经过抱有这样的疑问吧？阿茜向和宏简单介绍了二人相识的经过。

"还要问什么？"

因为阿茜突然回过头来，和宏没反应过来，差一点就撞到阿茜身上。阿茜用食指戳戳近在咫尺的和宏的鼻子，说道：

"不要因为人家上了年纪，就老是先生先生的啊。"

结束购物回到客栈后，已过五点。将和宏留在起居间以后，阿茜赶紧跑回了厨房。跟客人虽是那么说，可是中西准备料理却一点都不马虎。由于跟不上中西接二连三的指示，阿茜有些手忙脚乱起来。

"要不，我来搭把手吧？"和宏谨小慎微地向厨房内窥望着说道。虽然很想找人帮忙，可是，和宏是客人，怎好意思让他插手。阿茜与中西面面相觑着。

不待二人回答，和宏已经挽了袖子洗起手来。在向中西问明了菜谱后，便环顾厨房确认了一下进展状况，接着就麻利地打起下手来。

起初，中西的脸上还显露出一抹不安的表情。可是，在看到对方的麻利劲儿和熟练程度后，便再次飞快地忙碌起来，并且不再向阿茜，而是一个劲儿地向和宏发出指示。最后，甚至将烧烤完全委托给了和宏。

"你说你每天都是在外面吃饭，还以为你对料理一窍不通呢！没想到……"阿茜噘嘴说道，一副难以释然的表情。

"光靠画画儿填不饱肚子啊。我还在镇上的料理店打工呢。"和宏一边在隆起的料理上用调味沙司浇出优雅的线条，一边羞赧地自白道。

"是这样啊……阿茜，你可是给我带来了一个好帮手啊！"

"好嘛，您这么说，听起来好像是说我没用似的！"

看到阿茜绷起的夸张面孔，中西以调解似的语调说道：

"好啦好啦！客人们还都等着呢。"

一顿静寂的晚餐。

客人们在寡言少语地进餐，时而将目光投向窗外，俯瞰着山冈下的城镇。仿佛在等待着什么，夏季的天空不肯轻易落下夜的帷幕。

"我们请今天的厨师长和宏讲几句话怎么样？"

中西在和宏的身后推着犹豫不决的他。越过和宏的肩头，中西露出了调皮的笑脸。在众目睽睽之下，和宏的样子有些狼狈。

"稍……稍微等等。"

和宏暂时离开了房间。当他再次返回房间时，手里已经拿上了一把落满了尘埃的古弦乐器。可能是他待在起居间时发现的。

"乖乖，真有你的，居然发现了这么个乐器！"

"我不善言辞，就让它来代言吧！"

坐到墙边的椅子上以后，和宏驾轻就熟地调整了一下琴弦，挺直了腰板。身材修长的和宏的坐姿令人联想到了坐禅。仿佛吹来了一股清爽的风，身边的气氛变了。

"那么，我就为今天的相逢给大家献上一曲！"

说完颇有古风的客套话后，和宏摆好了拨动琴弦的姿势。

细长的手指轻轻跃动起来。弹奏出来的音调变成了经线，聚集在那里的人们的思绪变成了纬线——乐曲编织出了一幅不曾相识而又似曾相识的亲切风景。曲子虽然闻所未闻，却深深地感染了阿茜，温馨地渗透扩散到她内心的每一个角落，并且是无限制地扩展着。

一股猛烈击打着阿茜的风。风。风。

仿佛是受到了音乐的诱导，城镇上出现了"残光"。宛若要向音乐靠拢一般，光朦朦胧胧地出现了。不久后，光源便固定下来，形成了光芯。

四位客人隔着窗户鸟瞰着城镇上的光。他们一动不动，静静地、静静地流淌着泪水。他们是因为和宏的演奏而涕泪沾襟——阿茜是这样认为的。因为为了城镇的消失而流泪是被禁止的。

翌日早餐的准备工作结束后，终于有了喘口气的机会，三人坐在院内晒台上喝起茶来。每到这种时刻，清爽而又凉快的风就会自山麓攀援上来。

城镇上的光，随着夜色的深沉，越发明亮地展现在眼前。客人们大约也全都在各自的房间里隔着窗户目不转睛地眺望着这光吧。

在中西的提议下，大家品尝着在西域以"音育"养成的"响挽茶"。余响成了余韵，响挽茶的香气融化了似的，浸润到余韵尚存的身体内部。

"这个曲子我还是头一次听到，是谁创作的呢？"

听了中西的问话后，怀抱弦乐器的和宏凝望着天空，似乎有些语塞。

"其实我也说不清楚。有人将六弦古乐器寄存在我这儿。想来只能是他创作了这首曲子。"

"你是，丧失记忆了，是吗？"

和宏颔首。

"我一个人生活在城镇里。一边画画儿一边在餐厅打工。可是，其他的事情我就全都记不大清楚了。我的记忆大都丧失了。"

"是被'城镇'掠走了记忆。对吗？"

"恐怕是。事到如今哪里还搞得清楚？"

"城镇"并未将他带到消失的路上，而是夺走了他对城镇的记忆。为什么会出现这种记忆缺失的现象？据说尚未有明确解释。

记忆的缺失并非平均分配。越是与自己关系密切的人，对其记忆就越是欠缺。越是想记住的事情，"城镇"就越是毫不留情地将其夺走。比如恋人的面孔，对亲友们的回忆……

可是，毫无怜悯之心的城镇，却唯独将丧失感留在了人们心底。那种即便事过境迁也不允许你忘却、不知何处是尽头、有如深邃的黑暗一般的丧失感。

"我已经从阿茜那儿听说了。中西先生也因为城镇的消失而失去了家人。"

"哎。是的……"中西以沉稳的语调小心谨慎地说，并仰起脸来观望着二楼灯火通明的客房窗户。如果人们因为失去亲人而互相倾诉悲戚衷肠的话，一旦被发现，就会成为惩罚的对象。觉察到中西的担心以后，和宏慌忙追加了一句："不要紧的。他们知道不能以悲伤的心情来谈论已经消失了的人们。而我的心里已经不可思议地没有了悲伤。"

"为什么呢？"

对于中西不解的疑问，和宏摆弄着琴弦弹奏出嘶哑的乐声。

"当你的眼前出现了极为宏大的景致时，有没有分不清远近的感觉呢?"

阿茜想起了在名胜景区的山崖上俯瞰脚下大海时的往事。当时觉得那山崖并不算高,可是当她将身子探出栏杆后,便可以看到崖下垂钓者的身躯是那样的渺小,完全超出了预想。当阿茜重新意识到山崖的高度时,不由得浑身一阵颤抖。

"眼下,我们就待在极为广阔的风景里,无法精确地测算悲伤到底有多大。眼前的风景太大了,大到整整一个城镇的人居然可以毫无缘由地消失掉。"

消失在月濑镇上的数万居民。阿茜的眼前浮现出了为了消失而曾经存活于世的人们并排站立在一起的情景。一动不动地伫立在广阔风景中的人们——他们的轮廓渐次清晰起来,变成了一个又一个富有个性、表情与人格的人。他们当中的任何一个人,其命运都不应该是毫无理由地消失掉。她觉得在那些人当中,她看到了父亲的身影,于是身不由己地握紧了拿着茶具的手。

"对不起,我说了一些令人心情沉重的话。"和宏仰起脸来,又惶恐地低下头去。阿茜与中西全都笑着晃了晃头。

"中西先生,那件事……"

听到阿茜的催促后,中西默然颔首,将身躯再次转向和宏说道:

"和宏先生,其实我有件事想求您。"

见中西一本正经,和宏不由得端正了一下自己的身姿。中西向和宏讲述了一遍客栈再次开业的经过。

"和宏先生的厨艺看上去很不错,如果能过来帮我的话,那可就救了我啦!"

和宏低头思考了片刻,接着便腼腆地挠着头笑着说道:

“如果您觉得我可以的话，我愿意效劳！”

阿茜本打算今夜就住在待风亭。她也劝说过和宏，但和宏却断然拒绝了阿茜的劝诱，说是明天画廊非开不可。和宏显示了他少见的顽固一面。

行了一个依旧笨拙的礼后，和宏便离去了。

“看来不问就好啦！”

“嗯，什么？”

“我在想，失忆的事情还是应该由阿茜找一个适当的时机问一下就好了。”

阿茜默默地摇了摇头。

“没事，早晚都是要问他的。想着想着就拖到了现在。不算坏事啊！”

夏季的星宿占据着夜空，朦胧之月从东方的山脊露出了笑脸。

“问题是他甚至不知道失去了谁，只是留下了丧失感而已。”

中西的话令阿茜感到心痛，就好像被月亮锐利的光尖刺痛了一般。她将双手伸向了夜空。在唧唧虫鸣的黑暗彼方，残光正在不停地闪烁，仿佛要吸进不同的思绪。

“已经过了一半吧？”

本来还是上午，工作服内已经是汗水津津。阿茜厌恶地抬起头来望了一眼毫不留情地将强烈的光芒射向地面的太阳。信也也是，一边用毛巾擦拭额头上的汗水，一边流露出厌烦的神情。

"往后会一天热过一天的。负责后半期工作的人会舒服一些啊。"

"连冷气设备都没有啊。"

阿茜等人的任期是半年，要一直干到夏季过后的九月末。

今天二人负责的建筑物是一栋四层楼公寓。虽然玄关和窗户全都大敞四开，却连一丝风都没有。阿茜抬起头来厌恶地看了看装在墙上并不工作的空调，用毛巾擦拭着汗水。

到了午后，日光益发强烈起来，浓重的影子给城镇清晰地镶上了金边。打开三〇四号室的房门后，阿茜嗅到了一种早已闻惯了的气味。她在尚未搞清这是什么气味的情况下，穿过狭窄的厨房，走进了房间。

"是画具的味道……"

就在这种想法涌入脑海的一瞬间里，她立刻跑回玄关处，确认了一下门牌。

果然是和宏的房间。阿茜游移地伸出手去，摘下了门牌。虽然和宏人并未消失，但是，与曾经住在城镇上的人的名字有关的物品均为回收对象。

每天机械式的工作内容令阿茜心中的负疚感变得淡薄起来。但是，她现在必须处理"免失者"——如今依然活在世上的和宏的物品勾起了她压抑已久的情感。

她也曾想过和信也换换，让他来处理这个房间，但最终还是一狠心自己回收起来。不知为何，似乎有什么在强烈地告诫她"不准逃避"。

她挨个儿拉开了抽屉。里面出现了画具店的发票、和宏提起过的他打工的那家餐饮店的工资单。阿茜一边保持着镇静，一边认真地对上述物品进行分类，把它们装进回收袋里。房间收拾得干净整洁，证实了和宏每天一丝不苟的生活。一种自己正在勉强剥开和宏表皮的感觉向阿茜袭来。

正因为立志要当画家，所以书架上摆放的大都是大开本画集。最下面的一层大约是影集吧。一种不应该看和不想看的心理，促使阿茜将影集就那样塞进了回收袋里。

她打开了里侧另一个房间的房门。因为拉着窗帘，所以室内一片昏暗。屋里充满了强烈的画具气味。墙边立着画架，画布上覆盖着一块白布。这个房间大约就是画室了。

在房间的正中有一块尚未画完的画布，上面蒙着白布。阿茜伸出手去想要揭开那块白布，却突然注意到了与画布正面相对的地方摆放着一把椅子。和宏似乎是以某人为模特来画这幅画的。

踌躇顿生。仿佛看透了阿茜心思似的，白布从画布上滑落下来。

那是一张女人的肖像画。阿茜低头凝视了画作片刻，接着便在画作前坐了下来。

她转瞬间便理解了这样一个事实——这是和宏失去了的恋人的画像。

这幅画作与他弹奏的乐曲的音色一样，舒展自然，毫无犹疑之感。精确的笔致，画像作者的心头所想纤毫毕现，它刺痛了阿茜的心。深深地，深深地。虽然受到了沉重的打击，她却不得不接受那段由这二人的心灵编织而成的岁月。

她坐在大约是和宏恋人曾经坐过的椅子上，摆出画作上的姿态，稍微倾斜着身子，将双手交叠着放在膝上。她认真地凝视着画布，想像着和宏时而以温柔的表情向这厢投来的视线。那里曾经存在过属于二人的、确凿无疑的、浓厚而又细腻的时间。

"喂！三十四号！怎么搞的？这么长时间。要我过去帮忙吗？"

从玄关处传来了信也的喊声，他已经结束了三〇三室的回收工作。

"啊，我在这儿！回收的物品有点多，要花费一些时间。不过没事儿！你先去下一家吧！"

阿茜慌忙以一如既往精力充沛的声音回答，并站起身来。她站在画室的门前，再次回头望了望画布，面向和宏的恋人，端正了一下姿势，而后深深地鞠了一躬，接着便轻轻地关上了屋门。

是日亦然，阿茜和以往一样向画廊奔去。因为有保密义务，所以不能说出今天回收了和宏房间这件事。究竟应该以怎样的面孔去见和宏呢？阿茜犹豫着走过拐角，从远处眺望着画廊。

可以看到和宏与一个上了年纪的人伫立在马路上的身影。总觉得看上去样子有点怪。

"总是出现这类纠纷，画廊的名声会变坏的。你能不能停止展示呢？"

大概是画廊的房东吧？话语粗鲁，满脸激愤状。身材修长的和宏，面向对方一而再再而三地鞠躬致歉。在如此这般地僵持了一段时间以后，男人似乎拗不过和宏，遂无可奈何地转过身躯，将和宏抛在原地，从阿茜的身边走了过去。

阿茜看看男性的背影，再看看画廊，向和宏身边走去。

“和宏，出什么事了？”

已经无需和宏回答，阿茜便明白了事情的原委。窗户上是黏糊糊的半透明黄色液体，脚下则滚落着鸡蛋壳。

“出了点事……”和宏含糊其辞地用自己的身躯遮挡着画廊室内。阿茜几近推搡地将和宏推到一边，确认着画廊里的样子。在绘有月濑风景的巨大画布上，沾满了鸡蛋黄。

“太过分了。这是谁？居然干出这种事情！”

虽然惊诧得张口结舌，但是阿茜已经理解了：大约是有人对这幅画没有好感，所以才这么做的吧。

身为回收员的阿茜自不必说，即便一般市民也都知道画作不会产生污染。但是，还是有一部分人对污染显示出过激的敏感反应。

她已经注意到：一些人虽然不采取直接的行动，却也属于消极的逃避者——那些知道画上画的是消失了的城镇后逃之夭夭的人，明显地避开画廊前面的道路绕道而行的小学生，看看他们就知道了。毫无疑问，在阿茜不知情的情况下，和宏已经多次遭遇过这类情况。

和宏默默地蹲在画作前，收拾着地上的鸡蛋。感受不到悲怆，给人以一种淡然的感觉，就好像期待接受迫害似的。阿茜既不能跟他搭话，也不能上前帮助他，只好默默地望着他的后背。

三个月一次的电力调整日（人们将其称为灯火管制）那天，几乎所有的店铺都早早地打烊。这一天，和宏也早早地关闭了画廊，在阿茜的房间里为阿茜做了晚餐。在平底锅煎炒菜肴的香气和令人感到幸福的声音里，掺杂着从宣传车内缓缓飘来的"今天是电力调整日"的广播。

迟落的夕阳未将天空染成红色便消失在天际彼端。不知从哪儿传来了长长的汽笛声。那是熄灯的信号。阿茜关上了室内的电灯。周围人家的灯火也一齐熄灭了。在电力调整日这一天，禁止使用人工灯火。因此，汽车也是一样，除了紧急车辆外，马路上没有车辆行驶，街灯也全都熄灭了。

在房间的轮廓完全融入暗夜之际，阿茜点燃了配给的蜡烛。起初，火苗勉强柔弱地摇曳着，片刻后，虽然还是小小的火苗，然而烛光已经稳稳地坐在烛芯上。昏暗的烛光将柔和的影子洒落在室内。

阿茜侧身坐在榻榻米上，凝视着烛光。在手中团扇的扇动下，光影在夸张地摇曳。正因为没有人工之光，暗夜才如此浓厚地支配着世界吧。从敞开的窗口传来了一直等待夜幕降临的阵阵虫鸣。

和宏的手里拿着六弦古乐器，据说是城镇上消失了的某人留给他的。这乐器具有一种常年使用后独具的深沉美。和宏弹奏的乐曲时而干哑，时而老到成熟。

"不出去转转吗？"

和宏少见地发出了邀请。阿茜当然没有异议。其实，在这样的夜晚，她很想将自己的身躯完全沉浸在暗夜里。阿茜将蜡烛移到市政府发给的方形纸罩灯笼里。

夏夜渐渐迫近，空气愈加浓厚深邃，压迫着每个人。阿茜轻快地甩动胳膊行走着。和宏将笑脸投给了阿茜。他张开双臂，仿佛要抓住眼前黑暗的团块。

四周的人家，家家户户全都摇曳着沉稳的烛光。大家似乎全都觉得待在家里也是无聊——在方形纸罩灯笼的照射下，眼前横着穿过一个又一个飘浮着的人影。

"晚上好!"他们一边漫步一边与并不相识的邻居互相打着招呼。一个"光"叫住了他们。

"那边有萤火虫啊,快去看看吧!"

光的主人,是一位弯腰驼背的老婆婆。阿茜与和宏向对方点头致意。

"萤火虫?七月都要过去了,怎么还有萤火虫呢?"

"过去看看再说了。那边确实有一条小河。"

阿茜的耳朵竖向和宏手指的方向倾听着。果然,唧唧虫鸣的深处,隐匿着微弱的潺潺流水声。阿茜在口中哼着追萤小调,步履轻松地向水边移动着脚步。

突然,朦胧的萤火形成了抛物线。以漆黑的山影为背景,孕育着小小生命的光亮一层、两层地飞舞着。二人在水畔追逐着光亮,不厌其烦地向前行走。

小河的源头是一座小小祠堂祭祀用的泉眼。泉水自地底涌出,清澈的音响充斥于周遭的静谧中。二人不由得肃然起敬,自然而然地双手合十祈祷起来。

祠堂的旁边有一条已被踩硬了的小路。小路蜿蜒不断,在山上形成了一条羊肠小路,一直向山巅延伸而去。来到视野开阔的地方以后,阿茜停住了脚步。尽管处在灯火管制期间,脚下广阔的世界里却灯火通明。

由于阿茜突然止步,和宏脚下踏空,灯笼掉落在地上。火焰突然变大的瞬间,光亮消失了。眼前一片漆黑。和宏的手轻轻地碰到了阿茜的手背。

那是月濑的残光。从待风亭相反方向看到的城镇之光，表现出了一副与以往司空见惯的光截然不同的面孔。阿茜背朝和宏伫立在那里，抓住了对方的双手，把它们拉到自己的身前。和宏被动地从身后拥抱着阿茜。

阿茜就势将体重托给身后的和宏，等待着。和宏理解阿茜的期望，虽如此，却没有踏越雷池半步。阿茜轻轻地哼了一声，像鱼儿一样在和宏的怀里转过身来，从正面与和宏对视着。

"难道你讨厌我不成？"

对阿茜嘶哑的问话，和宏夸张地摇晃着头颅。

"是吗……"

阿茜拼命挺起身躯，总算够到了和宏的嘴唇。她静静地吻住了和宏的唇，就仿佛是用一支柔和的毛笔，在画布上描画；又宛如正在轻轻叩击着对方的心扉。

在确认对方没有拒绝以后，阿茜再次亲吻了对方。这是一次长吻。打开对方的门扉，先是慢慢地鞠躬，然后才进入对方的……

风曳动着阿茜的刘海。她离开了对方的唇。或许是方才屏住了呼吸的缘故，和宏大口大口地喘息起来。阿茜保持着羞赧的面容，心中一阵悲戚。二人交换的并不是"吻"。

因为接吻并不是单纯的两唇相接，而是双方灵魂的交融。虽然拥抱自己的胳臂上蕴含着温柔，但对方只是抱住了自己而已，为的是支撑踮起脚尖的阿茜不至于摔倒。

阿茜所追求的，毫无疑问是那种蕴含着思想的拥抱。充满怜悯，但却强有力的拥抱令人感到悲哀……一边共有着与踌躇相伴的令人心焦的思绪，一边在醋畅淋漓的快慰痛感伴随下品味着那两只臂膀带来的咒语束缚。

正因为阿茜深知，从现在的和宏那里她得不到自己希冀的东西，所以才感到格外的孤寂。他本来与自己近在咫尺！

阿茜轻轻地推开了和宏的胸，挪开自己的身躯，用食指轻轻描画着和宏湿润的唇。

"和宏的心还没在这里啊！是吧？"

看到对方歉疚地低垂下头颅，阿茜产生了怜悯之心。

"我是喜欢你的。非常……"

可是……阿茜已经预测到了对方下面的话语。

"可是，自己的心里总是有一种丧失感，一种似乎失去了某个自己所爱的人的丧失感直到现在也没有消除。其实自己也搞不清那个人是谁。"

阿茜在俯瞰城镇上的残光。凝望着那种可以强迫人产生万千思绪的、美丽而残酷的光。

"和宏为什么要坚持展示那些画呢？几乎就没有顾客上门嘛！你一定是在我所不知的地方吃过很多苦头吧？"

没有回答。阿茜连珠炮似的接着说道：

"莫非你是想要赎罪么？是在责备自己没能保护好自己的恋人吗？可是，这种事不管你坚持到什么时候，也不可能失而复得呀！"

和宏没有作答的意愿。这恰恰就已经是他的回答了。

"我的心或许永远都会处在这种不安定的状态下。我也说不清楚，今后自己应该怎么做。所以……"

"所以什么？"

阿茜走近耷拉着脑袋的和宏身边，窥望着对方的脸。和宏想要挪开自己的脸，阿茜再次追了过去。

"所以……你就不要管我了……"

阿茜迅疾地将自己的唇贴到对方的唇上，不让他把话说完。接着便敲打着对方的背部，仿佛在说"别担心"。

"我已经做出了决定！要坚定地站在这里生活下去！因此，你不要担心。你觉得不踏实的那部分，我会扎扎实实地站在这里替你挡住它！"

仿佛是要履行自己誓言似的，阿茜稳稳地站定了脚跟，俯视着已经消失了的城镇。

这户人家没有名牌。

刚开始还以为是对回收完毕的人家的确认失误，可是仔细一瞧，却发现门旁边压根儿就没有挂过名牌的痕迹。信箱上也没有名字。阿茜和信也怀着沮丧的心情走进室内。

他们从带厨房的起居间开始了回收作业。打开家具的抽屉，确认了信插；再拉开墙上的壁橱门。二人背对背地搜寻了片刻后，便几乎同时疑惑地停止了搜索，面面相觑起来。这户人家既没有信件和存折，也没有发票和相册。

"没有任何回收对象物啊！"

"可不！"

疑窦顿生——会不会是又折回已经回收完毕的住宅了呢？然而阿茜立刻就否定了这个想法，因为这种回收作业她已经干了三个月，是否回收过一看便知。这里丝毫也找不到曾经回收过的住宅所独具的那种"受损"感觉。

就好像房屋的主人早已预见到会出现这种回收现象，故而在生活中特意没有留下任何痕迹似的。虽然可以感受到生活过的气息，却找不到任何具体的证据。在静止不动、令人热汗蒸腾的空气里，似有一股寒流袭遍全身。

二人打起精神上了二楼。首先是儿童房，接下来是寝室。儿童房里整整齐齐地摆放着玩具、布娃娃和连环画。

至于寝室，尽管寝具齐全，却完全感觉不出曾经有人在这里睡过。二人仿佛是在观看住宅样板间。

只要有人生活，就会在日常生活中不可避免地留下污垢或裂痕。无法想像世上还会有人过着与上述现象毫不沾边的生活。可是，在这个家里，确实就有人曾经过着这种生活。

二楼有三个房间。信也打开了最后一个房间的门。室内一片昏暗。阿茜把挂在腰间的手电筒递给了信也。

手电筒的光亮顺着墙壁照了过去。没有任何装饰的灰色墙壁露出了呆板的表情。这是一个细长的房间。一种类似往返城镇的卡车车厢的阴郁氛围和压迫感向二人袭来。

某种声响令信也将手电的光束向床上扫去。可以看到床上有东西。信也抢先走进屋内，蹲在那儿把床上的东西抱了起来。

是个三岁左右的女孩儿！将耳朵凑过去以后，便可听到对方处于睡眠状态的微弱的规则呼吸声。

"还活着……"信也声音嘶哑，似乎难以相信眼前的事实。阿茜只是愕然无语地凝视着女孩儿安详的睡脸。如果消失发生时她就待在这里的话，那就是已经连续睡了三个月的时间。

"三十四号，你去叫一下管理局的人好吗？最好别让其他回收员知道。"

"嗯！明白了。"

阿茜向管理局的帐篷跑去，利用其他回收员不在的空当，简要地说明了一下情况。管理局的人毫无表情地点了点头，接着便不知向哪里做了一下汇报。之后便告诉阿茜，要她先回到回收住宅去。仿佛早有预料似的，管理局的人反应迅速干脆。

女孩儿依然发出轻微的呼吸声并沉浸在梦乡里。

"一直一个人待在这里，一定很孤单啊！"信也多次怜悯地抚摸着女孩儿的额头。

停下手中的作业以后，城镇便越发显得静谧。自不必说，眼下这个季节，即使没有车水马龙和人的声响，耳边也理应蝉噪如雨。然而，在消失了的城镇里，他们从未听到过蝉鸣鸟叫。

三个管理局职员赶了过来。其中的一个，从信也手中抱过女孩儿；另一个则把一块布蒙在女孩儿身上，几乎把她紧紧地裹了起来；最后一个，则在手中记录板的纸上飞快地记录着什么。

管理局的人员完全无视阿茜与信也的存在，在做完一系列工作以后，便一齐转过身来，抑制着自己的感情，神色木然地说道：

"那么，我们这就回去了。"

"请继续正常进行你们的回收工作。"

"关于这件事，不要说对外界，就是对其他回收员也希望你们守口如瓶。"

三人分别丢下上述不包含任何感情的话语后走出了房间。阿茜与信也面面相觑了片刻，之后便会意地再次开始了回收工作。效率不可能高。

从安放着高射炮塔的山丘方向传来了通知结束作业的汽笛声。

就在阿茜和信也打算和其他回收员一起登上接送卡车的车厢之际，管理局的人员叫住了他们。目送着卡车开走后，他们在管理局人员的引导下，来到后面的一条马路上。那里停着一辆相同的卡车。

十七分十五秒，在经过了和以往一样长的时间后，车厢的门打开了。外面是一个偌大的停车场。停车场内只停放着阿茜和信也乘坐的这辆卡车。停车场的上方设有天棚，没有一丝光亮。由此可以做出如下判断：这里似乎是一个地下停车场。粗大的柱子等距矗立，令人难以看到远处。在可以望到的范围内，既无任何引导标示，也分辨不出入口和出口。

不知从哪儿传来了开门声。沉甸甸的锈蚀铁门似乎被推开了。在密闭的空间里搞不清声音来自何方。紧接着便传来了人走路时发出的生硬脚步声。回声重复荡漾，无法分辨是在走向这里还是在渐渐远去。

终于可以判断出脚步的方向时，对方已经来到身后。脚步声虽然只是一个人的，身后却站着两个人。

脚步声的主人是一位看上去大约三十岁的女性。高跟鞋中规中矩地踏在地面上的声音似乎显示着她的性格。对方正在以一种非管理局成员莫属的木然表情注视着阿茜和信也。

另一位则是男性，赤裸着双脚，头罩严严实实地包裹着自己的面孔。应该看不到前方的他，脚步却丝毫不乱。

"劳二位大驾，诚惶诚恐！"男性发出了嘶哑的声音。因为蒙着面部，所以无法判断出对方的年龄。不过，却可以揣测出是位长者。男人以老一套措辞接着说道：

"承蒙二位担任首批回收员，获益匪浅。鉴于二位劳苦功高，剩余就任期间的回收任务予以免除。特此告知。"

阿茜被一种别扭的感觉所袭扰。他的声音有些耳熟。似乎在哪儿，而且就在自己的身旁，她似乎听到过这种声音。不必说，自己的身边没有谁说话如此古风。虽如此，不知为何她还是觉得对方说话似乎与某人神似。

"然，就本日在污染区域内之所见所闻，切勿对他人提起只言片语，望周知。"

一直到最后，话语都是古腔古调的。以不容分说的冷峻态度宣告完毕后，男人便转过身去，迈着稳健的步伐离去了。留下来的那个女性，在确认两人的视线已经从男性身上转移到自己身上以后，这才把手放到围在脖颈的围巾上，一边轻声咳嗽一边说道：

"我是管理局首都总局的白濑，如方才总监所指示的那样，自今日起解除二位的回收员任务。"

沉稳的语调，与她那稍显阴郁的端庄的女性脸庞十分相称。

"明天就不要去回收员集合地点了。请二位到事前进修的都川站前第二高桥大厦会议室去。在那里为你们办理解除任务以及返回原工作岗位复职的手续。"

女性以管理局人员特有的故意控制的冷漠表情继续着自己的说明。她是怀着怎样的心情从事这份工作呢？阿茜一直目不转睛地注视着对方，却看不透对方的心思。

　　他们在一个郊外超市室外停车场的边缘走下了再次乘坐的卡车。二人以索然的心境眺望着渐行渐远的卡车尾灯。

　　"我说，阿茜，任务完成了，今后大家可能再也见不着面了，去喝一杯怎么样？"

　　"啊，好啊！"

　　信也带她去的酒馆，在铃兰大道的后巷，是一家非常适合中年男人独自造访的干净整洁的小酒馆。

　　二人以鲜啤酒干杯，就四个月的辛苦互致问候。虽然一口气就将大酒杯中的啤酒喝掉了一半左右，然而解脱感似乎仍然相距甚远。

　　"也不知那个女孩儿怎么样了。"

　　听了阿茜的话后，正在用热毛巾压拭眼角的信也眨巴着眼睛凝望着被煤烟熏黑了的天棚说道：

　　"可不。因为是特殊污染对象，搞不好会被管理局囚禁起来，一辈子都别想外出了呀！"

　　属于对特殊污染对象蔑称的"那个词语"浮现在他的脑海里，于是信也慌慌地将那个词语咽进肚里。

　　"就那样一直昏睡下去会不会更好呢？"

　　问了一个明知得不到答案的问题。不到最后一刻，人就无法判断自己选择哪条人生道路才是正确的。

　　"多可怜呀……"话语于无意中吐出一半，剩余的又被他咽了回去。

　　继续昏睡下去，被囚禁着活下去——毫无疑问二者都很"可怜"。他很想通过一句轻率的"多可怜呀"来避开自己轻视女孩儿的生命、满足自己虚伪心态的嫌疑。

一个看上去并不情愿打这份工的女孩儿，将烤多线鱼干、毛豆和萝卜丝凉菜胡乱摆放在桌上后抽身而去。

"我是个乐天派呀！"信也一边用筷子去挖烤鱼肉一边发出了如其所说的乐观的声音。

"我想，不管人怎么个活法，肯定都是承担着某种使命的。"

"什么使命？"

"就比如，由于城镇的消失而消失了的生命吧。如果通过其生命之重，能够导致某人下定决心将消失了的人的某种意志之类继承下去的话，那么，那个消失了的生命就是不可或缺的。那种消失方法也是不可或缺的。因为他的消失是为了让希望延续到下个时代。"

说罢，信也便将大杯中剩下的鲜啤酒一饮而尽。达观的话语。然而阿茜心里很清楚：信也之所以被选为回收员，也是因为其失去了近亲的缘故。她不打算问，对方也不打算讲。

是在经过了多少个感受失去亲人的悲哀、愤怒，呆然度过的日日夜夜后，他才变得如此达观了呢？阿茜想象着那些静静地、静静地重叠在信也心中的岁月。

"不过，可是好久都没有看到他了！那个很久以前的检索员。"

"什么？检索员？"

将大酒杯放到桌上的信也，擦拭着嘴角上的泡沫，脸上露出了一丝惊讶的神色。

"可也是啊！你我相差十五岁，你没有看到过他以前的样子啊！那个男人很早以前是个用裸眼进行污染回收作业的检索员啊。由于长年的污染导致他失去了视力。大约连相貌也都受到了影响啊！所以才那样包裹着自己的面孔。"

"是这样啊？"

"总之是裹着头罩光着脚。要是小时候看到那副模样，早就被他给吓跑了，还以为是'拐卖小孩儿的人贩子来了'呢！"

"嗯。"

阿茜回想着对方的那副奇妙样子，突觉骇然。对了，他的声音与中西相像。可这又是怎么回事呢？阿茜找不出答案，遂将杯中物一饮而尽。

"信也先生今后怎么个打算呢？"

"当然是恢复原来的生活了。我的爱妻正翘首以待，盼望着自己的老公早日回到身边呢！阿茜也是要回去的吧？"

"嗯，我呀，将留在这个城市里。"

正要把第二杯扎啤倾斜着灌进嘴里的信也惊讶地停止了自己的动作。

"这究竟是为什么呢？你就那么喜欢这座城市吗？"

阿茜凝视着对方不解的面孔，莞尔一笑，使劲儿地点着头说道：

"我要在这个城市里，实现自己的人生使命！"

　　阿茜的搬迁物品很少，用搬家公司最小的轻型卡车就已经绰绰有余；而和宏的物品，只靠中西轿车的后排座位就已经足够。

二人分别在偏房里得到了一个空着的房间。中西一狠心，将原本是闺女夫妇住宿时用的房间内所有可以勾引起回忆的物品悉数塞进仓库里。他决定向前看，开始三人的崭新生活。

中西女婿制作手工家具的木工房变成了和宏的画室。

这是开启三人生活的第一个清晨。早饭后，阿茜目送着和宏与以往一样前往画廊去展示他的画作。今天，和宏借用了中西的私家车。

"好嘞！开工喽！"阿茜卷起袖子干的第一件工作，就是恢复待风亭网上主页的工作状态。因为网上的地图或周边的观光名胜指南上全都标记着与月濑有关的标示或是照片，所以被管理局"电子信息对策科"采取了网络屏蔽措施。

向管理局提出接续申请后，阿茜利用中西的国民识别身份标识号码打开了首页。因为已经经过审查，所以与月濑镇相关的内容已被彻底删除。阿茜录入新的文章，将被删除的月濑风景用插图进行了替换。

所写文章一边征得中西的建议一边做了修改后，阿茜将修改后的文件夹返还给管理局。只要从管理局那里获得"网络恢复许可"，就可以在网上再次发布公告。

就在她考虑午饭吃什么好时，耳畔传来了汽车声。透过走廊的窗户向室外一望，只见和宏打开了汽车后备箱，正在往外卸货。

"和宏！这么早就回来了呀？"阿茜穿着拖鞋来到停车场上，注视着和宏怀里抱着的货物——成捆的画布。

"算了吧，画展。"

"算了吧？什么意思？"

和宏将画布递给阿茜，仿佛在说"来，帮一把"，接着便羞赧地挠着头微笑着说道：

"我想，差不多该画新画了。"

"原来是这样!"嘴上虽然冷淡,然而脸上却已然笑开了花。因为她觉得这是和宏痛下决心走向新生的表现。

厨房里,中西已经开始着手准备午餐了。阿茜一边削土豆皮,一边向中西汇报着事情的始末。

"是吗?这可太好了!"中西一边调整锅的火苗一边背朝阿茜说道。

"阿茜也好,和宏也好,全都会住在这里了,是吗?"

"嗯!我要和中西先生以及和宏一起在这里生活下去!"

中西回转过来的面部表情里,沉稳之中蕴含着严峻。

"我记得他曾这样说过,因为丧失感太大,所以就感觉不到悲哀了。"

"嗯。"

"我觉得,如果不能意识到悲哀并妥善处理的话,照这个样子生活下去,从某种意义上讲是危险的。就好像怀里抱着一枚不知道什么时候就会爆炸的炸弹啊!如果你选择与他共同生活下去的话,在这一点上就必须做好思想准备。"

"所以,您是想告诉我不要成为懦夫。是吗?"

中西将手放到阿茜的短发上,充满爱意地抚摸着。

"对你来说,我也好,和宏君也好,说不准什么时候就会失去谁的。即便眼下这个瞬间,也有可能突然失去我。这一点你可要牢牢记住哟!"

阿茜感受到了中西的温柔,心底里刻印上了一种正因为早晚都会"失去",所以才能感受到的爱。

待风亭正式恢复营业后,客人逐渐多了起来。

是日夜晚，来了三对客人。对待风亭来说，可谓盛况空前。用过餐后茶后，总算获得了歇口气机会的中西，兴高采烈地与一对与自己年龄相仿的夫妇交谈甚欢。他们似乎是旅馆停业前常来光顾的老主顾。

"对了，有一件事可是传得满城风雨哟！"

手捧着奉上的茶水，男性以突然想起来了似的神色对中西说道，"听说有一个人已经得到确认，好像是个女的。"

"是吗？毕竟还是女性有耐力啊！"

当着其他客人的面，只能含糊其辞。但是阿茜知道其含义。男人说的是自己发现的那个陷入昏睡状态中的女孩。当然，阿茜也好，信也也罢，全都保守着这个秘密，一直守口如瓶。但是，情报似乎还是不知从哪里泄漏出去了。

和宏条件反射似的回过头来。他似乎没有听到中西等人的谈话，将椅子放在一个隔开一定距离的地方后，便轻轻地弹奏起古乐器来。

收拾告一段落以后，阿茜回到自己的房间，查阅了一下电脑内的邮件。她发现一个以前曾经来过客栈的客人发来了致谢邮件，于是便决定给对方写封回信。

有人在轻轻地敲门。最近，她已经可以通过声音来判断对方是中西还是和宏。虽然只是一个无意的敲门声，却已然是一种可以令阿茜感觉到幸福的声响——她可以借此真切地感受到自己活在这个世上。

"和宏？没事，进来吧。"

阿茜坐在椅子上回头望去。只见和宏正在向室内窥望，一种"不打搅你吗"似的表情。看上去似乎有些犹豫，一副心神不宁状。

“怎么了?”

“有件事想求你。”他挠起头来,这是他困惑时的老毛病。

“你……我能不能画呢?”

为了理解和宏口齿不清的说法,阿茜很是耗费了一点时间。

“你是想让我当你画画儿的模特?可以。不过,你可得把我画得可爱点!”

虽然已经做出了轻松的回答,然而和宏却似乎言犹未尽。阿茜站起身来,来到仍然客气的和宏面前,仰视着对方比自己高出一头的脸。

“这个……阿茜……”

耳边传来和宏吞咽吐沫的声响。

“这幅画完成后,我有句话想告诉你。”

二人同时僵直在那里。或许是不敢直面阿茜的缘故,和宏的脸仍然扭向一旁。阿茜按住对方想要逃避的脸颊,好歹才将其掰向自己的方向。她死死地盯着对方的眸子,意欲搜寻出“我有句话想告诉你”的意思。在对方笨拙地回望自己的眸子里,已经没有了游移。

“我,合格吗?”阿茜轻声问。我真的可以吗?和宏静静地颔首。阿茜把头埋进了和宏的怀抱。激烈的心脏鼓动,混杂着画具的气味。阿茜的心染上了无比幸福的色彩。

画室里摆放着尚未描绘的画布。阿茜不知不觉地挺直了腰板。因为那雪白的画布,看上去就宛若象征着她与和宏的未来。

“拜托了!”

听了阿茜这非比寻常地认真而又老掉了牙的寒暄话后，和宏如
鲠在喉地回敬道：

"哪里。就拜托你了！"

"摆个什么姿势好呢？"

阿茜坐在了摆放在窗边的椅子上。和宏手执素描用铅笔，表情
倏然一变。与手持古乐器时无异，周遭的空气立时凛然肃穆起来。

和宏在画布和阿茜之间踱了几个来回，把手放到端坐在那里的
阿茜的腰部和下颌上，引导着阿茜摆出其想要的姿势。之后便抱着
双臂伫立在画布一侧，仿佛在说："嗯！这回行了！"

阿茜纹丝不动，陷入深沉的悲戚中。和宏所希望的姿势正是他
那幅画里的恋人姿态。

悲戚并非来自嫉妒。虽然丧失了记忆力，但对那位女性的回忆
如今依然在和宏的心底喘息。虽然已经失去了对方，但二人之间的
纽带并未断裂。现实就是要拆开曾经那样心心相印的一对恋人。自
己在这蛮不讲理的事实面前只能束手无策。而和宏只能继续悲哀。

阿茜挺直了腰板，就像和宏弹奏古乐器时那样。接下来，她便
睁着双眼流出了泪水。既然要哭泣，就应该哭个干净，哭个痛快，
这是阿茜的做派。她不屑去擦拭那无休止流淌着的泪水。

"怎么了？"

一直以认真的态度凝视着画布的和宏，被阿茜突然涌出的泪水
惊得将铅笔掉落在地上。

"别管我，就这样画。求你了！"

阿茜以啼笑皆非心慌意乱的神态，一动不动地持续哭泣着。和
宏困惑地走近阿茜，把手小心翼翼地放到阿茜的头上，紧紧地抱住

了她。阿茜抽噎着紧紧地拥抱着和宏。

因为某种响动，阿茜睁开了双眼。不！严格点说，是因为没有任何动静才使她睁开了双眼。伸出手臂便可触及的和宏那柔软的头发、曾经犹豫着紧紧地抱住了自己的和宏的臂膀——就在方才还一直近在咫尺的那股温馨已经不复存在。

阿茜走出房间窥望了一下画廊，没有灯光。客栈的厨房和起居间里也看不到和宏的身影。

该不会是……想到这儿，阿茜便来到玄关搜寻了一番。和宏的鞋子已经不见了踪影。会不会是去了便利店呢？想到这儿，她便返回房间里。她发现，和宏的手机和钱包全都原封不动地摆放在那里。

阿茜游移了片刻。接着，便去敲中西的房门。或许是察觉出了什么，中西立刻就打开了房门。

"和宏不在这里吗？"

中西表情略显严峻地点了点头。只要他能说上一句"没事儿"，就可以消除自己的担心。但阿茜知道，中西温柔是温柔，但绝不会说出这类宽慰话。

"该不会是去街上了吧？"

阿茜说出了刚发现和宏不在后就产生的怀疑。

"把家里再找一遍吧。"

中西向客栈奔去。阿茜则再次跑到画室内去寻觅，走进了未开灯的画室。窗帘没有拉上，画室内洒满了月光。与和宏一起待在这里时，窗帘理应是拉上了的。

宛若月亮的化身一般，白色的画布泛着凛冽的光。在自己进入梦乡以后，和宏再次返回了画室吗？阿茜突然屏住了呼吸——画布上的女性，并不是剪着短发的自己，而是一位长发披肩的女性。

那是阿茜在消失了的城镇的和宏房间里看到过的他过去恋人的画像。会不会是沐浴在月光下的画布使他恢复了被"城镇"夺走的记忆呢？如果是这样的话……

不知何时，中西已经站在她的身后，正在目不转睛地凝视着画布。他似乎也理解了发生的一切。

"中西先生，我到管理局去一下！"

"我也去吧。"中西以紧迫的语调说，并跑着去开动汽车。阿茜紧跟在中西的身后。就在她想要离开画室时，她突然回过头来，凝视着画布，紧紧地咬住了自己的嘴唇。

管理局都川办事处位于城镇尽头的一个被废弃了的工厂内。大约是月濑镇消失后赶建起来的。已经剥落大半的公司牌子"野口钢铁（株）"尚未取下。

旧工厂独具的阴郁的枯叶色院墙延绵至远方，上面架设着一道又一道崭新的带刺铁丝网。在重要地点还可以看到防止侵入的警卫系统。

正面入口戒备森严，体魄健壮身着警备服装的警察死死地把守在那里。阿茜就事情的经过做了说明，提出了求见管理局人员的请求，然而对方的态度毫无通融的余地，只是告知阿茜可以在受理时间内再来求见。

"怎么回事？"

正在纠缠之际，一辆印有管理局标记的外勤汽车回到管理局，停在了眼前。耳畔传来走下汽车的人的问话声。是一位穿着紧身裙西装、脖子上围着薄围巾的女性。

　　原来是阿茜日前被解除回收任务时曾经出现过的那个名叫白濑的管理局职员。起初，阿茜并未认出她来。从抑制状态下解脱出来的白濑，看上去虽然依旧有些孤寂，但却具有一种娇艳的美。

　　听了阿茜的说明后，白濑忧郁的脸色越发显得阴沉了。

　　"如果他已经进到城镇里，那就必须马上把他带出来，否则他就会被'城镇'吞噬掉！"

　　"请允许我进入城镇里！我去把他带出来！"

　　"你是当过回收员的，对吧？你知道为什么回收员只能在白天开展回收作业吗？"

　　"哎？那不过是因为晚上没电而已嘛！"

　　"当然，这也是原因之一。不过，说句老实话，为了尽可能拖延下次消失的到来时间，实际上我们很想实施二十四小时工作制来开展回收作业的。之所以不能那样做，就是因为不想被'城镇'吞噬掉。出现残光后的'城镇'极不稳定。而且变化无常。阿茜，就算你是一个与月濑镇毫无瓜葛的人，'城镇'也有可能毫不留情地腐蚀掉你。你做好这种思想准备了吗？"

　　阿茜深深地喘了一口气。她意识到：自己已经做好了连她自己都吃惊的思想准备。阿茜在心底暗下决心后，说道：

　　"我已经跟对方做出了约定！"

　　"是……约定吗？"白濑静静地重复着。

　　"我跟他说过，在他的心绪稳定下来之前，我将一直支持他！"

白濑目不转睛地盯着阿茜，似乎想要看出个所以然来。阿茜从对方那镇静的表情中，看到了一抹阴影般的、感叹因果际会的悲哀神色。

"明白了。那么，就做好进入城镇的准备吧！"

中西在汽车里等候，只有阿茜一人走进了办事处。因为中西曾在镇上失去过亲人，有受到污染的危险。

阿茜被领到一个似乎曾是工厂员工休息室的小房间里。室内宿命般染上了烟草味。已经老化的荧光灯时亮时灭，室内正中扔着四个没有了抽屉的铁制办公桌，此外便再无其他物品。挂在墙壁上、写有"创立二十周年纪念"字样的挂钟，不知为何短针已经不见，只有长针停留在"四十七分"的位置上，看不出具体是几点。

片刻后，白濑带来了一个睡眼惺忪大约三岁的小女孩儿。阿茜不由得叫出声来。

"这孩子……"

"你是第一个接触她的人了。没错，就是那孩子。"

女孩儿用黑眼仁儿凝视着蹲在那里的阿茜。

"她还没有摆脱'城镇'的影响，所以还不能说话……不过，这个孩子具有消失抗性，可以进入城镇。她大约可以引导我们。"

"哎？我们……"

面对阿茜的疑问，白濑笑着回应道：

"我也和你一起去。你一个人去恐怕有点困难啊。"

"可是，你要是进到城镇里，不是也会被污染吗？我不能让你那么做！"

"我没事。不，我不要紧。你不必介意。我去准备一下，你等我一会儿。"

"我没事"是什么意思呢？并未给阿茜留下思考的时间，白濑手里拿着一件看上去像布一样的东西回到了房间。

"在快进到城镇里时，请你把它戴上。"

白濑递过来的，是一个头罩，与那位被唤作总监的人戴着的并无二致。

"如果和宏已经进入了城镇的话，'城镇'的状态肯定要比以往更加不稳定。请谨慎行事，尽量不要做出刺激'城镇'的举动。"

从白濑那非威胁但却严肃的态度上，阿茜第一次感受到了白天待在月濑时从未感受过的恐怖。女孩儿总算摆脱了睡意，不解地仰脸望着阿茜。

"这孩子叫什么名字？"

"已经失去了户籍，没有名字。"

一个既无户籍、又无名字的孩子。阿茜觉得自己看到了没有任何法律保护的"特别污染对象"的实例。这个孩子今后将会度过怎样的人生呢？阿茜被惨淡的心绪所笼罩。女孩儿根本无从知晓阿茜此时的心境，只是天真地望着指向了五十三分的挂钟。

"拜托了好吗？请你把我们领到和宏所在的地方。"阿茜蹲在女孩儿的面前，窥望着对方的眸子，尽管她明知对方理解不了自己的话。女孩儿颔首。

中西的车子驶近了缓冲地带。

"我要是也能进去就好了。"手握方向盘的中西抱歉似的说。因为知道这是不可能的事,阿茜默默地摇了摇头。

车子停在了缓冲地带内的路障前,那里只是简单安置了一些木桩和围绳。这一地域的居民已经撤出,周遭悄无声息。

"你做过回收员,所以应该是心中有数的。在城镇里决不能叫别人的名字。因为'城镇'对名字特别敏感。"白濑说。

阿茜点了点头,扬起脸来眺望着夜空。月儿仿佛是自己放射着光辉似的,正在灼灼闪耀。和宏现在也正在城镇内仰望着这皎洁的月光吧。

"那么,我们走吧!"白濑先自迈开脚步,回望了一眼阿茜,脸上显露出悲哀的笑靥。

"我从现在起,就要抑制自己的感情了。所以,你会觉得我发生了变化。请你不要介意。"说罢,白濑便把手放到围巾结上,闭上了眼睛。

"多加小心!"

听了中西的话后,阿茜默默地点了点头,钻过路障,向城镇的方向走去。

起初,他们走过了一段没有电灯的路。女孩儿一溜小跑走在头里,时不时地回过头来看看阿茜,似乎在确认阿茜是否跟了上来。

白濑停住了脚步,环顾着四周,似乎在目测着什么。大约是在抑制自己的情感,僵硬的表情与初次见面时无异。

"差不多该戴上头罩了。"

在白濑的催促下,阿茜套上了头罩。粗糙的旧布松松垮垮地罩住了阿茜的脸颊。白濑从外面帮她做了一下调整。

140

"不要紧吧？"

从与外界隔绝的黑暗里，传来了白濑的问话声。虚幻的话语声似乎来自远方，听起来根本就不像是只隔着一层布。

"再往前就要靠这个孩子带领我们进入城镇了。你可千万不要撒手啊！"

阿茜紧紧地握住了女孩儿的小手，似乎在告诉对方，"请你多多关照啦"。那双手虽小，却强有力地回应着阿茜——紧紧地握了一下阿茜的手。接着，便引导似的拉着阿茜向前走去。

视线被遮蔽，阿茜只是靠着女孩儿小手的牵引，不断前行。从走过的距离判断，应该是已经进入城镇了。阿茜回想起了自己当回收员时的运送卡车。为什么进出城镇时必须如此这般地遮蔽视野呢？

就好像如果知道自己进入了城镇，笃定会发生什么事情似的。

或许是因为配合着小女孩儿碎步的缘故，阿茜逐渐被一种迥异于以往的感觉所捕获。一步一步用力踩下去，足底似乎失去了安全感。大地确实存在着，可以感受到脚正踏在坚硬的地面上。但是，不知为何，总给人以一种"那是一种人工制造物"似的感觉。一步一步踩踏下去，仿佛只有被踩踏的地方才生成了地面，自己实际上是不是行走在没有任何物体的虚无空间里呢？

一种焦虑感涌上心头。这种感觉与乘坐卡车往返城镇时，车子明明在前进，但却无法判明方向的焦灼感毫无二致。

"你可千万不要撒手啊！"白濑的话语在耳边响起。

女孩儿那轻易便可收入掌中的小手！眼下，只有这只小手带给了阿茜真实的感觉。眼下映现在这个女孩儿眼里的，究竟会是一种怎样的情景呢？

就在阿茜完全丧失了距离感的时候，女孩儿停住了脚步，似乎正在四下张望搜寻着什么。

"可以摘下头罩了。"

听到白濑干哑的声音后，阿茜摘掉了头罩，"哈"地一声，深深地喘了一口粗气。她无意识地看了一下手表，时间是凌晨三点二十三分。与乘坐卡车出入城镇时一样，也是用了十七分钟的时间。

阿茜还是第一次在城镇内看到月濑夜晚的光景。从待风亭望到的那片真切的月濑残光如今已从阿茜的身边销声匿迹。眼前是静寂的没有光亮的住宅和街灯。

如果眺望远方，便会发现那里依然存在着残光。但是，那残光也随着阿茜等人的走近，突然摇曳着梦幻般不见了踪影。

如嘲笑一般，只要走近就会消失的光！它宛若陆地上的海市蜃楼。它似乎意味着阿茜绝无可能接近和宏的心。

不安与焦虑中，孤独感在阿茜的心中奔腾翻卷。这种感觉无法控制地喷涌而出，就好像陷入了某种预谋之中。

"它的根源……"

阿茜以锐利的目光仰望着夜空。斜挂天际的椭圆形月亮裸露着凛冽的身姿。宛若揭去了面纱一般的月光，径直倾注在阿茜等人的身上。

这片月光理应直面黑暗，或凌驾于黑暗之上并将黑暗驱散开来，如今，它已经失去了存在意义，变成了一抹将人们引向无际黑暗的淡灰色的光。它与在都川仰望到的月亮明显本质上不同。

"这便是处于'城镇'影响下的证据。"白濑以更为呆板的语调告诉阿茜。阿茜感受到了莫名的恐惧——就好像有一只冰冷的手正在抚摸自己的心脏。她不由得握紧了女孩儿的手。

"和宏！你现在在哪里呢？"阿茜用尽全身的力量，专心致志地在心中呼唤着。

一种声音轻轻传入耳畔。那声音冲破无风淤滞的大气层，断断续续但却真切地传进了耳畔。是和宏古乐器的音色。

阿茜拔腿向发出乐声的方向跑去。她觉得牵着女孩儿的手奔跑是个累赘，便索性背起女孩儿继续向前跑去。女孩儿细细的手腕缠绕在阿茜的脖颈上，死死地搂着阿茜，生怕滑落下来。

通过女孩儿，阿茜感觉到了"城镇"冰冷的气息，感觉到了"城镇"死死抓住女孩儿不放的冷彻气息。阿茜产生了一种自己也将被"城镇"俘获的错觉，遂加快了奔跑的速度。

古乐器声时而引导似的靠近阿茜，转眼间又如同逃匿的残光一般逝向远方。你就是想要听清那乐声，"城镇"也好像早有预谋似的不愿拱手献出。

片刻以后，阿茜看到了前方高冈上一个沐浴着虚假月光、散发着异彩的物体。那是位于城镇中央地带的高射炮塔。阿茜已经不再游移。她坚信和宏就待在他自己描绘的那张画儿的风景中。

她们来到了通往山丘的路上。和宏正怀抱古乐器端坐在路边，面部毫无表情。他果真是回忆起了自己的房间，这才跌跌撞撞地跑到这里来了吗？他是否看到了画了一半的恋人呢？

"我来……接你了！"

阿茜气喘吁吁地蹲在了和宏的面前。和宏抬起头来，脸上泛着灿如日光的祥和笑靥。他伸出手来，轻轻抚摸着阿茜的脸颊。

"……终于见面了啊……"

末尾的话语被咳嗽声所淹没，但却未能逃脱阿茜的耳朵。那是一个她并不认识的女人的名字。即便如此也无所谓。眼下的阿茜乐于做和宏希望见到的那个女人的替身。

"很孤寂是吧？"

被阿茜揽到怀里以后，和宏幸福地闭上了眼睛，仿佛就此进入了梦乡。他不再睁开眼睛，古乐器从其失去了力量的手腕上掉落下来，琴弦发出了不协调的沉闷声响。

女孩儿正在仰望山丘上的景色。风景似乎已经刻印在她的眸子里，身躯纹丝不动。

白濑仰望着依然散发着虚伪光芒的椭圆形月亮，静静地催促道：

"差不多该回去了。今晚'城镇'的情绪似乎不太好。我们去找个排子车什么的，把他推回去吧。"

"不，我背他回去。"阿茜斩钉截铁地说。白濑保持着压抑的表情，微微睁开眼睛说道：

"可是，你还得戴着头罩回去呀！"

阿茜扶起和宏的身体，想要背着他站立起来，却未能如愿。她再次攒足了力气，这才终于站了起来。失去了意识的和宏，身体十分沉重。它使阿茜感觉到：这似乎就是她今后将要背负着生活下去的那个重负。阿茜双脚踏紧大地，面向白濑掷地有声地说：

"即便如此，我也要背着他走下去。"

被搬运到待风亭的和宏，无休止地沉睡着。和在城镇上发现的女孩儿一样，睡姿安详。

但是，这种睡眠是"城镇"污染的结果。越是对城镇心存眷恋，进入城镇后就越是容易受到污染。阿茜如今真正理解了这一现实。

"白濑女士，那个女孩儿今后将会怎样呢？"

阿茜无法容忍这样一个现实：救了和宏的这个女孩儿，作为一个特别污染对象，今后将要在受到歧视的状态下长大成人。仿佛揣摩出了阿茜的心境，白濑露出娴静的笑靥说道：

"不要紧，已经给她找了一个人家养育她。户口将落在那户人家，并作为那户人家的女儿成长起来。"

虽然解除了抑制，白濑依旧保持着一种别样的死板表情。有时，就好像在遭受难以忍受的痛苦一样，用双手摁着自己的太阳穴，使人感到她的疲劳并非仅仅是因为熬了个通宵。这也许就是与"城镇"的污染进行搏斗的管理局成员工作的代价。

"那个孩子的存在，或许可以给我们带来巨大的希望，阻止下一个城镇消失。"

夏季早到的黎明正在降临。伴随着黎明的到来，城镇上的残光一个又一个地渐次消失了踪影，就仿佛要把昨夜发生的事情挨个冲刷掉似的。

"和宏受到了怎样的污染呢？"阿茜问道。

白濑注视了一会儿窗外，说道：

"当然，我想生命是没有危险的……但是，从症状上讲，因为缺乏先例，所以不好断言……"

看到白濑慎重选择词语的样子，阿茜轻轻地碰了一下白濑的手，晃着脑袋说道：

"听我说，白濑女士，我已经做好思想准备了，希望你能在尽可能的范围内，实话实说地把他的‘未来’告诉我。因为对我来说，那也是我的‘未来’。"阿茜面带微笑，斩钉截铁地说。

白濑似乎从阿茜的笑靥中看到了阿茜的决心。

"他可能会在数日后醒来。不过，一旦被‘城镇’的触手捕捉住，‘城镇’就会执拗地一直抓住他不放。"

白濑简明扼要公事公办地就发生在和宏身上的污染后遗症向阿茜做了说明。它很特殊，不同于阿茜迄今为止所知道的任何一种污染。

据白濑讲，和宏今后将会继续生存下去。但是，他的心灵成长和记忆大约都会原封不动地停留在其现在二十七岁的年龄段上。而且即便从昏睡状态下苏醒过来，也极有可能留下某种后遗症。

"今后，他恐怕不会记得迄今为止与你共同生活过的岁月了。"

"这种状态会持续到什么时候呢？"

"不知道。何时能恢复记忆则取决于‘城镇’。十年以后？二十年以后？或者在更为遥远的未来……"

"怎么会这样？"

阿茜本打算今后在心底里认真地刻印下与和宏度过的每一天，可是，和宏却不能累积他自己的记忆了。

"不过，阿茜，还有一线希望。他的记忆并不是‘消失’了。只要‘城镇’不再纠缠他，他就有可能恢复记忆。如果你能够坚持到那一天的话……"

白濑的话在中途停止了。大概她意识到，要等候不知何时才能恢复的记忆复苏，过这种日子未免过于残酷。

阿茜精神恍惚地站起身来走出了房间，脚步移向和宏的画室。室内正中摆放着尚未画完的画布。和宏何时才能再次继续为自己作画呢？自己能够坚持到那一天的到来吗？对和宏的想法没有改变。但是，没人知道"污染"的后遗症今后还会持续几十年。自己能够肩负这种重负生活下去吗？只凭一时的想法难以做出决断。

迄今为止，和宏失去了对自己恋人的记忆，只是在丧失感的簇拥下活在世上。而且无论谁，包括阿茜在内，都无法去替代那个女人。而阿茜今后则必须在感受同样悲哀的前提下生活下去。他近在咫尺，既可以触摸，也可以拥抱，但却无法享受共同的记忆。她要通过与和宏的这种朝夕相伴的生活……

阿茜站在画布前，摆出立正的姿势，用力地点了点头。接着便返回了和宏的房间，笑容可掬地对正在凝视自己、一脸担心的白濑说道：

"请让我单独和他在一起待上片刻好吗！"

阿茜坐在枕畔的椅子上，把手放到处于安详梦境中的和宏脸上。温热的体温传导到阿茜的手上。和宏眼下千真万确就在这里。阿茜在和宏的耳畔搭话似的嗫嚅道：

"我要在这个城镇里，实现自己的人生使命！"

待风亭是到访客人们等待新风吹来的临时"待风港"。自己在这里接待那些不能对失去亲人表露悲哀的人们的同时，也要坚持不懈地等待下去。她想等到那一天的到来。等待着不知何时，和宏恢复记忆，二人度过的岁月重新回到和宏脑海的那个时刻。阿茜觉得：这就是自己的使命，是自己的希望。

窗外，直到方才为止还耀眼闪烁的城镇残光如今已经所剩无几。

淡墨色的黎明即将来临。

Episode 4

绝 世 之 音

要洗的只是一个人的衣物，所以很快就洗濯完毕。

他一边用抹布擦拭厨房的洗涤盆，一边在心中暗想：妻子在这里时的卫生状态自己到底能够维系到何时呢？

英明的妻子是个"分身"。

起初，他是在不知道对方是分身的情况下与之接触的。一般的人都会从感觉上意识到对方是个"分离者"。她处在一种被周围的人们以若无其事的态度加以"区别"的境遇中，尽管还谈不上歧视。对她来讲，英明大约是个罕见的存在，因为他毫不在意地与她——一个"分离者"进行了接触。

"一般说来应该是看得出来的呀！"后来，她曾这样笑着说。

如今，英明也开始学习了一些有关"分离"的知识。

就"分离"理论本身，可以进行各种类型的研究——科学方面的，基因工程学方面的，甚至是妖术类的。其实，在发生"那场战争"以前，这种理论就已经确立，成为一种"在为期不远的将来可期实现的技术"。

但是，它成为现实的历史尚短，可以追溯到半个世纪前的毒品文化。如今已经成为合法药物的"纳切拉尔"问世前，高纯幻觉剂的滥用，孕育了"分离"，可以说是偶然问世的产物。

私下充斥于当时年轻人中间的高纯幻觉剂，可以令人产生一种被称作"黄泉"的脱离感。这一事实引起了学术综合院的关注。而由此演绎出来的一种手法，则被应用在了"自我同一性障碍"的治疗上。并于三十年前成功地实现了完全分离。

说到"原身"和"分身"，就会令人想到二者是一种"原身"为主，"分身"为辅的关系。但那只不过是一种便于区分的称谓而已。就好像即便是双胞胎，也要分出兄弟或姐妹一样。

虽说选择分离的人数已经日渐增多，但是分离者仍然于无形中成为人们歧视和好奇的对象。在这样一种状况下，毫无成见地与其交往的英明，便博得了妻子的好感。

二人的邂逅，即便事后看来，也可以说既是偶然也是必然。他们在走过了与众多的恋人无异的道路以后终于成为一对情侣；在度过了既可以说是特殊也可以说是普通的喜悦与安宁的日子后，终于喜结连理。

她与其他人相比并无任何相异之处。只是每隔半年，便要接受分离综合局的一次检查；而且如果原身和分身某一方死去的话，另一方也会同时死亡。除此之外便与他人无异。

"这，会不会令你产生不安呢？"

"为什么？"正在并肩洗刷盘子的妻子不解似的歪起了脖颈。

"你想啊，如果你的'原身'突然意外地死于交通事故，那么，无论你多么健康，你的生命不是也要突然终结吗？"

挽着的袖子滑落下来，妻子伸出了沾满泡沫的手。英明替她挽起了袖子。只是用嘴唇作出"谢谢"口型的妻子，鼻上漾起小小的皱纹，笑着说道：

"生命终结的瞬间，不是哪个人能够决定得了的。也许现在就是那个时刻，也许要等到一百年以后。不管是一个人想要活下去，还是分为原身和分身后想要活下去。都没有区别。因此……"

她走近一步，将濡湿的手腕绕到英明身后。英明将她拥在怀里，轻轻地亲吻着妻子的眼睑。这是他用唇接触的固定位置。眼睑柔和的感觉。他为亲吻老地方所带来的安心感和幸福感所簇拥，用双手抱住了妻子柔软的躯体。

"把我深深铭刻在你的心里吧！以便无论什么时候失去我，你都不会后悔。"

没错！妻子说的完全正确。没有谁能够决定生命失去的瞬间。既不是妻子本身，也不是妻子的原身。决定者另有其人。

那就是源于"城镇的消失"。

洗完衣物后，英明走进妻子过去的房间里。失去了主人的房间与英明同样，在接受这一事实方面似乎花费了相当长的时间。他觉得，由于他的出现，房间似乎发出了含有不得不死心意味的静静的叹息声。

管理局的通知通过市政府送到家里，是在妻子的故乡——月濑镇消失了两周以后的时候。通知的内容是告知他"上交"出因为分娩而返回娘家的妻子以及住在月濑镇的妻子娘家人的相关污染物品。

已经整理好上交物品的英明，唯唯诺诺地把上交物品送到了市政府指定的地点。他自己也觉得自己的反应未免过于驯顺。但是，他对这件事早就心知肚明——既然所有的信息都在国民识别身份标识号码的管理之下，那么，自己就无法逃避上交与消失者有关物品的命运。

他打开了相册。留下的都是一些风景照。相册残破不全，就仿佛遭受过虫蛀。

自不必说，即便是英明和妻子的合影，也只需将妻子那部分剪掉上交即可。但是，纪念照片上只留下自己一人，看了以后岂不倍感空虚寂寞？

"悲伤吗？"如果有人这样问，他只能做出如是回答——说不清楚。如果是"妻子的死"，英明还可以做好接受事实的思想准备并下定决心，而且总有一天他可以彻底断了念想——岁月有慈悲，天命不由人。

但是，在"妻子消失了"这样一个做梦都没有想到的事实面前，他觉得就好像自己赤手空拳地遇上了一个肉眼看不见的巨大敌人——这种走投无路的乏力感和不得要领的空虚感一直支配着他。打那时起，时光已经过了半载。

他打开了妻子桌子的抽屉。物品上交后的抽屉里空空如也，就好像英明的心一样。残存下来的只有一张纸片，上面留有妻子的笔迹，写着一个不知名的地址。那是一个因为与居住地开展贸易而被开辟出来且不断繁荣壮大的大西部地方城市。

已经记不得是何时了，英明曾这样问过妻子：

"已经分离了的你的原身，现在在做些什么？"

"她在西边的城市里过着单身生活。说是在工厂里做事务性工作。她呢，另外还有一个更为重要的工作，但是那份工作的需求量不大。"

关于上交消失相关物品的通知

一、贵府须上交的内容为：与下述消失人员相关的物品。

BQL—39872—091

GHJ—89208—980

DTE—29341—719

SWA—18862—864

HAO—67309—396

二、须上交的物品如下：

（1）与消失地相关的物品

记载了消失地地名及该地址的相关物品

拍摄了消失地的风景及相关内容的照片

其他描写了消失地的物品

（2）与消失人相关的物品

签有上述消失者人名及其他有可能消失者人名的物品

拍摄了消失者的照片

其他与消失者相关的描述物品

三、免予上交物品

（1）与消失地、消失者相关的绘画

（2）虽属于消失者写下的物品，但没有消失者的署名

请将上述上交对象物品，在指定的上交日期前，上交到所属地方政府指定的上交地点。

故意隐匿消失相关上交物品者，将受到法律惩处。

这个地址是妻子原身的住所也未可知。

难道原身也消失了吗?

如果是一般的分身死亡,原身也会于瞬间死去。可是,妻子并不是"死亡",而是消失了。搞不好妻子的原身还活在世上呢。她会不会在不知道妻子消失的情况下活在世上呢?

我是不是应该跑一趟呢?

他觉得:如果原身现在仍然活在世上,那么,他就有义务告知对方身为分身的妻子已经消失了。他很想会会原身的那个"她"。

他凝视着挂在墙壁上的挂历。仍然是四月那一页。三号上面画着英明用签字笔标注上去的红圈儿。那是妻子的分娩预定日,同时也是月濑镇的消失日。

妻子翻看挂历的行为有一个令人不解的规律,那就是在日期发生变化的那一瞬间里,如果不把挂历翻过去她就会心神不安。到了夜晚十一点五十五分,她就会站在挂历前,死死地盯着表针看。接着就会在所有的指针全都指向"12"的那一瞬间里,将挂历翻过去,就好像新的月份开始是由她显示似的。

"自打分离以来,自己对时光的流逝就变得极为敏感;和我分离了的原身则好像对声音变得敏感了。"

妻子曾说过这样的话。每当英明看到妻子的上述行为时,都会暗自庆幸挂历不是每天都需要翻动。

失去了规律翻动自己的屋主后,挂历从半年前便停止了时间的变更。英明将挂历不断地撕扯下去。十月的画面露了出来。失去妻子以后的日日夜夜再次浮现在他的脑海里。

"十月七日。明天是星期四。早上开始就有营销战略会议。磋商事宜有两件。并且还要编写下周的演示资料。明天会忙翻天的！"

他在自说自听。然而，最终却言不由衷地从衣帽间里取出了旅行包。

走出车站后，英明将旅行包调换到了手上。这是一个比想像要小得多的车站。

"人口五十万。一个蔓延在远羽河平野河口一带的城市。过去，作为与居留地开展贸易的地区，曾日渐繁荣昌盛。如今依然可以看到作为商业文化中心城市所拥有的那份繁华。是一座拥有西域风俗节日与习俗之独自文化特征的、充满异国情调的城市。"

他出声地阅读着捧在手里的导游手册介绍文章，闭上眼睛，大口大口地深深地吸进了陌生城市的空气。这是英明出门旅行时的仪式。

一个从未见过名字的超市，扎眼的民营铁路橘黄色公共汽车，身穿眼生校服的女高中生。平素有很多人生活在这座陌生城市的风景中，其中就有与自己的妻子长得一模一样的妻子的原身。这件事让英明滋生出一抹不可思议的乡愁。

他在公共汽车终点站问讯处，试着打听了一下自己应该乘坐的公共汽车。通过小小的问询窗口，英明将写有地址的纸条递给了坐在里面、身穿略显土气茶绿色制服的女子。

对方以狐疑的神色注视着纸条上的文字，接着便保持着那种神情看了看英明。随后就低下头来，用手指在手头上的那个已经磨损了的公共汽车路线图上一边描画一边低头说道：

"请在七号站乘坐开往'研究所'的公共汽车。第九站'野分浜'离这个地址最近。"

"浜……离海很近吗？"

听了英明的问话后，对方抬起脸来，以公事公办、故意强调似的表情和语调，将纸条返还给他，然后说道：

"没有海。"

也许是临近黄昏的关系，车内的乘客明显以放学的学生和手拎购物袋的主妇为主。英明坐在车厢中部的座位上，等候着开车。一阵女性尖锐的开车通知响过后，公共汽车以超出预想的荒蛮劲儿启动了。

是开往研究所方向吗？

到底是什么研究所呢？即便扫视整个车内，也看不到一个像是从事研究工作的人。不安的感觉涌入脑海，仿佛自己即将成为一个可疑的实验对象。英明怀着如是心绪，任凭汽车摇晃着自己的身体。

大约过了十五分钟左右，车内响起了"野分浜到了"的广播。英明走下了公共汽车。正如窗口那位女性所说，这里没有海，甚至感受不到一点海的气息。

周遭似乎一直都是住宅街。拥有宽敞院落和树木的古旧住宅与使用了新型建材的新式住宅随意混建在一起。隔三岔五还突出重点似的建有一些大约十层的公寓。

英明再次取出了那张纸条。地址的末尾写着"五〇四"。看来她大约是住在某栋公寓的五楼了。

"怎么不把公寓名也写上呢?"英明对妻子发出这句牢骚后,便挨栋寻找起来。在"香芬野分浜公寓"和"拉克多野分浜公寓"扑空后,他终于在第三栋公寓五〇四号室的邮箱上看到了妻子的旧姓。

他摁响了连接到室内的内部对讲机。无人回应。似乎不在室内。

时间已经是下午六点。如果她仍然在干事务工作的话,再等上片刻也就应该打道回府了。英明望了望四周,看能否找到一个消磨时间的地方。正因为是住宅街,所以既无咖啡馆,也无便利店。

隔着矮树篱笆可以看到一个攀登架,大约是供居住在公寓里的孩子们玩耍的道具。英明绕到篱笆那边窥望了一下,发现那里是个只有攀登架和沙坑的小广场。沙坑里扔着一个红色塑料水桶和黄色小铲。

英明登上了攀登架顶,好歹才算坐在了架顶细细的铁棒上。他抬头仰望着天空。在纷杂架设着的电线彼端,可以望到多少缩短了一点距离的月亮。

月儿仿佛要逃脱电线网咒语似的,缓缓地向上升腾着,毫不顾及眼下英明丧失了妻子的苦痛,越发残忍地发出夺目的光亮。

"你在赏月吗?"

突然传来的问话声,惊得他差点脚下踩空。虽然并非是责备可疑人物的腔调,但英明还是觉得对方话音里包含着疑问。

眼前的女子穿着一套藏蓝色事务服。那是一套极为普通、让人一看就知道此人是办事员的服装。

英明任凭脊背摩擦着铁架走下了攀登架,站到女子面前。女子右手拎着一个小小的手提包,左手拎着超市购物袋。

除了向外蓬松翻卷的烫发发型与妻子的直发不同以外，她的相貌与妻子毫无二致。

相向而立时，他恰好可以抱紧对方的胸部。若轻轻地将对方揽在怀里，嘴唇则恰好可以亲到对方的眼睑。

"莫非你就是住在五〇四房间的那位？"

听到英明的问话后，女子稍稍睁圆了眼睛点了点头。

"啊，这个，我是你的……那个，怎么说好呢？"

看到英明狼狈失语的窘态，女子略歪着头笑着打断了他的话。

"我知道。你就是那个女孩儿的丈夫，对吧？你好！"

女子向英明鞠躬致意，弄得超市购物袋沙沙作响。从袋内冒出的葱尖碰到了英明的膝头，女子慌忙将大葱塞回袋中。

女子的这个动作，终于使英明的情绪平静下来。

"我没想到你们会这么相像。"

"因为我们是自然分离啊。"

女子毫无顾忌地笑着回望着英明。从对方的这种态度上，英明无法判断出她是否知道妻子已经消失了的事实。他游移着，不知怎样开口才好，不由得结巴起来。

"如果你不介意的话，就请到屋里坐坐吧！"

"可是，会不会给你增添麻烦呀？"

"从房间的晒台上也是可以赏月的。"

说罢，女子抬头看了看月亮，脸上露出了微笑。

"不好意思。我去换件衣服。你请沙发上坐吧。"

这是一个令英明产生了心旷神怡的"不协调感觉"的房间。高雅的绿色双人沙发，已经过时的白色立柜，挂在墙壁上的石版画——没有一样物品与妻子的物品相同。但是，却给人以一种殊途同归的感觉。留给英明的感觉是：自己似乎正在对比观看着拥有共同祖先，但却沿不同路径进化了的两种动物。

片刻以后，女子换上了粉色高领衫和棕色长裙出现在英明眼前。手上的托盘里放着透明的耐热玻璃壶和茶器。她来到英明对面，坐在了沙发上。

"我在不知不觉间，就已经知道她不在了。"

"你是怎么知道的？"

"可以说是预感之类吧。对于我们分离者来说，这种现象偶有发生。再就是我已经接到了管理局的通知。请用茶。"女子一边劝英明，一边把自己的茶具执于手中。

"这种味道……"

这是妻子当初经常饮用的药草茶。记得妻子曾经说过，她从孩提时代起就一直饮用这种茶。作为妻子的"原身"，她也在饮用同一种茶并无任何不可思议之处。记得当初妻子请他喝这种茶的时候，他曾经颇为踌躇，而如今这茶水的味道居然令他产生了怀旧感。

"管理局好像也很感兴趣。因为分离者一方被卷入消失事件的事例，据说还是第一次。"她笑着说，鼻尖漾起小小的皱纹。举止与妻子无异。英明的心中再次涌起痛感。这种感觉也不知出现过多少次。

"怎么了？"发现英明正在全神贯注地注视自己后，对方眨巴着眼睛问道。

"啊，没什么。我没想到你们会如此的相像，有点摸不着头脑了。"

"我们俩是自然分离嘛！"

通过妻子的讲述，英明已经知道分离分为"强制分离"和"自然分离"两种类型。之所以出现"强制分离"，为的是避免因为"同体厌恶"而产生自伤行为。而"自然分离"则与"强制分离"不同，她们是自愿选择分离的，这种例子十分少见。

"虽然自己的妻子是个'分身'，但我对分离者的情况还是不大了解。不过……"

对方轻轻地点了两下头，动作与妻子无异。

"你是因为什么原因才和我太太分离了呢？"

对方注视着沉淀于茶杯底部的茶叶，脸上露出了若有所思的神情。

"大约是中学一年级时吧，我注意到了自己与他人的不同之处。"

"不同？怎么个不同？"

"别人也都认为一共有两个'我'，在交替利用着我的身体。"

"嗯。"

"与其他分离者相同，在我的身上出现了'第二性征'。同时'一身二魂'的弊害开始显现。我父母也吓坏了。因为一个身体突然开始了两个人的对话。所以，在十五岁的时候，我在分离统一局接受了'处置'。从那时起，就权且将我定为姐姐，将她定为妹妹，直到今日。"

"我太太跟我说过的。说分离者的生活和普通人没有什么不同。但有一点除外……"

话只能说到这里了，下面的话他已经无法开口。要怎样做才能说出这样的话呢——你什么时候消失啊？云云。她大概已经意识到了英明欲言又止的话语内容，目光追随着茶杯中晃动着的微小叶片，接过话茬说道：

"是的，只有一点不同。那就是如果其中的一方死去了，另一方也会同时死去。可是，她虽然已经没有了，而我现在却依然活在这里。"

沉默莅临了。从远方传来了警报器的鸣叫声。是民营铁路的岔道口吧。不知为何，回荡在耳畔的、与自己居住的城镇迥异的警报声听起来干巴巴的，令人悲戚顿生。

"去接着赏月好吗？"

在她的敦促下，二人站在了露台上。月亮悬挂在比先前要高出些许的地方，照耀着低矮屋脊鳞次栉比的住宅街。马路旁边的广告牌灯光闪烁，信号灯忽明忽灭。这对英明来说是陌生的街道夜景，同时也是随处可见的夜景，无论是在他居住的城镇还是在月濑镇。在这个国家所有的地方，全都不乏同样的景致。

"我想你是知道的，我们分离者必须每半年去分离统一局接受一次检查。"

妻子亦然，这是她每半年必须进行一次的例行公事。

"上次检查是月濑镇消失一个月以后的事了。一般情况下都是和负责自己的生活顾问进行简单的沟通并做个检查，可那天却多少有些不同，管理局的女性也在现场。"她淡淡地说。她对英明说，她曾经问过管理局的女性，自己今后是否能够继续活下去。

管理局的预测是：虽然迄今为止尚无分离后一方去世的先例，不过，在月濑的余波平息，最后的残光消失之际，她的意识恐怕就会被城镇摄去。

"被摄去？"

"据说是这样一种状态：肉体可以原封不动地保留下来，只有意识被城镇夺走。"

她事不关己似的做着说明。想象着这一画面，英明不禁骇然。也就是说其含义与"死亡"无异。

找不到合适的话语，英明默默地俯瞰着城镇。

"不过，我感觉，今后几年之内不会有什么问题。"她声音开朗，将笑脸转向了英明，似乎很在意英明的感受。

"据说'城镇'还没有发现我。"

这也就是说，"城镇"总有一天会发现她，并将其卷入消失的漩涡。

"跟你说吧，你能想像得出来吗？在很早很早以前这里曾经是海洋来着。"

"所以公共汽车站才叫做'野分浜'吗？"

"是的。是对往昔的一种依恋。现在已经没有海了，只是剩下一个名称而已。"

英明合上了眼睛。他觉得在城镇杂乱的声音背后，自己仿佛听到了过去这里曾经是大海时的波涛声。

"与月濑完全相反啊。即便是现在，月濑也仍然存在着，可是名字却消失了。"

眼下是一大片城镇的灯火。虽说这种景色随处可见，但也绝不意味着它可有可无。正因为其平凡，所以才要保护它。它不可失去。

"说来，我已经打算辞掉这份事务性工作了。"

这突如其来的话语，使英明不禁抬起头来呆然凝视了对方片刻。

"所幸自己已经攒了一点钱，因此，即便数年不工作，也还能够填饱肚子。啊，最后这几年自己希望能够自由自在地活下去。"

"是吗？可不。这样做或许是正确的。"

他只能如是随声附和。对于选择了分离的人来说，自己的死期不是突然降临也许真的就是一件幸事。

"你要从这儿搬走是吗？"

桌子上放着几张搬家公司的广告单。

"娘家所在的月濑镇已经消失了。我想随便搬到某个地方去。另外一个工作也就要结束了。"

对方的暧昧使英明想起了妻子曾经说过的话。

"啊，对了，你另外一个工作是……？"

对方的脸上绽放出谜一样的笑靥。

"你想要知道吗？"

透过落满了尘埃、已经变为磨砂玻璃一般的玻璃窗，可以看到既无波浪也无声响的大海。作为背景，只有街道上的建筑物浮现出朦朦胧胧的轮廓。

驶往居留地的货船，缓缓地在窗外露出了船首——吃水线正在下落。绘有独特的象形文字般树脂标记的货物群，横着穿过海面向外湾移动着。

她和朋友共同租借了二楼的那个仓库，位于古旧仓库街的一隅。这个仓库街似乎叙说着这里当初与居留地交易的繁荣景象。

她打开了安装在墙壁上的老式手动百叶门，取出了四个破旧的烛台，以困惑的神情环顾了一眼整个房间，微微颔首。接着，便将一支烛台放到了地板上。

她穿着时兴的棕色系腰裙，配着灰白色宽松上衣，看上去清新秀丽，生气勃勃。

"我总觉得你这不像是干活的装束啊！"

"说是干活，可又不是制造什么东西。"

她轻轻跪在地板上，躬下身躯。接着又站起身来，仿佛在测量某种间隔似的小心翼翼地迈出一步，接着便将剩下的三支烛台摆列起来。四支烛台摆出了一个不规则的四方形。

仿佛是想让变了形的四方形熟悉自己似的，她在四方形中央伫立了片刻。接着，又好像要忠实地做好某种被规定的动作似的点燃了蜡烛。她的这种做法会使人联想到阴舞[①]演员在表演特定节目时"直足[②]前行"的样子。

系腰裙宛若在水中扩散开去的波纹一样摇曳着。

"你好像在举行什么仪式嘛！是这样吗？"

"这不过是在做一个理念上的墙壁而已。"

"还是莫名其妙啊！"

她的脸上浮现出一抹笑意，仿佛在说，真拿你没办法！随后便从放在墙边的木箱里取出了一个乐器。

接着，便有话要说似的将脸转向英明说道：

"我的另一个工作，就是让发不出声音的古乐器再次发出声音。

[①] 指日本江户时代演员不在舞台上而是在宴席等处的表演。
[②] 源自马匹一般情况下行走时的迈步方法。即先迈左前足，再迈右后足，之后再迈右前足，最后迈出左后足。

一般被称作'再魂'。"

"是不是指修理乐器呀？"

"古乐器的再魂"——这项工作对英明来说是陌生的。只见对方用橡皮筋扎好了头发，将乐器拿在了手中。

"与修理多少有些不同啊！你看看就明白了，它们并不是坏了或者丢失了零件。"

她怜悯地抚摸着手中的乐器。

"说到修理乐器时，一般都使用'修'字，而我们则使用'治'字。"

她的食指，在空中描画着这两个文字。

"送到我这儿来的古乐器，要么是一些长时间不被使用的乐器，要么就是因为遇到某些烦心事而自我冷落了的乐器。因此，并不是不能出声了，而是它们忘记出声了。我的工作就是给这些古乐器创造出一个恢复记忆的机会。"

"我可以碰碰它吗？"

英明诚惶诚恐地拿起了古乐器。那带有光泽，甚至拥有娇艳色彩曲线的胴体，呈现出一种经过岁月洗礼后的乐器所特有的高雅姿态。英明用手指轻轻地弹了一下。当然，不懂乐器的他难以巧妙地弹奏乐器，尽管如此，那乐器也还是发出了声音。

"它出声了呢！"

之所以这么说，是因为英明以为那乐器根本就不会发出任何声响。

"古乐器不单单会发出声响，它们还拥有各自独特的音色。"

"音色？"

"弹者和听者的思想自不必说，那音响里还铭刻着代代相传的

166

主人的感情。这就是音色。我的工作就是要使这些感情复归到古乐器里。"

她一边说明一边操作，将带有像是留声机喇叭集音器的机器搬到用烛台做成的四方形中。

"在过去没有这些机器的时候，靠的是拥有这方面才能的共鸣师。先是在水盘里放满水，再由共鸣师根据水的波纹来辨别音的共鸣。现在则完全依靠机器了。"

她打开了机器的开关，耳边响起宛若老式电影放映机发出的嘎嘎声响。小小的显示器上显示出三个波长不尽一致的波形。

从胡乱摆放在地板上的老式扬声器里传出了"预兆"的歌声。

"这个古乐器好像与她的歌声很匹配呀！"

果然，显示器似乎对"预兆"的歌声产生了反应，其中的一个波形变成了蓝色。它使色调发生了变化，并上下缓缓波动起来。

接着，她又搬出了另外一台机器。这台机器要比先前那台机器新些，似乎是一台被挪用的奏乐样机。

这个古乐器的"再魂"，似乎已经占用了她的许多时间。据说今天是在做最后的调试。为"治疗"它，她从机器里遴选出许多经过调和的声音并把它们投入到古乐器中去。这就好像给干燥的大地洒水，以使其受到滋润一样。显示器的显示内容时而出现大幅波动，时而微波荡漾般一点一点地上下蠕动着。

她一边认真地逐次确认着那些波长，一边为"预兆"的歌声覆盖上若干音的面纱。

"你不要着急哟！慢慢地回想好了。"她在跟古乐器搭话。仿佛要靠近古乐器的思想一般，波长在变幻着自己的光辉。"预兆"天生的拟声唱法，仿佛在愚弄矮小的世界一般，绽放出连续的光辉。以庄严的钟声为基调的音色，似乎为歌声披上了几多薄薄的面纱。

俄顷，英明产生了这样的错觉——他觉得古乐器已经与她融为一体。此时，三个波形已经融汇到一处，变成了一个巨大的波形。

古乐器得到了完美的治疗。

"这个古乐器是从哪里送来的？"英明一边迈开脚步向她的公寓走去一边问道。在装有古乐器的破旧箱子上系着树脂文字拼成的行李签。

"是从居留地寄过来的。邮寄人叫这个名字。你应该认识吧？"

在她手指着的行李签上，写着"石祖开祖"几个字。片刻沉吟后，英明不禁眼前一亮。

"哎？该不会就是那个'SEKISO·KAISO'吧？"

他指的是那个以居留地为大本营，将国界置于脑后（按西域说法，即为"无国界"），向这个国家乃至西域进军的新锐演奏家。这是一个绝不在世人面前抛头露面、谜团重重的人物。其创作的庄严且华丽的曲子与古乐器着实是风马牛不相及。

"这个古乐器好像是他朋友的。说是因为朋友不能弹奏了，所以就送给了他。从那天起，这孩子（指古乐器）的心灵好像就封闭了，于是他就把它送到了我这里。如果用这把古乐器演奏，他的奏乐将会发生怎样的变化呢？不知为何，对此我抱有一丝期待。"

思考着自己来日无多的未来，她把力气注入到抱在怀里的古乐器上，就像是一个祈祷孩子快快长大的母亲。她还有机会听到那古乐器的音色吗？英明心不在焉地想。

"把这孩子送走以后，我的这份工作也就算干到尽头了。"

在仓库间的石板路上，响起了二人的脚步声。

"往哪儿搬，定下来了吗？"

她摇了摇头。二人继续默默地前行。英明走在右侧，她则在左侧落后英明半步。那是妻子一直走的位置。由此英明多少坚定了一些自己的想法。

"我们昨天刚刚认识，今天就向你提出这种建议未免有些那个……"英明一边感受着对方从侧面扫来的视线，一边开口说道：

"如果你觉得可以的话，在定好新住所之前，就先住到我的公寓里如何？别的不说，当初买下那公寓，本打算是和太太孩子一起住的。现在一个人住太空荡了。再就是……"

"再就是什么？"

"嗯，再就是妻子的房间还不能理解妻子的消失，现在的情绪很不稳定。如果你能来的话，我想房间也会恢复稳定状态的。"

或许是在想像"情绪不稳的房间"，她低头笑了起来。

"你让我考虑一下吧。"

当然，英明并不想让对方立刻作出回答。但是，她的这句话远比自己在客户那里听到的那句"你让我考虑一下吧"更具真实情感。

"这个……这件事从昨天开始我就一直感到迷惑不解，但一直没开口问你。"

对方歪了歪头，似乎在问"什么"。

"我觉得你好像早就知道我会来这里似的。刚见面的时候也是，好像你对我很熟悉。是不是我太太以前把照片什么的送给过你啊？"

对方摇了摇头。

"那么，又是因为什么呢？"

"你太太消失前通知了我。让我好好关照你。而且……"

她的脸上浮现出调皮的微笑，表情十分明快。英明被这副笑靥摄去了魂魄。

"被她所喜欢的人，我怎么可能不知道呢？"

东西被搬进了英明妻子过去居住过的房间里。经过原身的她的一番整理，生活的秩序一点一点地构筑起来。英明时而也会搭上一把手。望着眼前妻子的气息与她的气息渐次融为一体的状态，英明不禁百感交集。

英明的心底交织着两种不同的感受——与妻子一起构筑起来的往昔记忆，正在被一种相异的色调涂抹着，这使他产生了一种近似于焦躁的悲哀，而同时也感受到了一丝慰藉，因为早晚都会消失的那些记忆，正在通过与妻子毫无二致的原身的她，羁留在自己的心底。

"在开始两个人的生活以前，有件事我想先问一下。"

她大概是敏锐地感觉到了英明的上述感受吧。在大体上构筑出了生活的秩序，可以稍微喘口气的时候，她在英明的面前显示出了些许拘谨。

"你会喜欢上我吗？"

英明思考了片刻。他意识到，自己的心底并没有答案。于是决定实言相告。

"说句老实话，我不知道。妻子如今依然活在自己的心里。不过，如果和你一起生活下去的话，对妻子的思念，可能就会转移并重叠到你的身上。"

她重新抱起双臂，慢慢地点了点头。

"有件事我想求你。"

她轻轻地碰了碰英明的头发。在自己习惯了的位置上，有一张与妻子相同的脸。这使得英明产生了悲戚之感。

"你就是喜欢上了我也没有关系。不过，我希望你始终都是拿我当你太太的'替身'来喜欢。"

搞不清她想要说些什么。

"那样做对你不是太失礼了吗？"

她并不直视英明的视线，笑着摇了摇头道："你没有必要再次品尝相同的痛苦，不是吗？你的太太已经不在了，我只是她的替身，而且是在限定的期间内。听清楚了吗？"

二人心如明镜，这不是一朝一夕就能够轻易分得清的。不过，英明还是默默地点了点头，因为他理解了这句话包含着对方温馨至极的体贴之情。

"那么，我们就约定好了。行吗？"

"嗯！约定，好了。"

二人就这样开始了绝不会演变成"我们"的、只属于"英明"和"原身的她"的共同生活。

月份变了。挂历掀过一页。这是一种象征岁月流逝的确凿无疑的行为。英明掀翻挂历，就像过去妻子所做的那样。

原身的她并不像妻子那样在意时光的流逝。反之，其实本不该如此，倒是英明自己继承了妻子这种规律的行为。正因为他知道原身的生命不会长久，自己与她的共同时光委实短暂，所以才对时光的流逝无法不异常的敏感。

虽说是短暂的共同生活，但流逝的岁月却并无差异。即便不去掀翻挂历，时光也会毫不犹豫地流逝过去。

英明一如既往地干着自己的工作。回到家后，等待自己的不是妻子，而是取而代之的原身的她。不同之处仅此而已。她本人也是，显示不出因岁月所剩无几而本应产生的悲哀，照旧洗濯衣物、清扫房间，根据英明的归来时间做好晚餐等候着他。

"出去旅游一趟如何？"他如是劝过她多次。这句话包含着如下的言外之意——不知道你在这个世上还能活多久，那就随心所欲地过上几天舒坦日子如何？但是，她只是笑着摇头，看不出想要特别干点什么的意思。

英明心想：如果自己处在与其相同的立场上，又会怎样呢？会不会写个自传什么的？会去周游世界吗？抑或与她一样，过着一如既往的平常生活？无从知晓。他一直不擅长将他人的生活切换到自己身上来进行换位思考。

在休息的日子里，二人或去兜风，时而来上一次只住一夜的短暂旅行。

英明一直避免和她一起去与妻子曾经去过的地方。如果一起去的话，则势必使自己回忆起与妻子度过的那些时光。他知道：那些时光无法与她共有，这势必会使自己产生无以言喻的孤寂感。

虽然是理所当然的事——无论多么相像，她都不是自己的那位

172

妻子。莫如说，正因为相像，所以在日常生活的微妙之处所显现出来的相异才更加使他感到困惑，感到些许的悲哀，最后则不得不以一种近似于达观的思想境界来接受这种不同。

"打那时算起已经两年了……"

伴随着零点的报时，英明一边掀翻挂历一边嗫嚅。从消失那一刻算起，他已经二十四次掀过挂历，迎来了眼下这个时刻。这时光好似悠悠的漫长岁月，又如白驹过隙。

每年从银行得到的挂历，由于没有多余的装饰，易于记载预定计划，故而得到妻子的青睐。英明用手指抚摸着数字"3"。原身的她在这个数字上画上了圆圈。

四月三日。他与原身的她之间的孩子将要降临到这个世上。

岁月的流逝有时是残酷的，但有时却可以解决掉在那之前一直悬而未决的难题。经过两年的岁月洗礼，英明终于可以毫无芥蒂地与原身的她相处了。

并非是忘了发妻。英明将对妻子的追忆牢牢铭刻在心，同时，也爱上了原身的她。是的，或许可以说他打破了自己的诺言，那个"作为妻子的替身来喜欢"的承诺。

她在英明的身旁微笑、欢喜，并时而悲伤、愤怒。其中既有与妻子相像之处，也有她独特之处。对这一切，英明已经能够不加区分地付出爱怜。也正因此，他才下定了要个孩子的决心。

即便如此，是否依然应该将两人的关系称作不可思议的因缘呢？预产期是月濑镇消失的那一天，并且和英明与发妻之间按理说已经应该问世了的那个孩子的预产期是同一天——四月三日。

英明想起了一个月前他与原身的她的对话。

"也不知怎么回事，我总觉得会是个女孩儿。"她一边洗涮摆放在厨房里的餐具，一边说，并歪起了脖子。肚子已经大到即便洗碗也会碍事，不得不发发牢骚的地步。

"可是，不是说是男孩儿吗？"

那天，在妇产科医院他们刚被告知"是个男孩儿"。

"可不。"她的脸上留下了不满的表情。

"名字当初定下来了吗？"

"哎？什么？"

"你和你妻子之间的那个孩子不是女孩儿吗？名字定了吗？"

"嗯，啊，想叫'阿响'来着。"

"'阿响'？怎么觉得像男孩儿的名字啊！"

"嗯，是妻子想给她起这个名字。"

挽着的袖子滑落下来，她伸出了沾满泡沫的手。英明替她挽起了袖子。她用口型示意"谢谢"，眯缝着眼睛笑了，鼻上漾起小小的皱纹。

"那么，我们之间的孩子也就叫做'阿响'好了！"

"我没有关系啊。你不介意吗？"

她用食指戳了一下英明的鼻子，笑着说道：

"我和她在这些方面是很投缘的！"

阿响按预产期于四月三日出生了。这是一个晚上几乎从不哭泣，很好养育的孩子。英明与原身的她是第一次养育孩子，未免有些手忙脚乱。但以孩子为中心的生活还是令他们产生了充实感。甚至使他们忘记了这种生活在不远的将来就会终结。

晚秋的风吹拂着落叶。英明与阿响一起,坐在医院院落中的长椅上。今天是原身的她的定期检查日。

分离者的检查,通常是在分离统一局进行。但是,属于分身的妻子因为城镇的消失而消失以后,因为属于特殊事例,所以,对原身的她的检查便由管理局承担下来。这其中可能隐藏着管理局的某种意图,但她却似乎并不介意。

英明抬头观望着医院威严的建筑物,不由得一声叹息。迄今为止,他从未得过什么大病,所以难以适应大医院特有的氛围。

医院是治病救命的场所自不必说,绝不会轻视人的生命。但是,它那巨大的带有威慑力的姿态,却时时刻刻都在告诫人们——在无法逃避的命运面前,一个人是多么的无奈、脆弱乃至渺小。他们与直面城镇即将消失的人无异。

这种不安呼应着最近发生在她身上的事情。据说在她的梦中,开始出现消失了的城镇——月濑的风景。

当然,月濑是生她养她的城镇,出现在梦中也没有什么不可思议。但是,梦中出现的情景并不是她记忆中的月濑。

梦境是这样的——以城镇的高射炮塔为中心,人际杳然,月夜苍苍。它可能就是月濑镇现在的实际景象吧。城镇的消失已经过去了三年半的时间,她的意识会不会正在渐次向城镇靠拢呢?

阿响很难一直老老实实地端坐在长椅上,他开始晃晃悠悠地草坪上行走起来。温暖的日光令他幸福地眯缝着眼睛。

横扫落叶的飒飒风声止住了。正着迷于拔取脚下杂草的阿响扬起脸来，凝视着什么。视线的彼端，站着一个女人。

女人的脚步笔直地逼向英明坐着的长椅。耳畔响起规则的咯噔咯噔的脚步声。缠绕在她脖上的围巾时不时地就会被轻风吹动着飘拂起来。

她戴着一副偌大的太阳镜，在英明的面前停住了脚步。在她打开手提包时，发出了硬物清脆的声响。

"初次见面！我是管理局的白濑。"

白濑桂子——递过来的名片上只是写着她的名字。

"对不起，管理局的职务不能向一般人公开。"

她横着身子坐了下来，权且用眼睛追随着阿响的动作。风儿吹散了落叶，摇曳着她的头发。万里晴空一片瓦蓝，预示着冬天即将来临。

"我能否站在管理局的立场上，就她的未来跟您谈几句呢？"白濑以平静的语调说道。正因为语调沉稳，所以才令人感受到了话语中的坚毅。她就是如此这般地一直观察着那些消失了的人以及与之有关的人吧。英明默默地点了点头。

"月濑的残光现象，正在迎来它寿终正寝的日子。"

白濑的说明印证了原身的她的话。"城镇"已经发现了她的所在，正在力图捕获她。这是一个无法逃避的现实。继妻子之后，英明即将再次失去原身的她。

"我们管理局做的是与消失有关的工作。但是，目前我们还没有能力阻止'城镇'的行动。我们只能通知您那个时刻。对不起！"

英明笑着摇了摇头。

"没关系。我已经做好了思想准备，知道那一天总会到来的。"

“在搞清消失这件事上，我们得到了她的帮助。至少在迎来大限之日时，如果有什么事情能够帮上忙的话，我们愿意效力。”

听了白濑的提议后，英明稍微思索了片刻，之后答道：

“她说过，在生命的最后时刻，她想和我们这些临时的家属一起，一边眺望消失了的城镇之光，一边离开这个世界。能帮我们找到合适的地点吗？”

依旧戴着太阳镜的桂子，嘴边露出一丝微笑。

“那就介绍一个好地点给你们吧。”

出租车从越岭的道路拐到了岔道上，在石子路上行驶了片刻后停了下来。英明拿着行李，原身的她抱着阿响站到了建筑物的正门前，摁响了门铃。

须臾，出现了一个身材修长的男子，默默地俯视着英明一行。

“这个，我们是预约的……”

英明的话尚未说完，对方便使劲儿地点起头来，并双手交叉施了一个西域风格的礼。接着，他便打开了房门，用细长的胳膊做了一个请进的姿势。他始终一言未发。

“和宏，是客人吗？”

从屋内传出朝气蓬勃的女人声音。接着，便露出了一个卷着袖子、小巧玲珑的女人的脸。短发下，一对灵动的眸子正在闪闪放光。

“是桂子女士介绍的客人吧？一直在等你们啊。欢迎光临待风亭！就请你们把这里当成自己的家，不要客气呦！”

自我介绍说叫阿茜的女人，从英明的手上接过行李，将他们引导到二楼的客房里。与依据"客栈"一词所萌生的想像不同，这是一座会令人想起古老民房，令人心里觉得踏实的建筑。

"不好意思！和宏现在不能说话。大家觉得奇怪吧？"

阿茜拎着行李，一边轻松地上楼一边不好意思似的笑了。

"哪里。"英明笑着摇了摇头，心中暗想：现在不能说话是怎么回事呢？

被领进的房间虽然绝非豪华，却收拾得干干净净，看上去很舒服。一想到她可以在平和的氛围里迎来自己的大限之日，英明的心头便产生了一抹静静的安慰感。

"先歇口气，然后请大家到下面的晒台上去喝杯茶吧。正好赶上了喝茶的时刻。"

致意后，阿茜走了出去。因为正是午睡的时间，就让阿响睡在了床上。英明则与她凭依窗际，眺望着外面的景致。

"那边就是月濑镇吗？"

自打前往月濑并得到结婚的允诺后，英明只去过月濑数次。

"是的。那里就是养育了我，还有你太太的城镇。瞧，山冈上不是可以看到高射炮塔吗？那是月濑的象征。"

在她手指的方向，呈淡墨色影子的炮塔显露出其独具特征的身姿。

"那就是消失了的城镇……吗？"

被俯瞰的城镇街道并没有什么与众不同之处。但是，没有人居住在那里。不曾流血没有痛感，就消失了几万人。也正因此，城镇的消失才伴随着静谧的纠结。

她在默默地俯视着城镇。由于城镇的消失，英明失去了妻子；对于她而言，则失去了双亲或友人以及生养了自己的故乡风景。这一切都已失去。萦回在她心头的悲伤，毫无疑问要远远大于英明。

她似乎振作起精神，表情倏然一变，脸上露出了笑容。

"好嘞，到晒台上去品尝香茗吧！"

"啊，这茶……"

她那正在菜单上描画的手指停住了。原来是妻子和原身的她从孩提时代起便喜欢饮用，变成两个人以后又相继让英明享用过的药草茶。据说来自月濑娘家的这种茶，由于断货，她已经一年多没有喝到了。

客栈的店主中西，似乎也与她娘家一样，是从同一家店铺采购的。片刻之后，那家店铺便成了大家热议的话题。英明怀旧地啧啧品味着久违了的茶香。

"那就是消失了的城镇月濑吧？"凭依在晒台栅栏上，英明一边俯瞰眼下的景色，一边跟中西搭话。

"嗯，是的。现在那个镇名已经没有了。"

消失之后的第二年，在管理局对污染物的提交和回收告一段落以后，遂正式宣告月濑已经消失。据此，月濑便被认定为最初就"不曾存在"过的城镇，于是名字也随之消失了。

"现在到了夜晚也还是会亮灯吗？"

"最近几乎就不亮了呀。也就两周一次吧？"

中西一边沏第二杯茶，一边询问似的将脸转向了阿茜。

"可不，最近已有一周左右没有看到那种光了吧。现在就是亮，也只不过是一两个地方而已呀。"

"是这样啊……"

英明在未被别人意识到之前放低了声音。城镇残光的终结已经近在咫尺。

晚饭很素淡，选用了在当地收获的时令蔬菜。

"饭菜还合口吗？"

面对着沏着饭后茶的中西，英明和她微笑着颔首。

"太好吃了。这顿饭是中西先生做的吗？"

"不，待风亭的大厨是和宏。"

在窗外的晒台上，和宏打方才开始就一动不动地俯视着城镇。仿佛一直在等候残光出现的那个时刻。

"今天的客人，就只有我们吗？"

原身的她再次看了看整个餐厅。其他的餐桌上全都铺着白色桌布，好像在徒劳地等候着客人的光顾。

"说来又不是什么观光胜地，所以很少有客满的时候。你们暂时就做好租下的打算也没有关系的。"中西以沉稳的语调回应着。管理局的白濑说，为了回报原身的她对调查的支持，特将这家旅馆介绍给了他们。也许正是因为有了白濑，店主才予以关照，给他们安排了这样一个环境，让他们静静地迎接那个时刻的到来。

晚餐过后，英明等人来到起居间里。这里是一个可以使住宿者放松身心的空间。发现了积木后，阿响飞速地造起城堡来。

在用旧木料组装起来的风格古朴的书架上，摆放着似乎是过去的客人遗留下来的五花八门的书籍。

"喂，这个！你瞧！"

原身的她手指的地方挂着一幅画，小到不说都难以被人发现的地步。

"这幅画怎么了？"

英明凑了过去。那是一幅中央画着炮塔的夜景画。

"一样的！"她的声音异样平静。看着英明不解的神色，她再次说道："与我梦中的风景，一样的！"

忽然，他们意识到阿茜已经来到身边。阿茜的嘴上叼着没有点燃的香烟，凭靠在柱子上看着他们俩。

"这幅画是谁画的？"

阿茜若有所思地眯缝起自己的眼睛。

他们在阿茜的带领下，来到位于客栈偏房的和宏的画室里。在走进画室的一刹那间，英明不禁惊悚地停住了脚步。他觉得自己仿佛踏进了一个另外的世界。一种异样的氛围正在压迫着他。

房间里并排摆放着和宏创作的画。画布虽然大小不同，但画上的世界却完全一样。

画上画的都是月濑的夜景。中间耸立着经过岁月洗礼的高射炮塔。月光照射下的街道风景显得异样冷峻硬朗。

"我还没告诉各位和宏为什么会变成那副样子吧？"阿茜叼着没有点燃的香烟，爱怜地将手依次放到那些画布上说。

据说打破禁忌进入月濑的和宏受到了"城镇"的污染。他因此被夺走了语言，并无法积累记忆了。

"和宏的心就那样停留在那里了。因此，画的都是同一个内容——那一天月光照耀下的月濑风景。"

英明和原身的她再次端详着画作。被她抱在怀里的阿响也以不可思议的眼神看着画作。

"托了他的福，这个客栈可没少让人说闲话啊。"

英明想起了当自己告诉出租车司机客栈的名字时，对方以复杂的表情通过后视镜观察自己的情景。

"说来也有人喜欢并前来购买已经消失了的城镇的画，到头来不仅填补了客栈的赤字而且还有了富余。"

阿茜将叼在嘴上并未点燃的香烟撮在烟灰碟里。

"啊，那个，该不会是……"

原身的她发现了什么，向堆满了画布的墙边走去。被她拿在手上的，是一把古乐器。这把古乐器通体散放着只有被人使用旧了的乐器才可能具有的美轮美奂的幽深之光。

"这是和宏的。好像是谁寄存在他那里的。它已经坏了，不能弹奏了。我曾经拨了拨琴弦，但是它不出声音。打那以后和宏就再也不想碰它了。"

英明不禁为这意想不到的巧遇和原身的她面面相觑起来。

原身的她手执古乐器神色肃然。

"怎么样？"英明抱着阿响坐在她身旁问道。

"嗯，看上去要花费一些时间呀。又没有工具。"

她拿起古乐器，从各种角度观察着，轻轻地咬紧了嘴唇。

"阿茜小姐说自打和宏进入城镇后，这把乐器就不响了。是吧？"

"嗯。也许是受到和宏思绪的影响，它的心灵也闭锁了吧？"

他们从窗户向晒台望去，只见和宏依然一动不动地凝望着城镇的方向。阿茜来到和宏身边，给他披上了一件上衣。

"如果想让这个小家伙恢复音响的话，看来就必须让它和某个与城镇有关联的物体产生共鸣啊！"

"可是，与城镇有关的东西已经全都失去了……要想恢复它的音响，除非到那个城镇里去走一趟。否则……"

她没有回答，然而为难的神色已经显示在她那张充满忧郁情感的脸上。

"总之，我尽力而为就是了。因为这是我最后的一件工作。"

她跟阿茜商量，借了一间空屋，开始了"再魂"的准备工作。因为没有可能搞到机器之类，所以便在水盘里盛满了水尝试着使用起测量波纹的老手法。

就这样，在阿茜和中西的帮助下，她不断寻找着与消失了的城镇可能有关的声音，并让古乐器聆听那些声音。那一丝不苟的神态，简直令人难以相信她来到这里是为了迎接自己的大限之日。在她本人来说，正因为是最后的日子，所以才想留下一件像模像样的东西吧。

打那日算起一连两天，她都一直把自己圈在屋子里，坚持着她的作业。阿响很是给面子，虽然没有母亲陪伴，却并未显露出不满的情绪，依然很乖巧。每当时日无多的秋季阳光吝啬地在晒台上给阿响带来一块暖洋洋的向阳地儿时，阿茜就会赶来，仰起脸来担心地看着她工作的房间。

"去跟她说一下吧，别累着！"

英明也是，虽然心里边想着随她去好了，可还是有些担心，遂抱起阿响去观看她的工作状态。

各种各样的乐器和工具、餐具或家电制品、书本或杂志，最后还有木材和铁棒乃至道旁的石块，恐怕世上所有能够"发声"的物体全都被网罗在此狼藉一地。在房屋中央，她隔着水盘与古乐器相向而立纹丝不动。惊人的集中力！

"对不起，打搅你了。进展如何？"

她终于注意到了英明的到来，遂坐在地板上，将略显疲惫的笑脸投向英明。

"嗯，不容易啊！要想学以前的共鸣师，看来很难啊！"

水盘内的水微波不兴，静止不动。

"阿茜小姐也在担心你呢。别专注过度了！"

英明在她面前仅有的一小块空地上蹲了下来，撩了撩她的刘海儿，在她的眼睑上吻了一下。

可能把古乐器当成玩具了，被英明抱着的阿响将手伸向了古乐器。

"喂喂，那可是重要的东西哟！别乱碰！"

英明哄着阿响向窗际走去。阿响火燎屁股一般号啕大哭起来，就好像自己最喜欢的玩具被人夺走了似的。这在乖巧好带的阿响来说是极为罕见的。

英明哄劝着阿响，希冀把他的注意力吸引到其他物体上去，然而阿响丝毫也没有停止哭泣的样子。看不下去的她站起身来，将手伸向了阿响，在这种时候还是母亲管用。可是，被抱在母亲怀里的阿响依旧哭声不止，仿佛要倾诉什么似的一直哭泣着。

饭也喂过了，尿布也刚刚换过……英明边想边把视线转移到古乐器上。那个乐器有什么地方如此吸引阿响呢?

突然,一种不自然的晃动出现在英明的视野里。是那个摆放在古乐器前盛满了水的水盘。水面上,从古乐器朝着阿响的方向,正在出现一种不自然的波纹。

"这就是,共鸣……吗?"

英明以嘶哑的声音嗫嚅着。在消失了的城镇里闭锁了心灵的古乐器的声音,按理说只能靠与消失了的城镇有关联的物体才能够恢复过来呀。难道说阿响的声音与"城镇"有关联不成?

不知何时,阿响的哭声停止了。可是,波纹并未显现出要消失的迹象,而是出现了新的波形。时而如雨滴般规规矩矩,时而如小鱼群奔放不羁。这种反应……

原身的她窃窃私语般低声吟唱起来。是摇篮曲。往昔,挺着大肚子的妻一边抚摸腹部一边静静地唱过这首歌。英明还是第一次听原身的她唱这首歌。

她即便看到了水盘中的波纹,也并未显露出惊诧状,只是抱着安静地酣睡在怀里的阿响,以慈祥的目光注视着古乐器,说出了如下的话:

"请你回到应该演奏你的人的手中去吧。"

和宏像以往一样从晒台俯瞰着城镇。从其身后望去,他那手扶木栅栏、纹丝不动的样子令人悲戚顿生。那状态就仿佛是在等候着哪位不归者。英明觉得:他所等待的就是他自己。

原身的她站在和宏的身后。意识到这一点后,和宏回过头来,视线落在了被她抱在怀里的古乐器上。英明与叼着没有点燃的香烟、抱着双臂的阿茜并肩站在一起，观看着眼前的情景。

接过古乐器的和宏显得很笨拙，仿佛被人强迫着抱上了一样自己不习惯拿的物品。

"音声月下老，隔岁始为缘。今朝返君手，再祈一曲弹。"

面对和宏说过这套古老的说辞之后，原身的她向后退去。

和宏束手无策似的向阿茜投去求救的目光。阿茜依旧抱着双臂，默默地摇了摇头。

和宏的手指接触到了琴弦，耳畔响起了嘶哑的琴声。他仿佛触了电似的浑身一阵颤抖，死死地盯着手中的古乐器。接着，便以确认似的姿势用手指小心翼翼地抚摸着琴弦。

耗时良久，似乎要回想起什么。之后，他便摁住了一根琴弦，慢慢地弹奏起来。琴弦在振动，乐器的硬木胴体渐次发出了声响，一个音诞生了。但是，那只不过是一个颤音而已。

英明等人在耐心地等待着。静静地观看着和宏通过古乐器与自己对峙的样子。那是一种来自其内心的博弈，他人无法帮助或替代他。

摁住琴弦，奏出声响。六根琴弦被自上而下依次弹奏着。和宏仰望夜空，目光退远，仿佛在追溯遥远的记忆。

片刻后，琴弦奏出的声响演绎成代表着确凿意志的音。清晰入耳的，是每个音全都拥有自己的音色。

表情正在和宏的脸上复苏。那是一张令人联想到冰雪消融后的平和笑脸。细长的手指柔和地、宛若清风拂过一般颤动，弹拨着琴弦。

这是一首英明从未听过的曲子。它使英明的心头涌起一股撕心

186

裂肺般的乡愁。和宏那带有"穿透力"的专注劲头强烈地震撼着英明的心。

香烟从阿茜的唇上掉了下来。她在哭泣。她抱着双臂，无意去擦拭滴落的泪水。那种清高毅然的哭泣状态，与她极为相称。

"太好了……"原身的她轻声嚅嚅。就在这一瞬间里，她仿佛突然间泄尽了全身的气力，颓然倒伏在地面上。

打那天起，她便一直昏睡不醒。一副安详的睡脸。英明让阿响睡在婴儿床上，一直在旁边等待着她的苏醒。只有挂在墙壁上的挂钟，在静静地刻录着时间。

虽然钻进了被窝，却难以进入梦乡。不知不觉间钟表已经指向四点。英明想要借本书看，便起身下楼来到起居间里。

他将两本书拿在手里，心中烦恼着。注意到灯光的阿茜，在西式睡衣上披了一件对襟毛衣出现在起居间里。

"对不起，把你吵醒了吧？"

阿茜露出和蔼可亲的笑脸摇了摇头。

"哪里，我也还没睡呢。有件事有点不可思议，给你看一样东西。"

英明被带到了和宏的画室里。

"我想可能是和宏夜里画的。好像一眨眼就画好了。"

阿茜站在一张画旁，默默无语地望着英明。

"这是我们的……"

画上画的是英明等"临时家属"的肖像画。英明与原身的她并肩站在一起，在二人之间，孩子……两个？

"这是和宏在这里画的第一张不是月濑的画作。更重要的是，画上画了两个孩子，除了阿响以外还有一个。我有点想不明白……"

这是怎么回事呢？英明注视着阿响身旁的另外一个孩子。是个女孩儿。身材要比阿响高出些许，年龄似乎要比阿响大上几岁。

"难道是……不！可是，这种事……"

英明慌忙否定了自己心中涌起的想法。那就是那个理应是自己与妻子之间早就生下的那个最初的孩子"阿响"。如果那个孩子已经被生下来的话，理应长得和画上的孩子一般大了。可是，此事他根本就没跟和宏提起过一个字啊！

"托了她的福，和宏的表情恢复了。真不知应该怎样感谢她才好啊！"

"哪里话，治疗古乐器是她的工作嘛！"

"不知怎的，一想到她与和宏换了个个儿，我这心里边就……"阿茜的声音低沉下去。为了解除阿茜的担忧，英明笑着摇了摇头。

"别这么说，反正她已经选择这个地方作为自己最后的生存之地了。此外，我想她本来就希望以这样一种形式最后一次发挥她的作用啊。"

画中的她正在安详地微笑。英明难以分辨那是原身的她还是分身的妻子。

原身的她打那天起一下子睡了三天三夜。虽如此，却也谈不上昏睡。她偶尔也会睁开眼睛，说上几句话后便再度进入梦乡。英明片刻不离地守候在她的身旁。他坐在摆放在床边的椅子上，一直百看不厌地端详着她的睡脸。再次别离的时刻正在被刻录下来。慢慢地，让自己能够接受地……

和宏偶尔也会来访，给英明送来饭食。他担心地低头观望着她的睡相。他好像还是不能开口说话，但是，自打古乐器重新发出声响以来，他的脸上已经明显地出现了表情的变化。

冬日渐近，午后的阳光隔着窗户将温暖的气息送进屋内。英明坐在椅子上，迷迷糊糊地打着瞌睡。突然，他发现她正睁大了眼睛，饶有兴致地端详着自己。接着，她又死死地盯着天花板，一副神思遐远的样子。

"我们俩，去过好多地方呢！"她开始讲起二人去过的那些地方的往事。仿佛在一一抚慰着那些往事。不久，英明便注意到，她的回忆中还包含着自己和妻子去过的地方。

英明觉得房间里的温度陡然下降了很多，身不由己地打了一阵寒战。他目不转睛地注视着她。她则温和地回望着他。

"感谢你给了我那么多的回忆！"

在她的身上，已经出现了原身与分身的意识交相混杂的现象。这是一种危险的征兆——正如管理局的白濑事先告诉英明的那样，"城镇"似乎通过已经消失了的妻子的意识捕获了她。伴随着最后的残光消失，她的意识将被"城镇"攫取，并且再也不会复原。

当天傍晚，管理局的白濑来到客栈，依旧戴着那副偌大的太阳镜。

"桂子女士，眼睛好点了吗？"

看来阿茜与白濑是相识的。亲密的声音里包含着担心。

"嗯，已经做好思想准备了，知道早晚会这样，不过，暂时还不要紧。"

听了这话，英明这才意识到，对方戴着太阳镜是为了保护自己的眼睛。

白濑将身子转向英明，表情严肃地说道：

"我想今夜便是她最后的日子了。"

夜，降临了。

英明坐在原身的她的枕边，等待着那个时刻的到来。是的，是在等待。从和她相见的那天起，他就渐渐强烈地意识到：时光的流逝对于自己来说，就是等待这一时刻的到来。是妻子教他做出这种判断的。

他把床移到窗前，以便原身的她在休养过程中随时都可以鸟瞰城镇。中西等人和管理局的白濑，则在房间一隅守候着。

她隔着窗户，静静地凝望着城镇。

"和宏先生，能用你的音色给我送行吗？"

和宏微笑着点了点头。

已经无法判断她的意识是属于原身还是分身了。但是，这已经无所谓了。对英明来说，他们都是不可替代的。

"啊，快看！城镇上出现了光……"

在她手指的方向，果然看到了清晰的光。这是他们来到客栈后第一次看到的、恐怕也是最后的残光。

据说残光是那些在城镇上失去了亲人的人们的依恋之情。但是，那光却与英明想像中的光不同。那毫无声响、花朵般正在上空扩散开来的光……

"这光……是城镇上焰火大会的光啊！"

中西感慨万端地嗫嚅道。残光就像是向即将消失的她饯行一般闪烁着光辉。无声的光在狂欢乱舞，令她目不暇接如痴如醉。大约是觉察到了英明此时的心境，她回过头来，一如既往地笑了。

"对了，记得以前你说起过城镇上的焰火大会。还说孩子要是出生了，就一起去看焰火大会。今天你实践了诺言，真是太好了！"

这不是和她，而是英明和妻子之间做出的约定。然而英明只能颔首称是。

"阿响，到这边来。"

无由知道即将失去母亲的阿响，此时正坐在阿茜的膝头。阿茜抱起阿响，把他放到她的膝上。

阿响撒娇似的伸出了双手。她握住了他的小手，一边哄一边把他抱向胸前。

"瞧，阿响！可以看到焰火的！"

阿响被妈妈逗得十分开心。突然，他望着那光停止了动作。他死死地盯着那无声无息狂飞乱舞的光，朝着母亲说道：

"我们，让它结束吧！"

阿响开口说话了。本来还没到能够说话的年龄，却吐出了清晰的语言。而且还是女孩儿的声音。她并未感到诧异，只是笑着点了点头，紧紧地抱住了阿响。

阿响被抱在母亲的怀里，目不转睛地注视着英明，再次开口说道：

"已经，不会让，爸爸和妈妈，悲伤了。"

虽然是一口童音，却拥有坚强的意志，他脸上甚至泛起了饱含着决心的安然笑靥。

在阿响的身上，或许存在着那个未能在月濑诞生就消失了的女孩儿阿响。

一个格外硕大、宛若珠宝样的光扩展开来。这是最后的残光。

"感谢你迄今为止的关照！亲爱的！不许悲伤！"

她以温和的笑靥对英明说，之后便缓缓地合上了双眼。看上去恍若步入梦乡一般地安详。她从此再未醒来。

耳畔传来了和宏弹奏的送行乐声。那超越了时空、编织着人们的思念、妙不可言的古乐器音色，自会准确无误地将她送达目的地吧。

英明没有悲伤。因为这是她所期待的。

他再次把阿响抱在怀里，将刻印着离别时刻的日历在心底缓缓翻过。

"我，将与阿响共同生活下去！"

Episode 5
舵 手 呼 唤

"下面做回收状况的定期汇报！"书籍回收负责人以带有几分紧张的神情开始了汇报。

消失预知委员会。此次会议的目的是咨询，因此，除了委员以外，主要部委的人员全都参加了会议。进入会议室的条件，虽然已经明示无须精神上的"抑制屏障"，但大家还是习惯性地绷着已经固定化了的无表情的面孔，阅读着资料。

"与流通图书有关的图书馆协会资料，按品种分类，第一种为96.8%。而第二种则为93.5%。第三种为88.2%。第四种属于推测值，为79.2%。第五种则属于各书籍院分局的汇总资料，合计预测值为61.4%。"

"第五种的废弃值如何？"

耳畔传来坐在紧里侧位置上总监嘶哑的声音。负责人变得更为紧张，以尖利的声音回答道：

"啊……预测废弃率为13.2%；无法证实的为8.9%；合计为22.1%。"

"那么违反情况及拘捕率呢？"

总监的质询接踵而出。在桂子听来，这些语言与其说是在质询，莫如说是谴责更为贴切。这是总监心绪不佳时的一贯做法。所有的成员全都绷紧了神经。

无法得知总监戴着头罩的面部表情。

"关于这个嘛……"负责人明显露出了焦急的神色，毫无意义地上下翻弄着堆积着的资料。

"嗯……这是今年第一、第二季度的总计值，调查对象为首都圈一百二十八件，书面警告后得到改善的有六十三件，上门警告的为二十三件，传讯的有五件。"

"拘禁后被正式逮捕的情况如何？"

"这个嘛……本期没有进行。"

"为什么？"

"毕竟关于前期的逮捕方针，国务院有了指导意见。"

"推脱！"总监的声音里含有定罪的意味。厚重的沉默氛围支配着会议室。由于内压的升高，空气压缩机发出了低吟波动。这种声响似乎愈发加重了室内的沉默感。

"诸位是否未能认真看待自己的使命呀？"总监在发问。这是一种谴责，只是借助了发问的形式而已，同时也是一种自我规诫。

"诸位是怎样看待自己的责任和任务的？难道你们听不到那些消失了的人们、那些失去了家人的人们的抱怨声吗？回收不可懈怠！'城镇'不可小觑！"

总监几乎是扯着嗓门喊出这些话后便站了起来。当他的身影消失在双重门彼侧后，令人心情不爽的嘈杂声音立刻在室内蔓延开来。年轻成员的脸上露出了如释重负的表情。

仿佛重新振奋了精神似的，主持会议的负责人继续主持着会议。

"那么，下面请就其他个别调查事项的现状做一下汇报。首先请白濑秘书做汇报。"

"报告！"桂子轻轻地举起一只手站了起来，"消失开始后，我们于日前，即十二月三日晚十一时，就成为继续调查对象的分离个体的消失关联事项，确认到了一次'城镇'对未消失个体的意识捕获行为。"

"消失过了三年零八个月以后才⋯⋯"

会场上响起叽叽喳喳的议论声。待会场平静下来以后，桂子这才接着说道：

"因为分离个体的消失毕竟没有先例，这是第一次，所以在得到未消失个体的协助下，我们采取了定期检查的措施。此次出现了已被预想到的与消失个体的记忆同化现象，出现了消失余波——即'残光'的终结以及被'城镇'同步捕获的现象。"

"难道是让当事人靠近了城镇不成？"管理局西部分室的寺岛发出了轻微的惊叹声。

"说到底，是根据当事者本人及其家属的自由意愿，在靠近城镇的地方，迎来了当事人最后的日子。"

"是由你们进行了'操作'啊！"

"嗯。检查时进行了'铭记'①处理。通过这一方法，成功地将该当事人诱导至都川市的住宿设施内。又在得到该设施协助的情况下，对所有的行动做了录像和录音。今后将会进入分析阶段。汇总后将于下次例会上做出汇报。此外还有一点，那就是今后还有一些

---

① 又曰"烙印"。一种行为模式，如孵卵器中出壳的禽类第一次只见到人，此后即发生追随或依附人的行为，终身不变。

现象需要继续观察下去……"

"什么继续观察？观察对象不是已经死亡了吗？"寺岛提出了质疑。

"是的。观察对象本身已经去世了。但是，其基因继承体却出现了令人颇感兴趣的现象。所以，请批准我们继续进行观察。此外，还要和分离统一局进行协调。所以目前还难以公开这一事例的具体内容。"

"我们还很想顺便听听有关那件事的汇报。"

纠缠不休的声音格外尖利地指向了桂子，发言的是借调到总务院工作的前畑。

"您说的那件事，是指哪件事呢？"

"就是指'消失抗性'嘛！这件事不是你负责吗？差不多也应该告知我们事情的经过了吧？！"前畑以过于郑重的语气，一顿一顿地说。这是他打算刁难别人时的序曲。

"消失抗性持有者，现在的推定年龄已经是六岁零八个月。正如大家所知，我们满足了发现了她的那位回收员的要求，让她作了该回收员的女儿并由该回收员来抚养，如今正在首都近郊的新兴住宅街……"

前畑焦急地打断了桂子滔滔不绝的讲述。

"这些你就不用讲了，我们都知道！我问的是，打算什么时候开始对她做'研究'。该不会放任不管了吧？如果那样的话。那可就是玩忽职守了！在目前这种紧迫时期里……"

桂子没有表情的面孔愈发僵硬起来，片刻后接着说道：

"如您所知，根据上次消失抗性的教训，如果过早打开防护层，在信息保管方面反倒会产生负面效果。这已经是定论了。因此，此次在防护层彻底形成之前，我们果断地采取了不予接触从旁静观的做法。"

在场的人都知道：所谓"上次的消失抗性"，指的就是桂子本人。但是，并没有谁老话重提。

"如果是这样的话，那就明白了呀！"

前畑依然毫不掩饰其几乎令人发怒的语气和说法，并将揶揄的目光投向桂子。

"因为是宝贵的'实验对象'，所以不可动以私心噢！再三拜托了！我一直在想，到底是因为什么，才对消失抗性持有者这种危险物撒手不管呢？"

"明白了。"

感情抑制中的桂子以一种可以使人联想到能乐面具的、更为僵硬的表情深深地施了一礼。

"我听说了。你又和前畑那小子争执起来了？"

也不知是从哪里听到的消息，清扫员园田手里拿着拖把和水桶，神情亢奋地赶到了没有窗户的休息室里。那里使人联想到封闭仓库，令人心神不宁。

"哪里争执了？没影儿的事！不过是普通的会议罢了。"

"可是，那家伙依旧非常令人讨厌不是？自己待在不会被污染的地方，有什么资格净发牢骚，袖手旁观地说那些风凉话呢？"园田一副愤懑不平状。

"这么办吧，我这就去追上他，把这水桶里的脏水全都泼到他身上。你看怎么样？"

看样子对方真的马上就会付之于行动，桂子慌忙制止住了她。

"怎么可以这么做？打住！再者说了，我再怎么被人说，也没法儿反驳不是？"

"又是这话！说来你感谢管理局的心情我心里边很清楚。可是，迄今为止你已经为国家贡献不少力量了，不是吗？"

桂子的视线落在纸杯中的茶水上，脸上露出了微笑，默然。"为国家"这种陈词滥调在她听来似乎与己无关。她之所以在管理局工作，既不是为了他人，也不是为了自己，而是因为她没有别的人生可选择。

薄薄的云层游弋在冬季高远的天空。虽说是冬季，毫无遮拦的阳光还是照射在周围大楼的玻璃上，将光亮强劲地倾注下来。桂子把手罩到头上，眯缝着眼睛，从手提包内取出太阳镜。

她向地铁站走去。一边斜着穿过公园的草坪，一边轻轻地咬着嘴唇。

每次通过这里，她都会自言自语道：他已经不在这里了。即便如此，她也还是要寻觅一遍。去寻觅那顶小小的单人帐篷；去寻觅那个不拘任何物体，都会被他毫不犹豫地作为拍照对象，进而瞄准镜头的胁坂的身影。

在最后相见的沙滩上，他曾经与她约好：总有一天他会回到她的身边。当时他这样说过：

"回到居留地，先做个了断。否则……"

她始终未能深问对方"做个了断"是什么意思。也未能问清对方，失去什么以后，他就不能再拍照片了。

他之所以没再露面，是否意味着尚未完成那个了断呢？抑或只是单纯地忘记了自己？想来也是，自己与他之间，并未产生任何可以将二人系在一起的纽带。

打那以后，桂子曾尝试过以自己的方式寻找胁坂。话是那么说，可她所知道的，只有胁坂这个姓氏和他是摄影师这个事实。管理局是出色的情报收集机构。她利用情报网对他进行了检索，却未能搜集到任何与之相关的信息。

"引航……"

这个带有异国情调的词语脱口而出。她坚守自己的信念，一直等候到现在。伴随着三年半的时光流逝，不知不觉间她的心已蒙上了一层薄薄的达观面纱。

话是那么说……

自己或许还是幸运一族也未可知。因为那些由于"城镇"而失去了无可替代的亲人的人们，正在继续等待着那些已经不可能归来的人们的归来，甚至还不能流露出悲伤的情感。

突然，她产生了某种感觉。她说不清这种感觉是什么。但是，感觉告诉她不可回避。她的视线在太阳镜昏暗的视界内搜寻着。

翱翔于高空的飞机，落叶缤纷的行道树，西装革履的行人，再就是等待信号变化的汽车。一辆停在了路边的汽车……

"胁坂先生！"她不由得冲口喊道。那是胁坂过去开过的车。虽然记不得车牌号，可是，在那以后她从未在首都见过同样的车。

是听到了自己的喊声吗？一个人从驾驶席上走了下来。

戴着与桂子相同的黑色太阳镜。虽是男性，却披着通常只有女性才会穿用的大红罩袍。头发从身体的中央部位开始，仿佛划了一道线似的，右侧的头发剃了个精光，左侧则长发披肩。左脸还化着淡妆。

即便在可以称作多人种大熔炉的首都，也可以看出此人是"特殊文化"圈子里培育起来的人物。不必说，和胁坂刚认识时，对方也未给桂子留下什么好印象，但其打扮至少不像眼前的这位如此越出常规。

"你喊的是吧？方才，什么胁坂？"

与装扮一样怪异，他的话语听起来好像两个人发出声音后混合在一起的合成音——这难道只是一种错觉不成？从其词语倒置的特殊表达方式上，也可以看出此人来自居留地。

"对不起！我认错人了。"桂子施了一礼，想要走过去。男人堵住了她的去路。

"你没认错人。我知道。胁坂的事。"

桂子想了起来，胁坂曾经说过，车子是从朋友那里借来的。而且，胁坂也是居留地出身。

"您是胁坂先生的朋友吗？"

似乎对朋友一词产生了反应，男人笑了。给人的感觉是：其左右两颊似乎拥有不同的想法。

"一边喝点什么一边跟你说吧。来杯茶也行啊。我有一家熟悉的咖啡店，就在附近。"

桂子无法判断对方是否值得信赖。但是，如果就此拒绝对方邀请的话，与胁坂接触的线就算断了。桂子慎重地向浮现出含意不明笑意的男人点了点头，坐在了副驾驶席上。

　　车子停在了一栋五十层建筑高级酒店的地下停车场里。与胁坂以前带她去过的海边酒店相同，这里也是居留地资本建造的。

　　乘上特殊会员专用电梯一气上到顶层后，他们被引进休息室内一个最适宜观景的单间。透过朝南的巨大窗户，大海一览无余。

　　"您是胁坂先生的朋友吗？"

　　坐到对面的沙发上以后，桂子再次提出了先前已经提过的问题。

　　"真是少见啊。胁坂！起了这么个姓。这家伙！"

　　他独自嘟囔。桂子不解地轻轻地歪着头。

　　"不好意思，一般都是使用迁徙名。居留地出身嘛。那小子！"

　　在居留地，人们大都惯用迁徙名。这种做法据说既是源于与众多国家拥有贸易关系的居留地独一无二的商务习惯，也是基于当地独自的"地灵封杀"宗教观念。居留地出身的人，除了拥有本名外，还另外拥有几个"迁徙名"，根据场合分开使用。

　　"那么，胁坂先生在我面前是使用了他平常并不怎么使用的迁徙名了？"

　　对方思索了片刻，接着便笑着说道：

　　"不。不是那样！是他的本名。胁坂是他的本名。"

　　"哎？可是，他怎么……"

　　桂子也知道，居留地的人，除了家人以外是不告诉别人自己本名的。这是一种严格的，甚至可以说类似于戒律的东西。事实是：这诸多的陈规旧律，越发增加了居留地神秘的封闭性。

"是这么回事。也就是说，他已经承认你了。作为他的亲人。从一开始，那小子就……"

对方交叉着双腿，把手放到额头上，目不转睛地望着桂子。太阳镜后面的表情看上去既像是试探，又像是兴致盎然。

"总觉得与您相逢好像并不是偶然啊！"

"可不！为什么呢？或许真的就是这样。"他好像与己无关似的，巧妙地岔开了话头。

一个穿着黑制服、四五十岁的男人迈着紧凑的步伐赶了过来，做好了沏茶的准备。他将白色的茶具放在桂子面前。这是一个质地单薄的大茶碗般的茶具。男人将可以使人错认为白开水的透明茶水倒进杯里，默默地施了一礼后，便抽身离去了。

"这个……胁坂先生现在怎么样了？"

"你想见他吗？"

对方探出上身，窥视着桂子的眸子。桂子犹豫地点了点头。

"想见他是吗？真的？越过一切障碍？"

他安静而又执拗地反复叮问着。一种不允许敷衍的气势。桂子端正了一下自己的姿势，老老实实地说出了自己目前的想法。

"我的感觉是：与其说是想见他，不如说必须见他！他说过一切必须从那里开始。他曾经使用了'引航'一词。他说，就好像大海中看不见的航道似的，不管你走哪条，最终都会与一个人邂逅。如果这句话是说给我听的话，我倒想问问他，这三年半的时光是否有意义。"

对方摘掉了太阳镜，那细长且清秀、比想像率真的眸子正在目不转睛地看着桂子。视线咄咄逼人。桂子已经无法挪动自己的身躯，仿佛正在被巫师窥视着自己的心灵。

"请喝茶水。"

听到这静静的劝茶声，桂子顺从地端起了那个薄薄的茶杯。虽然有些不适应，但还是在男人的逼视下，将茶水一饮而尽。正如它无色透明的外观，茶水完全喝不出茶味来。是一股淡淡的、似有若无的常绿叶子的清香。

"会来吧？在那无光之夜。能够相逢吧。在那最初邂逅的地方。"

见桂子喝完了茶水，他站起身来说道：

"会见面的。他和你。将来的某一天。我觉得会的，总有一天。"

回过头来的他，以严肃的神情注视着桂子。

"你，大约会实现引航吧？"

他把手放到胸前，以西域特有的方式施了一礼后转身离去了。

一个人被撇在原地后，桂子来到了窗前，伫立在那里俯视着烟雾氤氲的首都风景。在形形色色的建筑物背后，可以看到被大厦分割开来的海湾。

似乎有人来到了身边。桂子回头望去，原来是方才那个身穿黑色制服的男子。再次端详了对方一阵子以后，桂子发现他就是自己最后一次与胁坂见面时，在海边度假酒店里见过的那个男人。

"他，已经作了'削身'处理。方才你喝的，就是使用了他'削身'后血滴的洁斋茶。"

"'削身'是什么意思？"

这个词听起来令人心神不安。似乎难以作答，男人缄口不语，静静地施了一礼。

"祝愿你，能够成功引航！"

204

桂子再次透过玻璃俯瞰着大海。在暗淡发灰的首都海面上，她无法找到引导自己前行的航道。

"那么，请允许我开始做研究汇报！今天的汇报题目是：《城镇消失给分离个体带来的各种影响》。"

正在召开的是消失预知委员会的例会。站在正面的操作板前，桂子把手放到围着脖颈的围巾上，轻轻地咳嗽了一声，之后接着说道：

"正如在上次会议上所汇报的那样，此次消失的分离个体的"原身"是事后死亡的，并未出现与'分身'同时死亡的现象。下面，请允许我就此事做一下详细汇报。"

消失引起的"分离者"特殊事例属于持续调查案例。上次仓让镇消失时，并不存在这种事例。因此，管理局对分离者的动向一直十分关注。

通常，如果分离者一方死亡，另一方也会同时死去。但是，此次月濑镇消失导致的分离个体消失，分离者另一方并未同时死去，而是在经过三年零八个月后，才被已经消失了的个体的残存意识所捕获，最终导致未消失个体的死亡。

"消失个体的残存意识向未消失个体的注入，要比当初的预想晚六个小时，是在死亡的三十个小时前注入的。不过，在那之前其举动就已经露出端倪，所以今后将继续进行验证。"

"与残光的终结同步与否的问题，是否和预想相符？"

提问的，是首次参加例会的坂上技术协调员。作为技术协调员，他虽然年纪尚轻，却与最近只是将管理局作为就职单位的其他年轻职员不同，能够理解管理局的使命。

"和预想一致，是同时发生的。关于分离者的持续调查，将于下个月编制报告书，届时请确认该报告书。下面回到本题上。关于此事，已经确认了一件令人颇感兴趣的事例，特此汇报如下。监控录像录下了当时的状况，下面就播放这一录像。"

桂子摁下了开关，画面出现在身后的操作板上。是安放在待风亭的调查用摄像机摄制的录像。画面上出现了一组家庭成员。横卧在床上的太太和紧挨着她的丈夫。太太的怀里抱着一个男孩儿。

"未消失个体的基因继承体出现了自然分离的征兆。据调查，消失个体方面的基因继承体，本来预计在月濑镇消失的同时诞生于世。据此便可以做出这样一种想像：二者间已经产生了一种特殊的'心灵感应'。"

"也就是说，今后，他有分离的可能，是这样吗？"负责人奥田的声音自然而然地充满了期待的意味。城镇的消失带来了消失适应现象，而分离者的"心灵感应"作为对抗消失适应的手段已经受到人们注目。有人指出：如果是分离者，即便出现了消失适应症状，也有可能通过"心灵感应"，以某种形式将信息传递出去。

做完报告后，回到座位上的桂子自然而然地向里侧望去。总监的席位是空着的。总监长年累月地受到"城镇"的污染，体内蓄积的污染物已达致命的地步，单靠净化已经难以恢复。

据悉，上级机构国务院，鉴于总监的状况，已经开始秘密地探讨下任总监的人选问题。属于总务院借调成员的前畑，最近频繁出席会议，大约也是受到这方面影响之故。

就连管理局这个肩负特殊使命的机构，也都变成了可以谓之为政治斗争的人生发迹的博弈舞台。这不能不使桂子产生出百无聊赖的虚脱感。

走出会议室后，桂子看到眼前站着一个熟悉的人。

"野下先生……"

总监的专任司机野下摘下帽子，冲着桂子施了一礼。

"总监说他想要见你。"

桂子点了点头，跟在了他的身后。摘下了帽子的野下，顶发已经十分稀疏。桂子知道这样想有些轻率，但还是觉得对方已经老了。

"野下先生，总监的病情如何？"

没有回答。桂子从后座席上紧盯着操作方向盘的白手套的动作。通过后视镜，她的视线与野下的视线相遇了。

"不好意思。总监不让讲。"

高射炮塔耸立在首都环状防卫线第二道防御链上，正面醒目地写有"二〇三"字样。车子在炮塔下向左侧拐去。

行驶了片刻以后，眼前出现了综合医院雄伟威严的建筑物。位于广袤用地内一角、被高高的防护墙围裹着的那栋建筑物，就是管理局生物反应研究所暨污染净化中心。

站在位于净化中心五楼总监入住的特殊病房前，桂子敲了敲门。等了片刻后，无人回应。桂子便对着传声筒喊道：

"我是白濑秘书，听说您找我，我现在来了。"

无声的时间在流逝。俄顷，从传声筒内传出了干哑的声音。

"可以进来。"

听到声音后，门锁产生了反应，门自动打开了。空气从提高了
内压的室内缓缓泻出。一股明显的濒临死亡的气息。

室内拉着隔离帷幕，无法看到总监的身姿。

"就你一个人吗？"

"是的。就我一个人。"

"是吗……进来吧。"

总监没戴头罩，处在素颜状态下。这种状态，在管理局内他只
允许桂子和园田看到。他正坐在枕边。虽然已经屡见不鲜，但其今
天的状态却显得有些异样。

由于长年裸眼检索污染图书，与二十年前相比，他的眼睛已经
不再发挥眼睛的作用，看上去雪白浑浊。再加上积攒的污染物已经
影响到皮肤组织，若干瘤状浮肿物已经夺走了其脸部原来的形状。

"已经，很严重了吗？"总监的声音很平静，与会议时的声音迥
异。尽管他本人已经衰弱到了无法活动身躯的地步，却还是关心着
桂子的状况。

桂子一言未发。即便总监眼睛看不见，她的身体状况也无法瞒
住总监。毕竟总监自身也是从遭受污染这条路上一路颠簸走过来的。

"对不起……"总监语气沉重地说，"三十年前，我未能阻止住
那些把你当成实验品之辈的行为。如果能再等一等的话，当年的污
染至少不会发展到这种地步……"

桂子平静地摇了摇头。

"可是，当初正是因为我当了实验品，所以才弄清了事情的原委

啊。不要紧。对此次拥有消失抗性的人，我会一直坚持守护下去的。"

净化中心与管理局一样，没有窗户。在应该有窗户的地方全都挂着画作，算是一种慰藉。那是耸立着月濑高射炮塔的、由待风亭的和宏画下的消失了的城镇的风景。

这一天是三个月一次的电力调整日。

傍晚六时，所有的交通工具全都停止了运行。如果是一般的办公楼，这个时刻员工们正在忙着准备踏上归途。然而，在管理局内，却依然流逝着与以往无异的时光。管理局属于国家的特殊机构，同时建筑物的构造本身也不会使光向外部漏出。

下午六点三十分，桂子走出了大楼。周围的办公大楼全都漆黑一片。交通已经完全中断，街道犹如废墟般人迹杳然。为了监控确认管制是否彻底，偶尔也会有装备着暗视摄像机的装甲车在大街上行来驶去。履带发出的声音仿佛伴随着地鸣一样，使人联想到了远方的雷声。

借助黑暗的力量，与往常相比，桂子身上的感觉益发敏锐起来。现在她正逐渐失去正常视力，这没有光亮的街道反而更加易于自己行走。

这种敏锐的感觉，过去只是在精神上设置了强大的感情抑制屏障出现后遗症时才能够得到。可现在，这种感觉伴随着"污染"的加重，与通常的感觉器官衰退相反，反而变得更加敏锐。如今，她已经处于这样一种生存状态——另外一种完全不同的感觉正并行存在于她的体内。污染引起的"体内硅化"终于出现在她的身上。

起源于污染物蓄积的感觉器官的硅化，因为与污染形影相随，所以其原理几乎是个谜。硅化是一种长时间持续受到城镇污染的人所特有的状态。如果想要把握其状态，就势必会被污染死缠不放。因此，一直没有确切的研究成果。

所以，由以往并无真实体验的研究者命名的"硅化"，实际上是一个极为概念化的表现。在桂子看来，文字所表现的感觉上的"固化、硬化"，与实际状态相差甚远。

当然，感觉器官的衰退，尤其是视觉领域成像能力的极端低下，一般意义上说来虽然是一种悲剧，但是，作为一种副产物，感觉的敏锐化反而极大地弥补了视力的衰退。

由于"硅化"，"城镇"和部分感觉器官之间形成了"结节"，于是便产生了"扩大意识（而非意识扩大）"。一般的人，"个"的感觉，都是一个"以自己为中心，并向周围扩大的世界"。相比之下，受到污染后感知的世界，则可以说只是一个"拓宽了的世界中的个体"。

桂子在敏锐的世界里停住了脚步。

"会来的吧？在那无光之夜……"

居留地口音的那个男人的声音在耳畔复苏了。"无光之夜"指的就是今天这个夜晚吗？

在空无一人的公园草坪上，桂子脱掉了鞋子。冬天冰封大地的感觉从赤裸的足底传导上来。身子虽然在颤抖。但是由于直接接触到了大地，感觉却陡然敏锐起来。与其说感觉正在"扩展"，莫如说"渗透"了一般正在将意识融入外部世界里。

桂子的意识已经感觉到了什么。

好像被谁引导着一般，她在快步前进。随着距离的缩短，那种感觉益发强烈起来。

"胁坂先生？是胁坂先生吗？你在这里，是吗？"

那里是胁坂曾经安放过帐篷的地方。但是，期待似乎落空了，那里既无帐篷，也不见胁坂的身影。

因为失望，桂子停住了脚步。在脚下的草坪上，放着一个细长的木箱。桂子真切地感受到了一个与胁坂有关联的物体。片刻踌躇过后，她把手伸向了木箱。箱上有个盖子，拿起后她轻而易举地就打开了箱子。

在黑暗中她无法轻易看清收藏在箱子里的东西是个什么物件。桂子将脸凑了过去，向箱内窥望着。

她几乎就要惊叫起来，却又憋住了声音。胡乱放置在箱子里的，是一只人的右臂。从肩头部位起完全被切断了。切断的日子似乎已经过了很久，臂膀已经半木乃伊化。由于失去了水分，肉已经脱落下来，呈现出琥珀色。

当桂子看到缠绕在臂膀上的物体后，不禁目瞪口呆。由于时光的流逝，色调已经有些变化，但毫无疑问，它正是那天自己送给胁坂的那条围巾。

她不想相信眼前的事实。但是，根据前些日子那个男人的话，这毫无疑问就是胁坂的臂膀。桂子终于理解了"削身"的意思。

"希望你，能够成功引航！"酒店男人的声音在虚空地回荡着。胁坂的臂膀，宛若象征着他的了断一样十分的沉重。她将过去拥抱过自己的臂膀揽在了自己的怀中。

她在箱子里发现了一枚纸片。看到写在西域风格的漂白纸上的文字后，桂子用力咬紧了嘴唇。

"七日后，月上中天之际为限，理当成就引航之举。引航既成，一切皆失。此乃定数！"

街上的灯光正在渐渐远去。从位于远羽川河口的码头驶往居留地的船出港了。

那里是一个亘古至今通过与海民的贸易往来而繁荣昌盛起来的商业都市。前往那里的交通手段，至今依然是以海航为主。这段时期机场已经封闭。桂子压抑着自己想要前往未知的居留地的兴奋心绪。

"桂子小姐，你在这里啊？快到船舱里来。会感冒的！"

Little Field 的老板踡缩着身子出现在海风吹拂的甲板上。

"对不起了老板，让你关了店铺。"

"没关系的，是桂子小姐求我嘛！再者说了，头一次去居留地的人，会碰到好多危险，常常会束手无策的！"老板无所谓似的咯咯笑着。

胁坂并未留下任何联系方式，就那样销声匿迹了。寻找他的唯一线索，就是留在 Little Field 咖啡店的一张照片。

为了借用那张照片，桂子造访了咖啡店。讲述了事情的经过后，会讲居留地通用语的老板主动提出，要陪伴桂子一起前往。

"还有五天……"目不转睛地盯着轮船航行方向的桂子嗫嚅着。月光在波浪上闪烁。

距今大约一百五十年前，从待风港开始，一个毗邻西域西南大地、方圆约五十公里的小岛成了那些寻求与西域通商的海民或东部列强各国居民的"居留地"。

后来，经过数次战争以及历史的沧桑巨变，那里已经失去了居留地的实际作用，但至今当地仍被称为"居留地"。现在，那里已经成为桂子的国家、西域、东部列强以及往昔海民文化混合的多民族融和地。

过去的战争中，从西域曾逃来一批王族，并孕育出一种以他们信奉的宗教为基础的文化。以这两者为基础，那里呈现出了通商口岸的表面繁荣和源于高纯幻觉剂黑金权益的幕后昌盛。并由此造就了一种被称为"居留地式"的独特的文化模式。近来闻名的是，作为无视国界的音乐广播据点，众多的演奏家都在此地开展着创作活动。

抵达目的地后，二人立刻马不停蹄地收集起情报来。他们手执照片，走访了咖啡店老板的客户以及熟人。然而，并未取得令人满意的结果。令他心焦的是：他们不能将胁坂这个真名告诉对方。

在居留地，不可以轻易将他人的真名说出口来。可是，胁坂并未告诉桂子他在摄影时使用的迁徙名。他们在图书馆和书店查阅了一些写真集，并走访了一些摄影师团体，仍然未能获得任何与他有关的信息。

在没有任何成果的情况下，两天的时间已经过去。

"不太顺利啊！他果真在居留地吗？"老板一边在露天茶亭品茶，一边叹息道。

"不知怎的，我也渐渐没有自信了。"觉得对不起一直充当翻译的老板，桂子俯首说道。就像在大海中看不见航道一样，没有什么前来引导她。

她从手提包内取出了一张纸。那日胁坂在名片背面写上的"引航"两个字看上去已经相当模糊。

"桂子小姐,这是什么?"

坐在对面的老板比桂子还要认真地凝视着名片。

老式升降机缓慢地向上升去。铁栅栏升降机一边逐次沐浴着各个楼层微暗的光亮,一边向十二楼升去。

在属于居留地商业区的这片区域内,幸免于"被开发"的旧中层公寓鳞次栉比。名片上的地址是那些公寓中某栋的十二楼某室。

伴随着令人联想到老人咳嗽的不祥颠簸,升降机停住了。

"是这层楼吧?几号室?"

"三号室。"

沿着墙壁堆满了居民们的生活用品。桂子一边在只剩下大约一半宽度的走廊上确认着门牌号,一边向前移动着脚步。一号室、二号室……四号室。

"哎呀!怪了?怎么,走过三号室了吗?"

"没有啊!怎么会呢?我们是挨着个儿确认的呀。"

桂子也不解地歪着脑袋。她一边向通道里面走去,一边确认着所有的门牌,仍然一无所获。十二楼一直排到九号。唯独没有三号室。

"我说,老板啊,该不会是在居留地数字'三'不吉利,所以被省略掉了吧?"

"怎么会，我和居留地的人已经接触很久了，从未听说过'三'不吉利啊。因为有个三皇东迁的传说，'三'还是个吉祥数字呢！"

桂子大惑不解，一次又一次毫无意义地在走廊内踱来踱去。与污染同步出现的另一种感觉使她感受到了什么——这里有某种秘密被隐藏着。

"老板，闭上眼睛，牵住我的手。"

"哎？嗯，可以呀。"

老板顺从地握住了桂子的手。桂子也闭上了眼睛。

由于"硅化"，感觉器官已经与"城镇"之间产生了结节。意识会顺着结节感觉器官向体外延伸。当然，如果无限制地延伸下去的话，意识就会越过结节点，与"城镇"狭路相逢。因此，必须在感觉贯穿整个楼层后立刻停止意识的延伸。

通过扩大了的意识，桂子可以感受到每个门扉里侧住户的气息。她感觉到，只有某个地方处于"闭锁"状态。它似乎并不是坚固地闭锁着，而是使人产生了某种错觉，并通过这种错觉，巧妙地避开了人的视野。

桂子闭着眼睛，逼近了错觉之源。

"老板，睁开眼睛。"

眼前出现了三号室的门扉。

"怎么回事？已经走过好几次了不是？为什么咱俩谁都没注意到？"老板不解地嚷嚷着。

"里面的住户好像故意做了手脚啊。似乎不太欢迎我们！"

"管他呢！先见见里面的住户再说！"老板摁响了门铃。耳边传来老式门铃的响声。静候了片刻，没有回音。老板再次摁响了门铃。

"好像外出了嘛！"

"不，在里面！一定在！"

桂子是有自信的。她认为这个房间是被待在屋里的人通过人为的手法隐蔽起来了。她第三次摁响了门铃。

似乎有些沉不住气了，屋内传来人走动的声音。房门慢慢地打开了。出现在眼前的，是一个与桂子年龄相仿的女人，穿着西域风格三条线的长下摆服装。

"麻烦您转告一下，我们正在寻找一位男性摄影师。"

老板用当地的语言说。女人表情依旧，机械地摇了摇头。令人猜测她根本就是在控制着自己的情感。

"她说她不知道。"老板说。

桂子从手提包内取出一张名片。上面的地址就是这个房间。上面的名字，大约就是这个女人吧。

桂子将名片翻了过来，叫对方看了看胁坂写下的文字。可以感觉到，对方凝视名片的眸子里第一次闪现出一丝情感。

俄顷，女人缓缓开口说道：

"你们那儿的语言，我明白。一点点。"

将照片拿在手上，女人仿佛时间停止了一般一直凝视着它。从她的脸上可以看出她的各种思绪——有悲伤、有愤怒，也有宽恕。这些表情混合在一起滑过她的脸颊。

片刻后，女人重新振作起来了似的，脸上露出了微笑。

"居然，能找到啊？这里。"

不知道她是指来到居留地这件事，还是指发现了这间屋子。通过其特有的语尾音调，可以推测出她是来自西域的人。

桂子告诉她，他们正在寻找拍摄了这张照片的男人。他为了彻底了断某件事情已经失去了一只胳膊。她甚至还告诉了对方，再过两天如果还是找不到他的话，自己就会永远地失去他。通过老板的翻译得知了事情的经过后，女人呆呆地伫立了片刻，仿佛凝固住了一般。

"您不知道他现在在哪儿吗？"

"你，除了这张照片外，还，看到过，他拍摄的其他照片吗？"

"没有。只看到过这张。"

"你不觉得吗？可疑。像他那样有才能的摄影师的照片，居然没有一张流传在市面上。"

桂子正中下怀似的点了点头。

"如果您知道一些他的情况，就请您告诉我吧！好吗？"

"明白了。可是，你，对，这个居留地的，特殊风俗和习惯，知道多少呢？"

桂子开始在脑海里搜寻自己所知道的有关居留地的知识。

当地的文化交融被视为异国情调受到了观光游客的盛赞。亦即不外乎是多文化冲突和融合的产物。西域式的戒律严格支配着人们的日常生活。海民给这里带来了豪放气质，东部列强则源源不断地带来了先进文明，并由此奠定了多文化融合的基础。

"我知道这里有一种特殊的生活方式，和我居住的国家不同。可是，实际状态却不怎么了解。"

女人颔首，打开了话匣子。因为是专业话题，女人开始以居留地的语言讲述，由老板做翻译。

女人介绍给桂子的，是居留地特有的一种谓之为"阴族"的思想。那里存在着一种与"血缘"关系完全不同的"缘"。针对源于血族关系的"阳族"，他们把那些靠特殊因缘连接在一起的人们叫做阴族。

当一个人降生在这块土地上时，便会根据当地的风俗，由祭司决定其所属的阴族。而后，在人生的道路上碰到就职、结婚等重大人生关口时，选择权都要受到阴族的影响。

正如阴族一词字面所示，他们的关系绝不会公之于世。说得极端一点，即便是父母与子女，或者兄弟姐妹，有时甚至都不知道各自所属的阴族。

胁坂所隶属的，是一支最强大、最具影响力的阴族。同时，他还是该阴族的专任"御用摄影师"。

关于御用摄影师，桂子的脑海里也有一些朦胧的知识。

在出生、上学、成人、就业、结婚等人生关口，居留地的人们会以绝对不会公开的"真名"拍摄头部照片。照片的拍摄以本人的死亡为终点，并与本人一起被放入坟墓中，且绝不会给任何人看到。拍摄这种肖像照的，就是"御用摄影师"。

胁坂当上了阴族的专任御用摄影师，有了稳定的收入和地位。然而代价是：他只能拍摄同一阴族内部人员的照片，且不允许将照片泄露给本阴族以外的人。

"恐怕他本人内心的郁闷在与日俱增啊。因为他的才能不能在光天化日之下任人评说。他这辈子只能拍摄永远不能示人的照片。"

女人在桌子上抱着双臂，目光落在了胁坂的照片上。胁坂的才

218

能一览无余地显示在那张照片上。

或许是鬼使神差，胁坂使用一个假名字，拿自己的作品参加了一个摄影作品赛。虽然作品赛是在国外举办的，但还是立刻传到了阴族的耳中。

"结果是，他，受到了，惩罚。"

"您说的惩罚是……"

"他失去了太太和儿子。因为事故。但是，大家都知道。那是他，受到的，惩罚。"

桂子和老板全都惊愕地屏住了呼吸。

"就因为这点事……就因为这点事，为什么就要剥夺人的生命！"

听了老板这句"就因为这点事"的话后，女人将咄咄逼人的目光投向了老板。

"因为你们不了解此地的习俗，因此可能认为这种做法有些过分。可是，对于我们来说，被御用摄影师拍摄的照片，与肉体一样也应该受到尊重。他的手里甚至把握着人们的生命。是他拍摄的照片，使人的灵魂受到了玷污，所以受到惩罚是理所当然的。"

晦暗的顶灯，在从缝隙挤进房间的风的吹拂下摇摆着。隔着薄薄的墙壁，传来其他房间发出的含混不清的声响。耳畔隐隐响起婴儿的哭声。

这里是一个随处可见并无任何稀奇之处的世界——如果闭上眼睛，甚至就会使人忘记自己如今正待在远离故乡的居留地。

"迄今为止，我曾看到过无数的人无辜地失去了生命。"桂子平静地说。确实如此，世界上到处都充满了不合情理的死。

"世界上存在着不合情理的死。胁坂曾经肩负着这种悲伤和痛苦，是吗？"

女人目不转睛地注视着胁坂名片上的"引航"二字。

"你能感受到自己正在被牵引向他吗？"

桂子思索了一下，坦诚地说出了自己的想法：

"我手里现在还没有任何可以将自己与他连接在一起的东西。这样一个我，无法狂妄地说自己感受到正在被牵引向他。但是，如果我和他之间互相渴望，并由此实现引航的话，我想我是能够与他面对面地一起生活下去的。"

女人沉静地颔首。看上去似乎在控制着某种情感。

"他失去了一条胳膊，就意味着他已经和他所属的阴族恩断义绝，做了了断，为的是要和你在一起生活下去。他已经朝你迈出了第一步！"

这个女人说的，肯定没错。

"您知道他现在在哪儿吗？"

"应该是待在居留地的某处。但是，他肯定是被阴族的首领藏了起来。"

"就像这个三号房间一样，以特殊的形式隐藏起来了。是这样吗？"

"你说得对！"

"这个房间是通过您的力量被隐藏起来的吗？"

就此，女人向桂子解释道，居留地并没有那种特殊能力。接下来，她还就人工隔断形成技术向桂子做了说明。据说，她对这个房间实施的，只是一个简易的小规模工程。

"可以将他带走的，只能是具备引航能力的人。如果引航失败的话，就会再次失去他。"

"他现在在哪里呢？"

女人大约与胁坂同属一个阴族，知道可以寻找到他的线索吧。然而桂子也知道，她大约是不会告诉自己的。女人思考了片刻，望着桂子身后的墙壁，似乎有些犹豫不决。

"南玉壁……"

"哎？"

"我也不知道他现在身在何处。不过，如果你去南玉壁的话，或许会见到一个知道他现在身在何处的人。"

"可是，那里……"老板一边翻译一边结巴起来，表情流露出踌躇与恐惧。桂子打断了他的话说道：

"我去！只要能够得到他的相关信息。"

"好没道理！让我们在这种地方下车。"老板一边咂舌，一边以怨恨的目光目送着掉过车头落荒而逃一般绝尘而去的出租车尾灯。从声音里可以听出一种难以掩饰的紧张感。桂子再次对老板说道：

"听我说，老板，还是我一个人去吧！"

"说什么呢？在这种地方，你语言都不通，打算怎么找啊？快！走啦！"

似乎是为了使自己振奋起来，老板伸手抓住桂子的手腕向前走去。

周遭簇拥着一些难以称之为住宅、宛若窝棚一样的建筑。散发着一种难以形容的馊酸味儿。若干阴暗的视线针扎一般射向这两个外来闯入者。

居留地的观光指南上并未介绍这片区域。甚至地图上对这片地域都是做空白标示。在旅游警告栏内，无一例外全都做了如是说明——游客绝对不可踏入这片区域！

南玉壁是一个象征着居留地"负面资产"的区域。

以前，居留地的中心原本有一座城池，其南门和城墙的墙壁便是南玉壁这个称谓的由来。由于西域的解放战争，从大陆流入的大批难民便渐渐居住在排水较为困难的这片低洼地域里。

以居留地为踏板，桂子的国家、东部列强各国全都力图确保自己在西域的权益；而与之相抗衡的西域思想则覆盖了整个南玉壁地域。在这样一个历史进程中，南玉壁渐渐演变成一个政治空白区域，变成了一道屏障，发挥着一种所有国家都难以插手的缓冲地域作用。

摆脱了政治干预的这片地域，自然而然地演变成了"黑暗势力"的集聚地。在战争的阴云日益笼罩这片地域的时期，没过多久，南玉壁就变成了战时的战斗药剂——高纯幻觉剂的巨大交易基地。

街上呈现出繁华的迹象，同时，也制造出一批由于滥用高纯幻觉剂或摄取过量而导致的废人。这里变成了围绕黑金权益进行各种地下交易的温床。南玉壁亦由此恶名远扬。

这里是一个格外主张非法乃至治外法权的地方——这便是南玉壁的形象。下车之地较远，故而浮现在黑暗中的建筑物就显得格外清晰。

一眼望去，那就像是一个巨大而又坚固的建筑物。可是，当你逐渐走近它时就会发现，它并不是一座大建筑，而是一个由交错重叠建造的矮小楼群组成的聚合体。那些楼群互相支撑、互相依偎，不断向外扩张，是一个仿佛意欲掩藏内部建筑物、不断扩展的极端违法建筑群。它虽然巨大，但却脆弱扭曲，似乎在象征着这个隔绝于世的地域的与众不同。

在人们冰冷视线的注视下，二人从附近的入口走了进去。既不考虑采光性，也不考虑居住条件的建筑物内部一片昏暗，这就使酸臭发霉的气味更加刺鼻。天棚上到处都悬吊着赤裸的水道管线，让人不得不怀疑这里的供给是否充足。

硕鼠旁若无人地在脚下横冲直撞。二人再次向黑暗中迈出了脚步。

在南玉壁寻人，可谓举步维艰，超出了预想。

这里原本就是一个与世隔绝的地方，居民大都具有排外意识。现在，两个来自外地的造访者大摇大摆地闯进了这片区域。以相互欺骗尔虞我诈为日常生活、极为难缠而又狡诈的居民怎么可能认真回答他们的提问？更何况他们连被寻人的照片都没有拿在手上。

被问到后，有的人脸上露出一抹冷笑并不回答；有的人则亲切地跟你搭话，目的是向你兜售违法萃取的高纯幻觉剂。老板不在身边的时候，曾多次发生桂子被人拽住胳膊差点儿就被强行拐走的事。据说当地存在着拐卖人口的地下组织。因此，他们询问时往往绷紧了神经，精力上的消耗极为巨大。

南玉壁独特的建筑布局也加剧了二人精力体力的消耗。楼群建筑在呈缓坡状的台地上。为了使邻里可以在建筑物内自由往来，便勉强建造了一些通道和楼梯。因此，本以为自己正待在三楼，可不知不觉间就已经到了七楼，或者突然间便无路可走。对于生人来说，常常是接踵而至的不知所措。不仅如此，一旦进入到里面，便往往暗无天日，时间和方向感几乎消磨殆尽。

一天即将逝去，二人一无所获。一直充当翻译的老板，脸上明显露出疲惫的神色。

"老板，今天就到这儿吧。"

桂子几乎是强迫着对方结束了一天的搜寻。连午饭都没顾得上吃，二人已经饥肠辘辘。离开南玉壁后，他们路过一个看上去还算像样的餐馆。在打听情况的过程中，多少还算正经回答了他们的女掌柜，脸上露出诧异的神色望着他们，仿佛在说："你们怎么还没回去啊？"当老板跟她搭话时，她落落大方地点了点头。

缺了口的面碗里，盛着扁平状的拉面。面汤的质量实可谓上乘，似乎在自夸：在这种地方，你们还能品尝到这种味道！升腾的热气令桂子笑逐颜开。见此情景，女掌柜饶有兴味地露出了笑脸。

一个少年一直在向店内窥望。仿佛下了决心似的，少年向二人身边走来。他拽着老板的袖子，不知在老板耳边嘀咕了些什么。老板的眼睛立时瞪圆了。

"这个孩子，他说他知道我们要找的人在哪儿！"

二人匆匆吃过饭后，便与少年一起离开了餐馆。背后传来女掌柜的嘀咕声。

"那位大婶在嘟哝什么？"

"嗯？啊，她说这个孩子她从未见过。"

男孩儿领他们踏入的，是位于南玉壁中心区域的、写有红色

"封围"字样的地区。墙壁与天花板，到处都已开始塌落。这里似乎是一座虽然超过了使用年限，却因为周围簇拥着其他建筑，因此便无法拆除的危险建筑。无人居住的空间一片黑暗，只有脚步声在耳边鸣响。

少年在某个房间的前面停住了脚步，拿着灯指了指屋内。少年、老板、桂子依次走进房间。就在那一瞬间里，灯灭了，四周漆黑一团。

"等等！这是怎么……"

老板的叫声、向外奔跑的脚步声以及关门声几乎同时响起。之后便是锁门声。少年似乎在门外说了句什么，接着便跑开了。打那一刻起，走廊里便万籁俱寂。"对不起了……"桂子也听懂了少年话语的一部分。

"那孩子似乎是受人所托呀！'对不起了'的后面说的是什么？"

"他说两天以后放你们出去。"

要在这里待上两天？那岂不超过了寻找胁坂的时限？此事说是偶然则未免太过巧合。看来是有人知道七天期限这件事，有人在阻止他们寻觅胁坂。

少年事先就带着灯。这恐怕也是事先早就交代好了的。他们找不到任何照明设施。二人伸出手去在四周探寻着。

被水泥墙包裹着的室内，是一个被遗弃了的房间，因此空空如也。可以分辨出入口的对面有一个小小的窗户。只剩下窗框的窗户上镶嵌着铁栅栏。过去可能曾经起到过窗户本来应起的采光作用，可现在，周围似乎铺天盖地地建造了许多其他建筑物，那些建筑物逼近的外壁几乎伸手可及。

他们将耳朵贴在门上倾听着外面的动静。正因为此地禁止入内，故而室外杳无声息。二人用身体去撞门，用脚去踢墙，折腾了好一阵子以后他们发现，建筑物虽然粗陋，但仅凭人力却奈何它不得。

二人已经束手无策，只好靠着墙壁坐了下来。只有时间在毫不留情地逝去。在黑暗中，桂子的思绪飞到了胁坂身上。记得那天桂子曾经问过胁坂，为什么要选择摄影师这个行业。他答道，无论选择怎样的人生道路，他都已经是摄影师了，他只能当摄影师。

看过他留下的照片后，便可以更彻底地理解这句话。他的动摇与困惑，还有超越了动摇与困惑之上的、意欲自律自强的意志。那张照片可以说融入了胁坂继续生活下去的意愿。

由于自己的轻率行为，他失去了自己所爱的人。而且那个行为本身还是一种证明其存在的"拍照"行为。正因为如此，那天他才未给桂子拍照吧。

销声匿迹了三年半的时间。他是否一直在追问自己呢？继续生存下去的宽恕、乞求、补偿以及希冀。

身上裹着大衣的桂子，凭依在墙壁上陷入沉思中。突然，她注意到耳边传来了轻微的声响。她竖起耳朵倾听着，似乎是乐器声。

"老板，你听这是什么声音？"

"好像是一种弦乐声啊。"

他们站起身来，探寻着声音传来的方向。窗户那边似乎听得比较清楚。在那里，或许存在着一个勉强可以传导声音的空间也未可知。

他们伸出手去试着摇晃了一下铁栅栏。只是凭感触，就知道铁栅栏已经锈迹斑斑。固定螺丝似乎有些松动，铁栅栏在晃荡。桂子和老板交替着耐心地摇晃着铁栅栏。不久，固定铁栅栏的水泥松动了，铁栅栏被从窗框上卸掉了。

桂子攀登到窗上，将脚慢慢地伸到窗框外面。她的脚接触到已经变了形的水泥地面。她用脚踢了踢地面。与屋里的地面不同，脆弱的地面立刻破碎了。因为不属于结构部位，所以强度较弱。如果能打破地面的话，或许就可以跑到楼下去。

老板从铁栅栏上卸下一根铁棍，把它拿在手里，开始在两栋建筑物之间的空当内用铁棍敲碎脚下的水泥地面。相邻建筑之间的空当十分逼仄，身材略显肥胖的老板有些勉为其难。于是，这个活计便只能由桂子来承担了。

这是一份令人头脑发昏的工作。面对着搞不清到底有多厚的水泥地，桂子持续不断地在黑暗中盲目地向下凿去。虽然在铁棍上缠上了手帕，但手帕马上就被磨烂，手掌立刻皮开肉绽。

尽管如此，桂子仍然不懈地挥舞着铁棍向下穿凿着。

那个声音确实在呼唤着我！

大约夜半时分以后，弦乐声停止了。但是，桂子却从弦乐声中感受到了某种与胁坂相连的信息。

桂子在不停地穿凿着，每挥动一次胳膊，她都会在心里祈祷一次。她甚至正在失去时间的感觉。老板已经劝过她多次，要她休息一下，但她执意不肯。在黑暗中虽然看不清楚，她的双手大概正在鲜血横流吧。但这根本就算不了什么。与失去一只胳膊相比，这点痛楚根本就不值得一提。

坍塌于一瞬间到来了。就在铁棍捣进瓦砾中并不算深的那一刹那间，脚下的地面崩塌了，桂子与水泥块一起滑落下去。在黑暗中向不知深度的下方掉落的恐怖感无以言喻。所幸，只是跌落了一层楼高。

"桂子小姐！你不要紧吧？"

吃惊匪浅的老板，一边想法弄瘪自己碍事的肚子一边利用那狭小的空间下到楼下。恐惧消失以后，桂子这才感受到自己的右手一阵钝痛。掉落在地面上的时候似乎崴了一下，右手的手指已经麻痹了，难以活动。

幸运的是，这一楼层的这个房间的窗户上没有铁栅栏。首先是老板通过窗户进到了屋子里，接着又把桂子也拽了进去。这个房间与楼上一样，也是一个无人居住的废墟。两人总算来到了室外。

好久没有看到室外的光亮了。周遭已被黑暗所笼罩。二人似乎在屋内被囚禁了整整一天。

今夜，月上中天之际，桂子将会失去胁坂。

二人暂且躲在了昨天的那家餐馆内。看到二人穿着与昨日相同的衣着，并且满身泥土地出现在眼前的样子后，女掌柜似乎觉察出了什么。她并不介意其他客人吃惊的样子，将二人领到里侧的房间。

"好像骨头还没断。大概是骨裂吧？"

老板在桂子的右手上绑了一块夹板，又在外面裹上了绷带。桂子一直握着铁棍的双手手掌全都皮开肉绽、鲜血淋漓，简直惨不忍睹。桂子知道，老板有些踌躇，不知道该怎样跟狼狈不堪的自己搭话才好。就此作罢吧——正因为桂子知道老板会这样规劝自己，所以才一直低头不语。她还知道：如果看到自己的脸，就会意识到自己的内心世界已经有些动摇。

已经不能实现为胁坂进行的引航了吗？就在桂子心灰意冷，产生这种想法的同时，她突然感觉到，自己的耳畔响起了与昨夜相同的弦乐声。

"老板！我又听到了！那个声音，它在呼唤着我！"

桂子破门而去。甚至忘记向女掌柜致谢，老板慌忙跟了上去。

"危险！桂子！"

桂子被老板推到了一边。在仰面摔倒在地的桂子视野里，屋顶上一个人影倏然一闪。

那是……

一个物体紧擦着桂子的脸颊掠过，砸在地上后发出了震耳的沉闷声响。是几块砖头。这种凶器，如果是从屋顶上砸下，杀伤力还是蛮大的。

"老板！"

将桂子推开的老板，正捂着头部蹲在地上。餐馆女掌柜发现后跑了过来将老板抱住。砖头好像砸中了他的后脑勺，鲜血正在流出。桂子想要和女掌柜一起把老板搀扶起来，却被老板制止住了。

"桂子，你不是又听到声音了吗？赶快去啊！"

"可是……"

老板打断了正在犹豫不决的桂子的话，继续说道：

"你不能失去目标啊！这是你第一次自己选择自己的人生！"

意想不到的话语令桂子不知所措。

"我可是受了总监委托的！他要我照顾你！还犹豫什么？快去！"

女掌柜在背后推了一把桂子，仿佛在说，这里交给我好了，你快去！桂子觉得，自己就好像被园田从背后狠狠地击了一掌。

　　桂子不再犹豫。她踏上了没有光亮的楼梯。所幸琴声依旧。她手扶墙壁，一步一步地登了上去。这一步是否能使自己与胁坂连接在一起，眼下尚不得而知。但桂子感觉到，自己正在凭借个人的意志，做出自己的人生抉择。思念之情尚未传达。她正在沿着就要断掉的线索蹒跚搜索，一步一步地前行。她只是一个劲儿地向上、向上！

　　声音是从禁区最上层的一个房间传出的。从没有门板的入口处，流泻出一缕微弱的灯光。

　　房间正中坐着一位老者。老者以半坐禅的姿势坐在篝火前，正在弹奏一把古乐器。听到动静后老者仰起脸来，从动作上便可以判断出老者是一位盲人。老者不知向她说了一句什么，桂子未能听懂。

　　"对不起。您的话我听不懂。"桂子不由自主地向对方表达了歉意。老人的脸上浮现出一抹似乎感到意外的神情。

　　"哎呀！你是远方而来的游客吧？"

　　"我们那儿的语言您……"

　　"发生那场战争时，我正待在你们的国家。请你到篝火旁边来吧。"

　　桂子按照老人的邀请坐到了老人的身旁。被投进篝火中的木头发出的爆裂音响和温暖气息刹那间便使桂子的心绪安定下来。

　　"您能继续弹奏下去吗？"

　　老人布满深深皱纹的脸上浮现出温和的微笑，再度架起了乐器。老人弹奏的乐声仿佛要唤起遥远往昔的记忆。

这是一种绝非令人生厌的迟缓稳重的弹奏。然而，那乐声听起来轻柔曼妙，就像是将老人的往事捧在膝头倾听一般；而音色又是那样的古韵悠然，甚至使人觉得老人已经和乐器融为一体，编织出了美轮美奂的乐章。

在那追溯至往昔的音色之缘里，桂子感受到了胁坂的气息。

"引航……"

这个词语不禁脱口而出。毋庸置疑，自己现在已经与他连接到了一起。三年以上的时间空白；自己未曾见过他的身影，未曾听过他的声音。尽管如此，桂子现在确实被某种力量引导着一般来到了这里。

弹奏音乐的手停了下来。

"远方异国他乡的姑娘来到了这里，真是令人觉得不可思议啊。怎么觉得好像是受到了某种力量的引导啊！"

桂子将事情的始末叙说了一遍。她告诉老人，今夜月上中天之际如果找不到他，他就会从自己的身边永远消失。

"这么说可能有点儿不可思议，我觉得从这个乐器上传出的声响，使我与他连接在了一起。"

"这位姑娘啊，这并没有什么好奇怪的。因为古乐器的音色里，承载着使用过它的人们的思绪。昨天夜里我突然久违地想要弹奏它了，大约也是这个缘故啊！"

老人爱怜地抚摸着古乐器，用手指弹了弹。一个又一个音符，超越了时间和距离，荡跃在桂子的心田。

"您知道这个古乐器以前的主人是谁吗？"

"不好意思啊。三年前我得到了它，但却完全不知它以前的主人是谁。"

"是吗……"桂子叹息了一声，沮丧的神色在脸上一览无余。

"啊，对了！我只知道一点。这个乐器有一对。它只是其中的一把。"

"另一把您知道在哪儿吗？"

老人抱歉似的一个劲儿地摇头。

"不过，另一把或许能够找到也未可知啊。我这就把我认识的一个孩子喊过来。你稍微等一下。"

说是"喊来"，可是老人丝毫没有想要站起的意思，而是弹奏起曲子来。

片刻后，仿佛是被琴声呼唤着一般，一位少女赶了过来。长长的黑发飘曳在脑后，分作两股，结成圆结。只见她忽闪着水汪汪的大眼睛，目不转睛地注视着桂子。

"这个孩子是古乐器的共鸣师，虽然还处在见习阶段，但在辨音能力上却绝非等闲之辈。她或许能够把你引导到另一把古乐器那里去也未可知。"

所谓共鸣师，指的是那些传音、导音，掌握着一种特殊技术的人。这种特殊技术伴随科学技术的进步已经过时，处于濒临灭绝的境地。在桂子居住的国家，拥有这种能力的人早已销声匿迹，但在居留地这里却延绵不断地被人们继承下来。桂子对此惊讶不已，并由此感受到了此地的深不可测。

在少女的搀扶下，老人走上了楼梯，将桂子引导到屋顶。南玉壁是一个由高度存在着微妙差异的建筑物群组成的集合体。从高处往下眺望，建筑物竟宛若一片歪扭的大地向四周扩散开去。无以计数的电视天线枯木林般耸立在那里。

老人坐在屋顶的混凝土块上，再度拿起古乐器，并对少女说了句什么。少女凝视着桂子，慢慢地点了点头。

"从远方异国他乡而来的游客哟！让你的思绪伴随着这把古乐器的音色乘风而去吧！这个女孩儿会帮你寻觅的。"

老人抬起头来，用他那失明的双目准确无误地注视着天上的明月。

即便出租车司机发上几句牢骚，少女也还是把车窗完全打开，侧耳倾听着夜晚的动静。南玉壁的老者现在也依旧在屋顶弹奏古乐器吧。少女用双手拢住自己的耳朵，极力搜寻着另外一把古乐器的"共鸣"，全力以赴地关注着夜空。

每当出现拐角时，少女都会发出明确的指示。出租车在不停地奔驰，似乎奔向了居留地的中心。被形容为"不访灭灯"的高楼大厦群，幻灯般在前方浮现出来。

渡过了将商业区域和中心街隔离开来的运河后，少女让司机把车子停了下来。

周遭灯光闪烁，甚至亮过白昼。被灿烂夺目且极为清洁的装饰灯装点起来的高级店铺一家挨着一家。少女的手指向了那些店铺中的一家——"绿香双树"。从外观上无法判断那家店铺的经营内容。但是，从身着黑色装束的保安人员戒备森严地守卫在门口的样子上看，店铺的规格已经可以窥知一二。

仅仅一个晚上，桂子便看到了居留地光与影的两个侧面。由于和方才那个地方存在着天壤之别的落差，桂子身不由己地将狐疑的目光扫向了少女。即便如此，少女仍然坚定不移地颔首示意，并再次用手指了指那家店铺。

桂子将包括回程车费在内的钱支付给了出租车司机。她也想给少女一些钱，却被少女摇头谢绝了。接着，少女便握住桂子攥着纸币的手推着说道：

"加……油！"以坚定锐利的目光说过这话后，少女乘上出租车绝尘而去。

桂子想要走进店里，却被身穿黑色制服的门卫拦住了。对方用疑惑的目光从头到脚打量着桂子。也难怪，她还穿着昨天那套浑身是泥的服装，胳膊上还绑着夹板缠着绷带。出租车司机能让她上车就已经够令人费解的了。

桂子抑制着焦躁的心绪，走进了附近一家语言似乎可以讲通的女装店里。由于胳膊上的夹板无法处置，她便购买了一件半袖黑色正装连衣裙、薄大衣以及一双与之般配的低跟鞋。换好整套行头以后，她便借用洗手间化妆，修饰了一下自己的惨淡形象。

当她再度站在"绿香双树"门口时，门卫态度一百八十度大转弯，笑容可掬地将她让进店里。为了掩饰右手上的绷带，她没有寄存大衣就走进了店内。

店内飘逸着一股独特的气味。这是一种可以被形容为高级腐臭的甜丝丝的气味，深深蕴含着麝香味，充满了令人心旌摇曳的魅力。这也是桂子在净化中心里经常闻到的那种气味。

"高纯幻觉剂……"

在桂子所在的国家，这是一种只能用作医药或研究用，并不流通的违法萃取药。这种气味使桂子明白了"绿香双树"就是"精粹传统店"。

"精粹传统店"由提供酒水的沙龙和由演奏家演奏乐曲后引导客人回旋曼舞的场子以及供高级会员专用、谓之为"郭"的封闭式包厢这三个部分组成。

　　桂子的家乡也有此类店铺，她也曾进去过几次。所不同的是，此地的店铺为了使场子的气氛更加沸腾，在酒里掺进了高纯幻觉剂。

　　幻觉剂是在最底层区域南玉壁的地下工厂里萃取并精制而成的，在这里却被用在了顶层阶级的消费上。桂子改变了方才的看法，她觉得自己所看到的并不是光和影，而是影的两面。

　　服务生灵巧地弯曲着小拇指的第二关节，将瓷杯放在了餐桌上。大约并未经过统调师做正式的控制共鸣处理，绿色的液体泛着瘆人的波纹。

　　桂子无法做出最基本的判断。她用自己掌握的居留地通用语的只言片语向服务生问道：

　　"杯子里是什么？"

　　男服务生只是阴沉着脸，没有想要回答的意思，似乎在讥讽桂子于此地提出这种问题很无趣。

　　服务生在观察杯中之物，其表情就像是在观看被挖掘出来的上古遗迹的陶片是怎样拼接在一起的。当他看到波纹平静下来以后，便优雅地晃动长尾服返身离去了。

　　西域式样挂钟的龙尾已经指向了乾坤。离月上中天还有三个小时。就仿佛是以此来掩饰自己的焦虑心境，桂子将终于平静下来的手上杯中的液体送入口中。嘴里出现了一种一如既往的抵抗感；刹那间，残存的思念融入桂子的意识。一种与酒精带来的兴奋感迥异的振奋感觉正在缓缓升起，仿佛通过血管正在渗透到身体的每一个角落。

高纯幻觉剂对桂子本身不起什么作用。过去，在可以谓之为人体试验局的管理局，这种物质曾被大剂量投给桂子，所以，她的体内已经产生了相当强的抗体。

场子上出现了即将沸腾的迹象。桂子处在半醒半醉的状态下。她步履蹒跚地向场子走去。此时，客人们正在以狂热的欢呼声迎接演奏家的到来。

演奏家的身影出现在里侧的高台上。他披着一块从头到脚的大披风，令人难以窥见其庐山真面目。但是，那落落大方潇洒自如的举止已经征服了观众，充分显示出其与常人迥异的非凡之处。

场子上飘溢着安静的狂热。随着演奏家手掌的动作，场子上立时鸦雀无声。宛若风声戛然而止后的那股子静谧，刹那间便支配了一切。

奏乐间不容发地开始了。说得再精确些，虽然是一种从未听过的演奏，却在并无前奏的情况下，径直逼近了桂子。待桂子缓过神时，她发现自己已经身处汩汩奔流的沸腾中枢，与周围的宾客们一起，委身于场子的旋涡中。

收缩与扩散反复交替的点奏颤音主旋律随心所欲地摆布着宾客，俄顷间又嵌入了一股低沉的乐声——那乐声将宾客团团围住，宛若潺潺流水，伸手可掬地在脚下徘徊荡漾。

旋律优美的主旋律引领着这一切，时而如曼妙舞姿，时而似滚滚漩流，时而又恍若做着持续不断的锐角无限运动——这一切都产生于演奏家的那双手。

他所演奏的乐曲虽然妙不可言，但同时也是一种"犯罪行为"。场子上立时进入到鼎沸状态。

演奏家取出了一件乐器。桂子不禁心头一震。毫无疑问，那是一把古乐器。宾客们越发人声鼎沸起来。古乐器通常是不会被用在演奏上的。也很难想像那粗陋而又古香古色的乐器会是为了增加沸腾热度而使用的舞台道具。

场子上充满了管乐器的噪音。这种噪音循环往复，引发出宾客的听觉厌烦，具有一种好像要将大脑削去一部分的"掠夺感"。在这样的氛围下，演奏家徐缓地弹奏起古乐器来。

音色在场子上轻柔顺滑地飘荡着。乐声并不繁杂。但是显而易见，它绝非是应景。那是一种由古乐器所背负的漫长时间与人的历史共同酿就的音色。

宾客们已经不知不觉地停止了回旋。所有的人全都呆若木鸡般纹丝不动。即便如此，依然可以感觉到，场子的沸腾仍在继续。不！莫如说更加炙热。

桂子也同样呆若木鸡，只是意义不同而已。因为她在那音色里真切地感受到了与胁坂息息相关之处。

"引航……"

古乐器会根据听者的思绪变换自己的色彩。对于眼下的桂子来说，它是欢快的乐曲，是自己面向一贯追求之物的心的音响。

桂子与其他已经将心交给了音乐的宾客们一起，将身躯完全投入到音乐里。她知道，自己已经泪流满面。同时她也觉得自己现在的样子很可爱，因为自己能为自己所思念的某个人涕泪横流。

桂子心里很清楚：手执古乐器的演奏家虽然蒙着头罩，但他的目光从未离开过自己。

奏乐结束了。一个保安来到呆然若失的桂子身边。她被领到一个由结实的百叶门隔离开来的、专门用来接待贵宾的包厢内。

这里的布置和采光与场子上完全不同，宽敞的房间里充满了上等高纯幻觉剂的气味。

在房间最里面的沙发上，方才的那位演奏家似乎正坐在那里等候着她。

"您方才的演奏真是太棒了！"桂子天真地实话实说。她甚至不怀疑对方是否听得懂自己的语言。因为她已经猜测到了隐身于头罩里面的人物是谁。

"居然找到这里来了。真叫我吃了一惊啊！"

耳熟的声音。话音刚落，对方已经揭开头罩，露出了只剃了一半头发的怪模样。

"我一直在琢磨。你会怎样呢？去南玉壁的时候。"

与当初邂逅时一样，对方的表情既像是一种试探，同时也兴致勃勃。

"莫非您一直对我的行动……"

"我一直在后面陪着你啊！因为是你的监护人嘛。我。"

"这么说，我们被囚禁的事您也是知道的了？"

对方颔首，似乎在说"那是当然"。

"但是不行，作为监护人，我帮不了你，无论发生什么事。因为你是开拓者，你的引航……"

"那么，把我们关在里面的……还有，从南玉壁的房顶上往我们身上投掷砖头的……"

他并不回答。但，他似乎知道，这已经就是回答了。

"赶紧走吧，去最后的引航之地！"

下车的地点，是一个既远离南玉壁的肮脏杂乱，也远离中心街繁华嘈杂的地方，周遭万籁俱寂。

桂子甚至产生了怀疑，这个岛屿竟会有如此静谧的所在？四周群山环绕，与世隔绝。

坐落在身后的那栋格调庄重的建筑，既像是寺院的正殿，又像是领主的城堡。在隔庭相望的彼侧，有三座附属建筑。它们的屋脊都是具有独特西域风格的卷檐式双层屋脊，分别漆成了红、白、绿、蓝色。

庭园按照西域的习惯大兴土木，建造得极为阔大。以泉水为中心的院落可以一眼望穿。燃烧在要冲之地的篝火显示出了庭园的宽广。泉水大约是取自地下深处，由于夜晚的凉气和温度差，袅袅升腾的雾气弥漫在周遭。只有泉水中间的木桥，宛若小岛一般浮现在那里。

"在里面，那个白色的建筑物的。你要用这把钥匙，能够打开它。然后把那小子……"

桂子半信半疑地接过了钥匙，凝视着男人的脸。他的眸子隐藏在黑色的墨镜后面，意图无法窥出。

"快去，快，时刻快到了！"

仿佛被话语推动着一般，桂子迷茫地迈动了脚步，心想，就这么简单吗？

然而，正如男人所说，已经没有时间犹豫了。月亮并不体谅她的心境，正在一点一点地向夜空的高处升去。

桂子迈开脚步，笔直向前走去。她走上了铺满绿沙的地面，踏过矮竹丛的细叶以及架设在泉上的桥。她认准胁坂的所在之处，朝着那个方向……

白色的建筑距离尚远。桂子回过头去，望了望自己留在绿沙上的足迹，不禁愕然。自己本应是笔直走过来的，可是留在绿沙上的足迹，却在途中突然向右拐了个大弯。绿沙正在蠕动，仿佛要隐藏行迹似的抹去了那些足迹。

桂子怀着难以置信的心情再次向前迈动了脚步。然而毫无用处。无论怎样前行，她都无法到达目的地。就像那个被隐藏起来的三号室似的，无论怎样努力，桂子都无法靠近那座就在眼前的建筑。

她抬起头来仰望了一下夜空，月儿变成了一个椭圆的纺锤形状。桂子总算明白了，这个空间是被人事先筹谋好了的，与夜晚进入"城镇"时的情景无异。

桂子脱掉鞋子，赤裸着双脚站立在绿沙上。敏锐的感觉越发变得灵敏起来。她感觉到，正在扩大的意识里，某种物体正在包围自己。虽然透明但却难以看透的多层面纱正在向她裹来，空间已经扭曲。

这一切的根源……

桂子向后转过自己的身躯。在正殿的高楼上，浮现出一个脸上戴着头罩的人影。他大约就是统率胁坂那个阴族的首领吧。仿佛要反抗这个阴谋似的，桂子再次向前迈出一步。桂子拼命指挥着自己那宛若在噩梦中痛苦挣扎着一般轻易不肯向前迈进的双脚，力图摆脱咒语的束缚。

突然，桂子的心底涌现出一股旋律。那是古乐器的音响。或许是南玉壁的那位老者如今正在为桂子弹奏乐曲呢？一股清爽的气息倏然掠过桂子的心田。

桂子深深地吸了一口气。她不再反抗。像翱翔的鸟儿一样，她的心胸宽广起来。自己要做的似乎并不是打破咒语的束缚，而是要将那诅咒本身包裹起来。因为她已经意识到：这并不是什么外部设下的圈套，而是自己内心世界各种各样枷锁的具象化以及不断放大的结果。

"我相信，自己能够为胁坂引航！"

迷茫、困惑、游移依然存在。自己并非已经超越了这一切，她想坦裎这一切，包括自己思念胁坂的心。

桂子如今确实正走在与胁坂相连接的道路上。笔直地。

突然，桂子感受到，另一个巨大的意志正在阻挡自己前行。

刀刃准确地刺向桂子的心脏。然而，桂子在一瞬间里就已经提前一步意识到了对方的企图。她猛地攥住了正在向自己扑来的女人的手腕。对方的手里握着一把短剑。

桂子攥着对方的手腕拼死地抵抗着。但是，她的右手已经受伤，无法随心所欲。桂子倒在了地上，女人也摔倒在桂子的身上。

一股被泼上了开水一般的灼热痛感和冰柱扎进身体内部的恶寒陡然涌起，短剑隔着衣服刺进了桂子的大腿。绿沙地面眼看着出现了一片扩散开来的黑色。

女人站起身来，低头俯视着桂子。

是那个三号室的女人。

桂子已经笃信不疑——在南玉壁向自己抛下砖头的人影也是她。而且让少年把自己囚禁在屋里的，恐怕也是这个女人。可这究竟是为什么呢？

女人面朝桂子，脸上看不出仇恨或愤怒，甚至浮现着娴静的微笑。手里不知何时，已经握着一柄新的短剑。

"这也是任务。请你不要恨我！"女人彬彬有礼地说。接着，便再次把短剑对准了桂子。

桂子在寻找迎击的武器。除了插在腿上的短剑外别无其他。如果拔出短剑，鲜血毫无疑问会一气喷出。但是，她已经没有时间犹豫。桂子一边与剧痛和冰冷的颤栗搏斗，一边拔出短剑，双腿颤抖着站了起来，将血染的剑锋刺向对方。月光下，剑锋寒光闪烁。

站在高楼上的人以低沉但却震耳的声音制止住了那个女人。

女人收起短剑，向桂子身边走来，鼓励似的抱住了桂子的肩头。

"流出的鲜血，已经成为你的'削身'，预祝你圆满地获得'引航'资格！"

施了一礼后，女子抽身而去，看上去仿佛完成了某项任务似的。桂子已经精疲力尽，再次瘫软在沙地上。

引路的那个男人和高楼上戴着头罩的男人，全都在静静地目不转睛地注视着桂子。事到如今，桂子依然走在引航的途中。因为鲜血流淌不止，导致心脏的鼓动声似乎直抵大脑。这种鼓动，唤醒了桂子心中的海洋。

"大海，很近……"

疼痛使得桂子只能在浑浊的意识支配下向前爬行，身体内部的海洋正在支配着桂子。

突然，她感受到了"城镇"的触手。一有机会，就要谋划并企图将桂子引领到消失道路上去的"城镇"，如今再次伸出了它的触手，力图将属于"消失残余物"的桂子掠走。

在这种时候……

桂子以绝望的心境咬紧了嘴唇。"城镇"正依托于已经硅化了的感觉器官的结节点，力图侵入桂子的意识。要想渡过这一难关，就必须将意识藏匿于一个硬壳内，有必要显示出绝不让"城镇"接触到自己意识的意志。

然而，为了对抗此地的阴谋，桂子又必须扩展自己的意识。在这样一种状态下，意识便无法被藏匿于硬壳内。自己不能失去费尽千辛万苦才总算接近的引航之路。桂子做好了豁出一切的思想准备，向前迈出了一步。她心底了然：伴随着与"城镇"的接触，体内积蓄的污染将会逐步扩大。但眼下的她并无其他选择。

"城镇"的触手慢慢地触摸到了处于扩散状态、毫无防备的意识。桂子已经预想到了"城镇"独具的那股子冰一样的触感，端好了架势。不久后，她忽然觉得自己正在接受一种不可思议的感觉的支配。那是一种"被托住"了的感觉，就好像在平明的水面上不受重力支配，浮游走动着一般。

这种能力源自哪里？桂子在惊讶的同时心中已经了然。是古乐器的音色。南玉璧老人弹奏的古乐器声清晰地传进桂子的耳郭。

博弈！"城镇"的意志正在渐行渐远。桂子曾有过亲身体验，深知"城镇"的意志是何等强大而又绝不轻易动摇，对此，她甚至可以用深恶痛绝来形容。然而，就因为古乐器的音色传入到桂子的心田，"城镇"便似乎对桂子束手无策了。当然，这一切或许只是"城镇"意欲猎取她而预谋制造出来的一种感觉，或许是"城镇"在可以超越时间和地点的音色面前丧失了气力也未可知。

据说古乐器的音色，可以承载演奏者的思绪并在鸣响时超越时空。如今支撑桂子的，会不会是某位曾与胁坂心心相印之人的思绪呢？

没有迷茫，没有恐惧，桂子向前走去。每走一步，鲜血都会从大腿上喷涌而出。然而不可思议的是，痛感已经渐渐远去。她站在了门前。颤抖的手多次险些将钥匙抖落在地上，最终，她总算打开了那扇门扉。

绷紧了的意识终于崩溃了，她就那样依偎在门上一般瘫倒下去。在渐行渐远的意识里，桂子感受到自己正在被一股融融的暖意包裹住。毫无疑问，它与那一天的感觉并无二致。

"你，就是引航之人。"

远方轻轻响起的声音传入桂子的耳畔。

"那么，除了个别事项报告以外，还有其他内容吗？"

主持会议的斋藤扫视了一眼出席会议的人员。桂子举起了一只手。她站起身来，整了整围巾的扣结。接着，便做起报告来。

"下面，请允许我就本管理局与活体反应研究所共同开展的某项目做一汇报。该项目起始于两年以前，目前尚处于进行状态。首先要汇报的是，我们曾经得到过一个报告，称出现了一个对抗消失适应，并将消失时的信息提供给外界的案例。根据这一情报，研究所做了情报解析并就这一案例能否应用于预防下次消失发生上进行了探讨。于今年二月开始，启动了这个新项目。"

出席会议的人们一阵嘈杂。

"你先等等，这件事为什么迄今为止从未提起过？"新任总监前畑打断了桂子的话。那语调似乎在说，所有的议案都必须在他的掌控之中。

"那又有什么不妥？"桂子以极为认真的表情，简明扼要地回答了对方。一瞬间里，前畑总监的脸上显露出一抹突然受到打击的神色。他张口结舌，怒目圆睁地喊道：

"你居然还问那又有什么不妥？我在说你连汇报都不做！你这是专横！你什么时候起变得如此了不起了？"

"关于这件事，我是接受了前任总监特别委托的。委任事项在前总监退任后依然要继续下去——这是经过项目统筹委员会批准的。因此，报告才暂缓到今天做。"

这是一派毫不迟疑、无懈可击的答词。这种惹新总监发火的说法，使会议室内泛起一种令人不快的气氛。

"怎么这么说话？失礼！你个……"

前畑总监面红耳赤地使用了那个针对被污染者的蔑称，诘问着桂子。会场内的空气冻结了。但是，桂子毫不畏缩地从正面继续与前畑对峙着，眸子里蕴含着沉静而又强大的力量。

"您不害怕吗？凑得这么近。"桂子突然换了一副表情，嘴角浮现出笑意。

"您会被污染的。"

虽然沉静但却充满了坚毅的自信。桂子的这副表情压倒了会场上所有的人。她面带微笑，继续向前畑身边靠近了一步。

有趣的是，前畑的脸色已经因为"污染"一词变得一片苍白并且扭曲着。

桂子莞尔一笑，继续向前迈出了一步。前畑胆怯地向后退去。一步，又退了一步。一个屁股蹲儿坐在了总监席上。

"汇报到此结束！"

桂子将身躯转向所有与会人员，将手放到围巾结上，深深地鞠了一躬。

在前总监入住的"净化中心"特别病房内，已经先到了一位客人。

"园田阿姨也来看望病号吗？"

"哈哈，我和总监可是割不断的孽缘了！我琢磨着，趁着他还有口气儿的时候赶紧过来看上他一眼吧。"

虽然说法过于直白，但那股子豪放劲，反倒可以使人感受到原田特有的、希望尽量拖延那一天到来的同情心。此外，无论周围的人们怎样掩饰，总监本身也知道自己来日无多。

"今天又是什么事啊？"

总监那对一切都想开了的沉稳声音，令桂子心如刀绞。但是，她不露声色。

"下个月就要'接收'那个孩子了。所以，今天到这里来是为了做好准备工作。"

"是吗？从消失那天算起马上就是四年了。那个孩子也是，马上就要七岁了吧？"总监感慨万千地说。

"哎！总算可以着手进行新的理论研究了。"

听到桂子的声音后，好像突然意识到了似的，总监将面孔转向了桂子。白浊的眸子虽然看不见物体，但却从正面目不转睛地望着她。

"该不会是我的心理作用吧？气氛好像变了嘛。发生什么事了？"

总监将手伸了出去。桂子轻轻地握住了他的手。他的手肌肤干燥，一股子行将就木之人的气息。这是一直支撑着桂子走到今天的唯一的手。桂子控制着自己的感情，用双手握住了总监的手。

"不，没有什么特别的事……"

然而总监还是觉察出了什么，只是说了一句"是吗"，接着便似乎笑了起来。当然，从污染已经严重的总监的脸上是分辨不出笑容的。

"桂子，你干脆就辞掉这个工作算了。你已经充分尽力了。没有必要再继续受到'城镇'的污染。只要你愿意，作为我最后的工作，我愿意向国务院提出建议。"

尽管总监已经说出了上级机构的名称，然而桂子只是脸上浮起一抹淡淡的微笑，摇了摇头说道：

"就算是为了不再出现第二个我，为了斩断消失的连锁反应，我也必须坚持下去。直到生命的最后一刻。"

这种想法一如既往毫无变化。但是，过去一直纠缠着她的那种对自己悲壮命运的绝望感或循规蹈矩的使命感已经淡薄了。取而代之的，是诞生了要沿着自己选择的道路一直走下去的意志。

"假设说，无论我们怎样着急都无法阻止城镇消失命运的话，你也还会与城镇的消失进行抗争吗？随着污染的加深，自己的生命将会缩短，即便如此你也还会……"总监再次叮问。坐在枕边的园田以确认的目光注视着桂子。

"即便明天自己就会离开这个世界，在那个瞬间到来之前，我也要继续做自己应该做的事，一直坚持到那个瞬间的来临。阿望一定会有人替我照顾好她的。此外……"桂子的脸上泛起笑意，继续说道，"对我们来说，消失者或许就是那些'受到"城镇"的牵连而失去了的人们'，但对'城镇'来说，它或许是打算将人们引向一个平和安宁的世界也未可知。因此，'城镇'或许对我们意欲抵抗消失的行为难以理解啊。最近，我开始这样想了。我打算和这样的'城镇'共生共存下去。"

"是这样啊……"

"我觉得自己现在总算理解了总监过去经常说的那句话——'城镇'不可小觑，虽如此，亦不足为惧。"

园田轻轻离开椅子，站立在桂子的身后。桂子以为她又会和以往一样来拍打自己的后背了，可是今天，她只是温柔地将手放到桂子的肩头。

"真没想到那个女孩儿能够长这么大呀！你必须继承总监的事业，引领今后的管理局继续前进啊！"

园田似乎想守护和激励桂子。

"这个，总监，和待风亭主人的联络……"桂子的话含混不清，似乎有些犹豫。

"不，没有必要。因为大家全都做好了思想准备，知道人生的道路上总有一天会发生某一突然的事件。"

总监混浊的眸子望向了墙壁上的画作。望向了那片和宏笔下画出的、为青白月色所照耀着的月濑镇风景。是心理作用吗？不知为何，今天那幅画看上去似乎被包裹在了一片宁静的光中。

寒冷清澈的冬日夜空，如果触碰一下，似乎都会发出清脆的声响。桂子仰望着由中高层大楼划分开来的首都天空。尽管因为太阳镜，自己被封闭在了一个黑暗的世界里，但，她通过另外一种感觉感受着广袤清湛的太空。

如此这般恢复到日常生活中以后，在居留地发生的一连串事情，在她想来就如梦幻一般。

在居留地被刺伤、失去了知觉的桂子睁开眼睛以后，发现自己已经被送到净化中心。被刺的伤口、胳膊的骨折确实留下了各自的伤痛。但是，在伤口痊愈后的今天看来，就好像什么事都没有发生过似的，一切都毫无改变地恢复了正常。甚至连藏匿在房间里的胁坂的胳膊都忽然不翼而飞了。

在并无变化的日常生活中，自己如此闲庭信步。

即便如此，也一定……

在这片晴空下，在同一个世界里，存在着望眼欲穿地互相期盼着的人。不管相距多远，他们都会像被大海中难以看到的航路所引领着一般，最终结合到一起。只要有信念，就会生存下去。桂子如是想。

桂子伫立在公园里。春天还很遥远。但是，已经能够感受到在这寒冷的冬天尽头一定会到来的春天气息。因为光，桂子眯缝起眼睛在草坪上笔直地向前走去。向着那个第一次与他邂逅的地方。

那里没有帐篷。但是，却有一个一只胳膊的男人，面向桂子端着相机，瞄着取景器。

　　桂子已经不再逃避。也没有必要逃避。她将委身于将要截取眼前这一瞬间的他，完全敞开自己的心扉，就像飞翔的鸟儿一样。

　　自己生活在眼下这个瞬间里，哪怕明天就会消失。

Episode 6

隔 绝 光 迹

场子上已经渐入佳境。

周末之夜，精粹传统店风化帝都因为来了众多身着盛装、准备彻夜欢愉的宾客，而热闹非凡。

正因为这是一家尚未被特殊化、即便是初次到访者也可以轻松入内的精粹传统店，所以，前来首都观光的那些进京族的造访人数也十分可观。眼下，勇治也是一样，在一位他服务的"太太"的死缠硬磨下赶到了这里。这个店他已经是第三次光顾。

站在高台上的演奏家心里也很清楚，与其说客人们是在欣赏演奏家的演奏技巧，莫如说他们更在乎场子里的气氛，想要沉醉于沸腾的场景中。因此，他并不是通过自己精湛的演奏技巧来迷倒观众，而是采取了一种得过且过的糊弄手法，将最近流行的曲子和历年名曲中人们耳熟能详的部分嫁接在了一起。虽如此，客人们不仅没有发牢骚，反而在兴奋中，只顾投身于场内愈演愈烈的滚滚旋涡中，使场子里愈发鼎沸不已。

最后的高潮降临了。沸腾的波涛已经搞不清是源于本来的演奏，还是源于客人的狂热，场内的沸腾达到了登峰造极的地步。

起初，并未出现任何不协调的感觉，只不过是音质上出现了些微的变化而已。宛若麦克风出了故障似的，启动音停留在了低音音域。那乐音并未与新的乐曲连接到一起。速度完全不同的音，渐次凌驾于主旋律的基本音调之上。不久，便完全淹没了奏乐声。

在不知不觉中，那种不自然的音的罗列，已经以极大的音量充斥于整个场子，傲然主张着自己存在的正当性。

当勇治缓过神时，这才发现高台上的演奏家已经不见了踪影，店内的服务员和保安也全都踪迹皆无。剩下的只有那些客人，他们全都纹丝不动地伫立在场子上。

被自己带来的"太太"，脸上挂着娴静的微笑，好像被什么东西附了体似的，正在目不转睛地注视着一个方向。

"喂，你这是怎么了？"

勇治抓住对方的肩头摇晃起来，然而对方毫无反应。身边的其他宾客也全都面露相同的微笑，分别仰望着不同的方向。

勇治在意义不明的声音折磨下环顾着四周。在可以俯视场子的高级会员专用包厢的玻璃窗里侧，露出了一直在观望这厢的人影。其中的一位戴着深色太阳镜，无法窥望到对方的表情；还有一位看上去似乎与勇治年龄相仿的女性，正在目不转睛地盯着勇治的一举一动，似乎在观察着他。

"哎？难道……怎么会……"

勇治拨开呆然伫立的客人，向包厢奔去。

"坂上！是我呀！我是勇治！"

虽然在声嘶力竭地喊叫，但那声音根本就没有可能穿过厚厚的玻璃窗传到包厢里。不过，对方大概已经通过自己口型的变化注意到了自己吧？勇治想。她的表情似乎发生了些许变化，对身边戴着太阳镜的女人说了一句什么。之后，一直低头交谈的两个人便起身离去了。

勇治急慌慌地打算从后面追赶上去。但是场子与包厢已被完全封闭隔离开来，无法互通。勇治来到店外，打算绕到包厢的出口去，但是，却在回廊上被两个保安挡住了去路。

他想要强行冲过去，然而，右胳膊立刻就被右侧的保安轻而易举地抓住了。接下来对方便以舞蹈般的动作于一瞬间里将他的胳膊掰到身后。他被反剪着手，紧接着口中又被左边的保安塞进了一块布。

在淡漠下来的意识里，勇治在心中自语：

"由佳，你跑到首都来了？"

要想形容她，非"孤高"一词莫属。

六年前，由佳和勇治是地方城市的高中同学。无论从哪个角度讲，由佳都是一位鹤立鸡群的人物。

其一便是她的美貌。

高中生的年龄是十五岁到十八岁，这是女性美出现最微妙变化的年龄段。但是，飘逸在由佳身上的，却是一种永远处于两个极端的、毫无动摇的永恒的美。

那对眸子娴静深沉。可以使人联想到大团花蕾的嘴唇则蕴含着坚强的意志，看上去令人不敢造次。

无论是对教师而言还是对同学年的同学而言，当时的由佳似乎都是一个令人不敢与之正面相视的人——因为她就好像是一幅构图完美的画作。她的完美无瑕，竟能使人陷入将要窒息的不安境地。

此外就是她的才智。

由佳以绝不允许他人追随的分数一直维系着全年级成绩第一的地位。并非是为了备考，她之所以学习，完全是因为拥有其他更为宏大的目标。才智只不过是偶尔以所谓成绩的形式表现一下罢了。给人的印象是：这不过是"雕虫小技"而已。证据便是，她从未参加过任何为了考进大学而举行的模拟考试。

她也不参加诸如文化节、球赛大会或巴士旅行之类的活动。为指导升学而举行的学生、家长和教师的三方面谈，也因为她认为"没有必要"而流产。

勇治与她并非同班同学，甚至从未搭过话。不过，那个时期的年轻人常有的大半属于无意识的恶意和称得上露骨的性传闻、性妄想之类，倒是在同学中间蔓延过。

勇治在成绩方面没有可能与由佳相比，但在相貌上却和她有的一拼。

一张好像被偷拍下来的照片，被刊登在了地方信息杂志的高中男生排行榜上。读者投票的结果，勇治得了第二名。（据说获得第一名的男生所属学校曾搞过校内拉票活动，否则第一名则非勇治莫属。但勇治毫不介意。）自不必说由佳的名字也将要入围上述杂志的类似选美名单。但是，当她事先得知相片将会被刊登在杂志上以后，便以侵犯肖像权为由，制止了杂志社。

由于上述原因，二人始终没有得到相互接触的机缘。虽如此，由佳的存在却一直令勇治难以释怀。

由佳并未在自己和他人之间建造一堵墙，也并非因为自己头脑聪明就瞧不起身边的人。但是，她也无意积极主动地与周围的人进行交流，就仿佛在说"我得先走一步了，你们在这儿尽兴玩吧"似的。

然而没有谁知道她的去向。就连后来成了她"男友"的勇治也同样一无所知。

"横山君，打搅你一下。可以吗？"

两人的关系始于一年级的秋季。一天放学后，由佳在校门口叫住了勇治。对勇治而言，被事先等候在这里的女孩子叫住并向自己表白情感，或是要送给自己礼物之类实属屡见不鲜之举。可是，今天的这个对象却非同小可！勇治着实吃了一惊。

"坂上？什么事……"虽如此，勇治还是尽量装出平静的样子回问道。于是，对方以更加平和的眼神看着他说道：

"有件事想求你。这儿不方便，我们去喝杯茶，边说边聊怎么样？"

说出的虽是相邀话语，却不容勇治提出异议。由佳迈步前行，勇治慌忙紧随其后。

二人走进火车站附近背胡同里的一家咖啡馆，在最里面的座位上坐了下来。

"你说有事，要求我？"

由佳的胳膊肘在餐桌上挂着，将下颌轻轻放在十指交叉在一起的手背上，微微颔首说道：

"能跟我，处朋友吗？"

"哎？"将一只胳膊搭在椅子靠背上斜着坐在那里的勇治，差点没从椅子上掉下来。

"说得再精确些，这是我向你提出的一个建议。你能否做出和我处对象的样子来?"

难以揣摩对方的真意,勇治无法作答。

"我如果是一个单身女孩儿的话,就会被卷入许多和男人的纠纷中。我没有那个闲工夫,我想避开那种男女纠纷。那么对我来说最好的方法,就是能有一个男生被大家看作是我的男朋友。"

虽然方才只是跟她一起行走了片刻,然而对方那鹤立鸡群的姿态就已经让勇治认定,她与男人之间无法不闹出纠葛来。

"可是,你为什么要找我呢?迄今为止我们连话都没说过啊。"

"因为你晚上在打夜工,所以女人对你来说应该是驾轻就熟的!"

"你,你怎么会知道这些……"

"我做过调查!"若无其事地说过这话以后,由佳便从手提包里取出了似乎是征信所调查报告书一类的东西。上面写着"关于横山勇治的调查报告"几个字。

"据调查后得知:这类打工可以使历代美男选拔赛优胜者获得隐秘的既得利益,在优胜者中代代传承。目前,横山君正在与三位女性交往,并得到报酬若干。其一为三十三岁的贵金属店年轻女老板;第二位二十八岁,为海外单身赴任中某大型企业白领的夫人;第三位嘛……"由佳用眼角乜斜着目瞪口呆的勇治,通读了一遍报告书。服务真够热情的,甚至连照片也一并寄了过来。拍照的是勇治与他的"太太"之一进入宾馆时的场面。

"因为你在打这种工,所以要你分心给我大约很难。不过我想,就像玩游戏一样跟我玩玩儿应该没有问题吧?"

"我说,坂上。你这丫头,你怎么可以让征信所来调查同年级的同学?哼!"

已被对方抓住短处，勇治的反驳显得苍白无力。

"啊，你不要误会。我调查你并没有要抓住你的短处啦，或是要威胁你的意思。我只想知道你是不是一个合适的相处对象。我对除此之外的事情并无兴趣。"

"你这话什么意思嘛？"

只不过是被对方看中了利用价值而已，勇治的心中五味杂陈。

"我的要求确实是有点怪，而且对你来说没有任何好处啊。既然你在打工，手头也就自然不缺钱喽。那么，你看这么办好吗？好歹名义上也是个恋人关系，那么就偶尔也发生一下关系，你看如何？当然，对你来说这里有一个假定条件，那就是我在你眼里还有一点性的魅力。"

"我说啊，你说的话我还是没太理解。"

"也就是说，作为报酬，你可以隔三差五地得到我！"

勇治放下茶杯，死死地盯着由佳。

"这话从我的嘴里说出未免有些那个，你如此的漂亮，就不能多少自珍自爱一些吗？"

"没关系的。我并不觉得做了那种事，自己就变得肮脏了。"

由佳眯缝着眼睛笑了。确实如此，无论遭受到怎样的性侮辱和凌辱，只要由佳本人心里不产生自己"肮脏"的意识，她就没有被玷污。对她而言的"肮脏"，大约层次迥异吧？

"怎么样？能答应我的请求吗？"

由佳把叉着的双手轻轻地放在餐桌上，等候着回答。勇治产生了这样一种感觉——自己正在被一个干练的营销人员在劝购商品。

"OK！我明白了。那就当是在玩游戏来和你交往好了。可能

258

会很有意思的。但是，关系仅此而已，不可以再往前迈步越过雷池噢！就作为纯粹的游戏来和你交往吧！"

由佳端着茶具静静地笑了，仿佛在说："随你便！"

两人开始交往的消息立时不胫而走，传遍了整个校园。两人原本在校园内就十分夺人眼球，这就越发增强了消息传播的几何效应。哪怕两人只是并肩站在一起，也会引来人们的远距离围观，甚至令人担心是否会引发逆反效果。然而不久后，这种现象也消失了。

打那以后，勇治的"必要性"便主要发挥在校园以外。他陪着由佳，随时听候调遣，形影相随。

因为念的是升学后备校，所以放学后的聚会地点主要为市图书馆或向一般市民开放的当地大学图书馆。

"图书馆这地方，看着似乎很安全，其实怀有那种居心的人还真是不少呢！"由佳叹息道。果不其然，当她在成为死角的书架前站定后，前来搭讪的男人便络绎不绝——"您在看什么书啊？"每逢这种时刻，便轮到勇治出场了。

由佳在图书馆里翻阅的，都是一些与升学考试毫无关联的书。虽然也有不少物理或数学方面的书籍，但她有时还会阅读一些音乐理论方面的书籍以及从其他图书馆借调过来的古籍。由佳是出于何种目的要阅读这些书籍，勇治全然不知。

除了图书馆以外，由佳需要勇治陪同的，要么是跑到某个墓地去，东走西逛地似乎在寻找着"什么"，要么就是去学会旁听别人发表的研究结果。和她阅读的书籍一样，找不到任何关联性。

她有时还会跑到不适合高中生光顾的精粹传统店去。不过，由佳并不会在场子上回旋曼舞，她只是把身子依靠在最后面的墙壁上，全神贯注地观察着演奏家的动作。就仿佛是在测音似的只是闭目伫立在那里，看上去似乎并无欣赏的兴致。

有一次，为了请教问题，由佳去了一趟大学的研究室。于是勇治便在图书馆或食堂里消磨着时光。可是第二次去时，由佳开始要求勇治一同前往。

对方毫无悬念是个男教授。虽然脸上没有表露出来，但是可以看出，勇治的存在令对方心生忌惮。

"只要是男教授，过后总是会邀请我吃饭。烦死了！"

听完教授的讲解，二人来到走廊上以后，由佳以干哑的声音自言自语道。于是勇治便会在心中暗想："原来是这样啊！"由佳当初向他提出这种陪伴要求时，他还觉得由佳有点多心了。可是，当他看到由佳走上街头后势必引来人们死死盯住不放的视线，并由此导致由佳频繁地"需要"自己作陪后，心底便萌生了如下想法：看来天生丽质容貌超群也是一件令人苦恼不堪的事啊！

两人的"游戏"在二三年级时，也并无多大龃龉和摩擦地度了过去。每周数次，由佳总会在午休时来找勇治。她只会说上这样一句话："今天可以吗？"于是，勇治就会在众目睽睽下答道："啊，可以呀！"于是，他便会在放学后去陪伴由佳。

"看来我选择横山君做男朋友真是选对了啊！"

勇治本人也一直认为自己很称职，满足了由佳的要求。

如果是一般的高中生，在与由佳长时间接触以后，心里势必会渐渐产生性冲动，然而勇治不同。因为夜里还要打那份工，所以那方面的要求并不迫切。到了这种地步，他并不想处"女朋友"，因此，这种交往对他来说并无实质上的不良影响。当然，如此漂亮的大美人被众人视为自己的女友，感觉上也不错。

"其实，与其说自己是坂上的男友，我怎么觉得更像是经纪人呢？"

"多谢啦！经纪人先生！"听了勇治的戏谑后，由佳如是作答，天真地笑了。

从由佳那少年老成的表情上可以窥望到一丝孩童的纯真。勇治不禁怦然心动。

他意识到：在与由佳共度光阴的过程中，自己已经渐次被一种复杂的情感囚禁起来。他心中了然，这种情感已经偏离了自己被要求的任务内容。

由佳通常几乎从无笑脸。她脸上常有的是迈向某一目标的意志、似乎不知何时就会消失的虚幻，娴静但却坚强。这种表情有时也会随某种节拍舒缓下来，宛如透过厚厚云翳的缝隙，于一瞬间里射下的一缕阳光一般鲜明耀眼。

他觉得自己产生了要将那个瞬间收归己有，与由佳生活在一起的想法。

在相处的一年半时间里，勇治多少也掌握了一些挑动由佳感情的本领。但是，当他看到对方的笑靥以后，心里便产生了比以前更为孤独的感觉——他觉得自己正处在一个与由佳相距甚远的地方。由佳的心不在"此地"。虽然人近在咫尺，但是由佳的心却在遥远的彼岸。

　　像以往一样，勇治和由佳相向坐在了图书馆的桌子前面。勇治的手机震动起来，是勇治夜晚要为其服务的那位打来的。

　　"不好意思，坂上，我得走了。"

　　由佳的视线并未离开书本，只是会意地点了点头。

　　"作为我的女朋友，你是不是应该嫉妒一下呀？"

　　听了勇治的谈笑后，由佳滴溜溜地转动着手里的笔，目不转睛地盯着勇治问道：

　　"我倒想问你呀，你为什么要一直打那份夜工呢？是为了钱？还是因为性交有吸引力？"

　　从由佳嘴里说出的"性交"一词令勇治惊慌失措。视线已经从四面八方扫来，然而由佳泰然自若。

　　"怎么说好呢？牵强附会一点说，就是演戏挺有意思的。"

　　"演戏？"

　　"对手不同，被要求的内容也不尽一致。既然拿了人家的钱，我就想竭尽全力配合人家，把自己演绎成一个好男人嘛！"

　　由佳似乎正在兴致盎然地思考，在脑海里模拟着勇治的"演出"形象，接下来便若无其事地问道：

　　"我说，横山君有没有自己喜欢的女人呢？"

　　这在由佳来说十分少见。与其说由佳很少过问他的隐私，莫如说她对此大约毫无兴趣。

　　"要是有，还能像现在这样啊？你呢？就没有兴致，找个喜欢的人吗？"

　　"如果有那种想法的话，也就不会求你以这种形式跟我交往了不是。"

"那么，你就干脆利利索索地把我变成你真正的男友算了！"

由佳像以往听玩笑话一样充耳不闻。可是没过多久，她便意识到勇治的话语未必都是笑谈，脸色不禁严肃起来。

"横山君对于扮演我男朋友这个角色已经没有兴趣了？"

"不是的。与其那样说，其实……"由佳会做出何种反应呢？勇治一边这样想一边继续说道，"应该说仅仅是'扮演'已经难以满足了呀！"

"我可一直都是相信你来着，觉得如果是你横山君的话，大约是不会说出这种话的。"由佳面露失望的神色，站起身来说道，"我出去吸点外面的空气。"说罢，便把勇治一个人抛在了室内。百无聊赖的勇治顺手拿起由佳已经打开了的书籍。这是一本从其他地区图书馆调来的书。

书内到处都有脱页和修补的痕迹。莫非……想到这，他便翻开了书籍的环衬封。上面果然出现了"管理局审阅完毕"的字样。亦即，这是所谓的"污染去除资料"。

由佳在某些书页上贴了签注。勇治打开了那些书页，在追溯文字的过程中，里面出现了犯忌的文字——"月濑"。这是审漏了的书页。

城镇的消失发生两周后，学校便开始强行放假。在统一交出日到来之前，勇治和其他同学一起，将家中含有"月濑"或其他污染对象文字的书籍整理出来，在统一交出日那天，把它们交到了市政府指定的地点。他们已被告知，消失发生半年后，那些文字将产生强大的污染力。

勇治不由自主地将书抛掷到一边。不知何时返回室内的由佳，静静地看着勇治的这个举动。

"坂上，你知道吗？这书危险！"

"哪里危险？"

"还哪里危险！你翻阅的书页已经被污染了不是？赶快把书还掉呀！"

由佳的表情异常清醒。

"今天就到这儿吧。谢谢！"由佳冷淡地说，接着，便开始做打道回府的准备。因为已经有过长时间的交往，勇治知道由佳正在静静地发怒。

"坂上，我还有时间，让我送……"

"不用了！再见！"

由佳转过身去，头也不回地离去了。勇治目送着她的背影，束手无策，呆呆地伫立在原地。

打那天起，由佳再也没有出现在勇治面前。下课后勇治前去探望她时，教室里已经不见了由佳的身影。根据以往的经验，勇治知道，即便打电话或是发邮件，她也不会搭理自己。放学后没了陪伴由佳的任务，勇治开始漫无目的地徜徉于街头。

勇治停住了脚步，他来到了当初由佳向他提出那个奇妙建议的咖啡店前。透过赏叶植物的空隙，可以看到坐在里面的几个同校女生正在品尝香茗。其中有美奈的身影。记得中学她确实是与由佳一个学校的。

在踌躇了片刻以后，勇治走进店里，向满脸惊愕、表情僵硬的美奈问道：

"喂，美奈，问你点事儿行吗？"

见其他女孩儿全都竖起了耳朵，勇治就把美奈拽到一个角落席位上坐了下来。美奈被勇治从正面审视着，不安地用吸管不停地搅弄着奶咖。

"你和坂上，中学念的是同一所学校吧？她以前就是那个样子吗？"

美奈的手停住了。之所以看上去似乎发怒一般地鼓起了脸颊，可能是因为她不知道自己应该做出怎样的表情才好。

"你说的那个样子……是指什么样子嘛？"

"嗯，就是说，我觉得她跟谁都不交心，总是孤单一人……"

美奈的脸色阴沉起来，仿佛在诉说着自己的苦痛。

"如果没有阿润的事就好了……"

勇治不知道"阿润"是谁。

"阿润？阿润是谁？"

仿佛是在揣测勇治的反应，美奈眯缝起自己的眼睛。俄顷，随着一声轻轻的叹息，她呆呆地说道：

"莫非你什么都没有听说过？关于她男朋友的事。"

没办法，勇治以这样的表情回答对方，并催促对方接着讲下去。

"他是由佳青梅竹马的恋人。嗯，他们之间牢不可破的纽带并不是'青梅竹马'一词就能够表达的。由佳已经够聪明了，可是阿润比她还要聪明。甚至可以这么说，他们俩是属于与我们完全不同的另外一个世界的人。如果他还活着的话，我想毫无疑问已经是一个可以左右世界的人了。"

"如果还活着的话？这么说他已经死了？"

美奈环顾了一下四周，确认店员没有向这边观望后，这才以勉强可以听得到的声音开口说道：

　　"已经没了。因为那场消失。"

　　勇治理解了由佳没有将阿润的事告诉自己的理由。因为他与城镇的消失有关。"消失"乃污秽之物，不直接提起已经成为一种社会默认的常识。

　　"那个，叫做什么阿润的家伙和由佳交往过，是吗？"

　　凝望空中陷入思考状的美奈苦笑着摇了摇头。

　　"交往过？他们之间牢不可破的关系可不是用这么简单的词汇就能够表达的！信赖、相互激励的坚强意志……我无法做出恰到好处的描述啊，如果你没亲眼见过他们两人的话。没有谁能够插入其间的。绝对！所以啊不好意思，说句老实话，我一直以为，正因为失去了阿润，由佳才绝不可能再找其他男朋友了！"

　　她很想问问勇治，你究竟了解由佳多少？即便对方不问，这也是一个在勇治的心底泛起过旋涡的疑问，我对由佳到底了解几多呀？

　　"原来是城镇的消失……啊？"

　　这陌生的词汇，而且是人们避讳至今的词汇。当它下意识地脱口而出以后，勇治只觉得骇然战栗。他觉得自己接触到了由佳潜藏于沉静眸子深处的黑暗部分，不由得浑身颤抖起来。

　　向美奈道过谢后，勇治走出店铺跑了起来。

　　一天放学后，他终于在市图书馆里发现了由佳。和以往一样，一个中年男子以由佳为目标，占据了由佳旁边的位置。即便由佳不搭理他，他也依旧厚着脸皮在跟由佳搭讪。

　　"闪开！"勇治转瞬间便取代了对方，几乎脸贴脸地迫近那个男人，以威胁的声音喊道，"我是她男朋友！你给我躲开！"

看到勇治气势汹汹的态度，男人慌忙站了起来。由佳默然注视着眼前的一切。待那个男人离开以后，她轻轻地摇了摇头，视线又回到手头的书上。

有点挤，勇治修长的身躯深深地陷进小椅子里，将肩头靠在椅子后背上，凝视着天花板。两人缄默着，耳畔只有静静的空调声在刻板地鸣响。

"上次，失礼了！"

听到勇治的道歉后，由佳倏地看了勇治一眼，再次收回自己的视线。

"我都听说了。从美奈那里。关于阿润的事。"

只是触碰一下，古文献上的灰尘仿佛都会飞散开来。由佳正在追寻古文献文字的手指在文章的段落处停住了。

"坂上，莫非你……"

"到外面说吧。"由佳打断了勇治的话，率先走了出去。

在图书馆旁的公园池塘边上，由佳停住了脚步。她凝视着水面，无意和勇治对视。

"你现在调查的，该不会是与消失有关的信息吧？"

由佳将身躯缓缓转向勇治，脸上毫无表情。

"你这不是自己硬逼自己吗？非要想着把'消失'怎么样！我倒是不想这么说，可是，不管你对'消失'做多少调查，他也回不来了不是？"

勇治的话似乎触动了不该触动之处，由佳的眸子里孕育出激越的光芒。

"你是不会明白的！我是以怎样的心情……"

"是不明白呀！我……"勇治没有让她把话说完，"我倒是没有资格说这话——你就忘了他吧！可是，我们处得这么近，看着你死活都要自己扛着，我心里不好受！你的人生属于你自己，难道不是吗？你就赶快回到这个世界里来吧！"一直憋闷在心里的想法不由得冲口而出。

"什么？这个世界？"

勇治无语，望着由佳似乎还要继续发问的视线。

"跟你说啊，我并不是为了追求虚荣才和你长期待在一起的。本来你就在我的眼前，可是心却不在这里。这我一清二楚。照这个样子下去，你就再也无法回到这个世界里来了！我小的时候，因为得病差点就没能回到'这个世界'里来。因此，现在自己'待在'这里——单单这一点我都觉得非常重要。对于你，现在已经不是喜欢不喜欢的问题了。我只是希望你能够回到这个世界里来，希望你能够为自己活着！"

水鸟从池塘上一齐飞向了空中。夕阳将光芒镶嵌在水面上。

"你会支持我吗？"由佳清澄的眸子映衬着夕阳，目光死死地盯着勇治。光的镶边，使由佳的美更于一瞬间里显得益发醒目而又变幻莫测。

"我觉得，自己不能从消失时起，就一直生活在没有阿润的世界里。那样做没有意义。因此，我打算通过向'城镇'复仇这件事，好歹寻觅出自己继续活在这个世上的意义。因为是它夺走了阿润！我的心，只能为阿润所动。即便如此，你也要继续关照我吗？"

"我迄今为止不是一直那样做的吗？"

在归来的公共汽车上，由佳一直沉默无语。但是，那沉默已经不是以往的那种大人式的沉默，而是一种蕴含着迷茫和游移、与同龄女孩儿相似的沉默。

"还是方才的话……"由佳依偎着车窗嗫嚅着。映照在车窗玻璃里的由佳的面庞，正在随着公共汽车的震动摇晃着。

"你如果成了能够让我动心的人，到那时我可以考虑。"

勇治隔着玻璃窗紧紧地注视着由佳透过玻璃窗射向自己的视线。

"我曾经有过这样的梦想，那就是当一个演员，来感动全世界的人的心。我怎么能只让由佳你一个人动心呢？"

"什么意思啊？你这话。"或许是理解成笑谈了，由佳晃了晃肩头笑了起来。她的这个动作告诉勇治：现在，由佳在这里！这是一种微弱但却真实的感觉。

先行下车的由佳，挥动着手臂，脸上漾起一抹微笑。

从星期一开始，由佳不再来上学了。

没有由佳，暑假还是来临了。因为是需要备考大学的高中，所以即便到了暑假期间，每天也有补习课要上。但是，校园里却没有由佳的身影。当然，她对那些为了考进大学而开展的活动原本就毫无兴趣，因此，勇治也就并未在意。就这样，两人的联络完全中断了。

他也曾去由佳居住的公寓打探过。据说由佳与母亲住在一起，过着母女二人相依为命的生活。她的父亲是位公司老板，母亲是父亲的情人。他听到的都是一些传闻。

在门扉闭锁的公寓大堂自动门门口，勇治摁了一下房间号码键，却无任何回音。他抬头死死地盯着电子眼。由佳是否待在电子眼彼侧呢？毫无反应带来的焦躁感似乎成了两人眼下关系的真实写照。

由佳一直没有出现，夏季过去了。由佳不来上学这件事成了同学们散布流言蜚语的合适话柄。但是，并没有谁正面问过勇治。

高三的夏季匆匆逝去。勇治不得不认真投入到备考中。每逢去图书馆，他都会顺便搜寻一遍由佳的身影。在没有由佳的世界里，勇治一直在问：

"由佳，你是否还待在这个世界里呀？"

"哎？那个人，她会是坂上吗？"

由佳已经将近三个月没在学校露面了。在一个就要迟到的早上，勇治偶然碰上了穿着私服正装的由佳。他难以跟笔直向前走去的由佳搭话，便自然而然地尾随在了由佳的身后。

由佳在民营铁路火车站购买了车票并通过了检票口。思索了片刻后，勇治也购买了一张可以坐到某地的车票尾随上去。

由佳站在上行列车的站台上，乘上了开往这一带中心城市的特快列车。勇治站在后面的车厢里，一边注意观察着由佳，一边强烈地感受到了一种与过去相比让他更加难以靠近的类似墙壁一样的东西。

特快列车驶进了终点站尽头式站台。乘客们一齐迈动脚步向检票口走去。为了不跟丢由佳，勇治无法顾及身边的情况，在向前迈步时多次与别人相撞或是踩到别人的脚。

因为只是购买了坐到中途的车票，所以他必须在终点站办理自动补票手续。勇治心急如焚地站在补票机前的队伍后面，最终总算走出了检票口。此时，由佳的身影已经消失在茫茫人海中。

他毫无意义地在周围徘徊了片刻。根本不可能寻觅到由佳。于是，他茫然伫立在站前巨大的广告牌前。

突然，勇治的手被人从背后抓住了。他想要甩开对方，然而身体却突然僵直在那里，原来是负责青少年教育的警察。

"在这干吗呢？为什么不去上学？"

"啊，没……"一时间勇治无言以对。

"不是跟你说过别走散了嘛？"

"哎？"

突然，有人从旁插话，是由佳。她并不在意勇治的反应，而是向警察递上了一份文件。

"您工作辛苦了！一切都在上面写着呢。我们接到邀请，今天要到这个地方去一趟，正往那边赶呢。如果还有什么不清楚的地方，就麻烦您到学校去确认一下好吗？"

看到由佳大人一般的举止，警察不再追问下去，只是通过二人的学生证，确认了一下他们的国民身份识别标识号码，之后就放掉了他们。

"走吧！横山君！"

由佳拉过勇治的手，迅速迈步向前走去。勇治只能任凭由佳拖曳着自己前行。

走过拐角后，由佳坦然确认了一下身后的情况，这才松开了拉着勇治的手，以一种已经抵达了一连串动作所规定的终点一般的表情，自然地目不转睛地注视着勇治。

"多悬啊！"

"谢……谢谢！这下可得救了。"

"嗯，别说了，这算不了什么。我得走了。我还有急事！"

仿佛一切都无所谓似的，由佳打算抽身离去。勇治慌忙伸手拦住了她。

"等等！坂上……"

由佳停住了脚步，紧紧地盯着勇治的脸。既不像为难，也不像踌躇，一种难以捉摸的安静表情。勇治已经无法稳住自己了。

"你突然就不来上学了，人家可是在担心你呀！作为你所谓的男朋友！今天你这副打扮，究竟是要去哪里嘛？"

"对不起。我有事马上要去见一个人。再有，我觉得你最好不要再追问下去了。"

"你该不会拒绝我陪你一起去吧？"

"如果是那样想的话，我本可以从一开始就甩掉你的。某人曾跟我这样说过，如果一种选择能够左右某人一生的话，那就应该留下那种可能性。"

"你说的那个某人，就是那个叫做'阿润'的家伙吧？"

由佳只是微微皱了皱眉头，未置可否。

"如今要去的地点，是一个可以左右由佳一生的地方吗？"

由佳颔首，表情自然。既感受不到勇气，也觉察不出悲壮。

他们乘坐开往"研究所"的公共汽车，在终点站下了巴士。

272

研究所的建筑物一看便知——高高的围墙，上面安装了数道看上去凶神恶煞的铁丝网。正面有两道门，气势威严的警察监视着周遭的一切。其身后的墙上写有下述文字——"管理局生物反应研究所西部分室"。

"坂上，这个地方，莫非是……"

"是的，是管理局。怎么办，你还是回去吧？"

"可是，你怎么会到管理局这种……"

"对不起，没有多少时间了。之后怎么办你自己决定好了。"说罢，由佳就以一种已经对勇治失去兴致的表情向大门口走去，态度毅然决然，不再反顾。勇治抑制着自己对这栋没有窗户、散发出威慑力的建筑物的恐惧心理，追了上去。

他们被领到一个简朴的房间里。室内只是摆放着会议桌和四角折叠椅。如同在外面看到的那样，建筑物内完全没有窗户，这个房间也不例外。

白色的墙壁被涂抹得甚至有些不自然，上面挂着两个挂钟。形状虽然相同，指针却各异。右侧的挂钟只有短针；左侧的挂钟则恰恰相反只有长针。两个挂钟组合在一起后，这才显示出了十点五分这个现在的时刻。两者之间似乎毫无关系地显示着各自的时间。

有人敲门，出现了一个身穿黑色西装、戴着一副薄薄太阳镜的女人。女人将手放到围在脖子上的灰绿色围巾上，以含混不清的声音咳嗽了一下，表情呆板几乎毫无变化。与勇治对管理局职员持有的印象无异，她似乎是一个感情少有起伏的人。

由佳站起身来施礼道：

"感谢您今天抽出时间来见我。我叫坂上由佳。"

戴着太阳镜的女人自我介绍说，她叫白濑。

"如果是和揭开消失谜团有关联的事情，我们是不会吝惜时间和劳力的。倒是承蒙你联系我们，要向你致谢才是呀！言归正传吧。能让我看看你朋友寄给你的信件吗？"

"在那之前我想先确认一件事情，'城镇'对这栋建筑物的影响……？"

白濑的动作被由佳突如其来的提问给打断了。

"没问题。这里由双重防护墙护卫着。"

由佳颔首，从手提包内取出一捆看样子已经经历过岁月洗礼的纸片。由佳先是把纸张收拢在手中，之后才将其轻轻地摆放到桌上。从动作上便可以看出，这些纸张对她来讲至关重要。

"这是三个月前收到的我朋友的信。我的朋友已经因为月濑的消失而不在了。"

白濑毫无表情面不改色地注视着信件，又机械地将视线转回到由佳身上。

"三个月前的话，也就是说在城镇消失了两年以后，这些信件才被送到你的手上。是这样吗？"

"哎，是以这样的形式。"

由佳接下来从手提包内取出的，是一个小包。好像是寄自国外，上面用外国文字书写着地址。包内是一个略显肮脏的玻璃瓶。

"我想，我的朋友大概是在消失即将到来之前，将信塞进瓶内，然后把瓶子扔到了河里。岁月流逝，瓶子漂洋过海，漂流到了西域海岸边。又很幸运地被热心人拾了起来，之后寄给了我。"

现在还有人干这种罗曼蒂克的事！勇治想，鼻子里还轻轻地哼了一声。然而白濑却深深地点了点头，似乎理解了这件事。

"为了排除'城镇'的干扰，方法恐怕也就只有这一个了，是吗？"

"是的。我想，他大概在对抗着'城镇'，所以必须写下这篇文章。'城镇'既然已经直接控制了居民的思考，那么，如果用通常的方法传达信息，'城镇'是绝对不会允许的，因为那样做就会泄露消失的秘密。"

两人的交谈听起来令人费解，勇治一头雾水，茫然注视着由佳的侧脸。二人似乎已经将勇治完全抛在了一边，继续着她们的对话。

"可以给我看看信件吗？"

"请吧！您看好了！"

片刻时间里，白濑默默地阅读着信件上的文字，又似乎在确认什么似的，手指在信件上移动着。勇治总归还是对信的内容有些介意，遂将双肘拄在桌上，两手托腮，将视线扫向信件。

冷眼望去，只有数字和英文字母毫无规则地排列在信纸上。

"什么呀……这封信？"勇治以貌似非难的语调说。由佳只是瞥了他一眼，便再次面向白濑说道：

"我想，我的朋友之所以在写这封信时同时采取了若干复杂的步骤，目的就是不想让'城镇'识破信件的内容。因为哪怕只是在脑海中浮现出传达城镇即将消失信息的内容，也会被'城镇'阻止住的。"

"用语言表述虽然简单，不过，可以想象出，这种操作是非常困难的。"

由佳抱着双臂，拄在桌上，凝视着墙壁。表情茫然的她，似乎想起了遥远的往事。

"他常将日常会话做暗号化处理，并乐此不疲。他说这是一种脑力训练。这是一种单纯的暗号化系统——先是将一篇文章按照一定的规则数值化，再将另一篇文章按照完全不同的规则数值化，最后再将两个数值拼合在一起，按照另外一种规则进行提取。当然，这并不是一种简单的游戏，而是一种考虑到未来实用性的训练。"

"你的意思是……"

"他的行动完全是一种未雨绸缪的行为——考虑到了他十年后，或者二十年后应有的状态。恐怕十年以后，他理应能够占据学术研究权威的中枢位置。他说过，届时为了保护自己的理论，防止信息泄露，作为对策之一，就是尽早掌握好暗号化理论。"

勇治默然倾听着她们的对话。与其说在默然倾听，莫如说不得不听更为恰当。他只是一脸的茫然。白濑的表情虽然并无变化，但那漏泄出来的轻微叹息声，似乎正在为她的思绪代言。

"说来两年前他才高中一年级吧？却完全是大人的思维了……不，莫如说他的想法已经超脱了世间呀！"

超脱世间这个词语似乎恰中下怀，由佳的脸上露出了一丝微笑。

"他的能力本身已经超凡脱俗了，这也许是一件无可奈何的事。……我们回到这封信的内容上吧。要想解读这封信，不可或缺的就是他和我共同拥有的规则符号以及双方都理解的'关键词'。幸运的是，他所留下的规则符号模式全都寄存在我这里了。剩下的就只有除了我和他以外无人知晓的可以称之为'密码'的'关键词'了。这个简单。可以想到的，只有我和他喜欢阅读，而且几乎可以背诵下来的《怜悯的赞歌》中的那段'独白'。"

"是'独白'吗？那个……"

"是的。那段独白的语言令人心神愉悦。它以'锐利的柱状化物体悬浮在倾倒的游离尖端，时而做出风化的英明决断……'开篇，充满了诙谐、偏倚的谜样语言。我先将那首《怜悯的赞歌》诗篇数值化，使之成为一种媒介，再将规则符号按顺序排列，将它们组合在一起。之后呢，就只剩下单纯的机械式操作了。在进行了数次试验后，就出现了拥有语言模式的序列。可是……"由佳与白濑的视线相遇了。由佳继续说道："重要的部分却被替换成了含义不明的文字列。简直就像受到过审查似的……"

话语中断了。白濑也缄默无语。沉默到来后，墙壁上的挂钟就好像事先早有准备似的宣布起自己的存在，发出了钝钝的声响。

仿佛要击退那种钝钝的声响一般，白濑以沉静的语调说道：

"也就是说，'城镇'甚至读懂了他的暗号语言并且进行了干扰，是这样吗？"

"正是。为了不使'城镇'察觉出来，他不得不孤注一掷地写下这封'信'。当然，'反向解析'也是不可能的。他本身也不知道这么做是否会成功，就把信寄给了我。结果呢，正像他所担心的那样，'城镇'轻而易举地就打破了暗号化的三层壁垒，迅速地钻了空子，封堵住了他的语言。"

沉默再度袭来。勇治吞咽唾液的声响大得出奇。他在心里想像着"城镇"与阿润、"城镇"与由佳之间在令人窒息的静寂中展开的炽烈博弈，再次感受到了与"城镇"有关的事物的恐怖。更重要的是，他想像到了好不容易才送到由佳手上的信件变作一堆废纸后给由佳带来的沮丧与失望。

由佳并不顾及勇治此时的心境，继续淡然说道：

"或许是因为没有百分之百排除'城镇'干扰的自信，他同时还采取了另外一种手段。虽如此，也只是将暗号复杂化了而已，到头来还是难免心中不安。因此，他又做了一种形式上完全不同的尝试。"

由佳取出了另外一封书信。这封书信是横向书写的。在可以令人联想到五线谱的横格上，是与上一封书信相比看上去更为混乱的排列。而且上面还写着一些勇治见所未见的符号。

白濑接过了这封新的书信，隔着太阳镜看不到她眼镜后面的表情。

"这是乐谱吧？看上去好像是古乐器演奏音律的符号。可是，这种排列方法很少见啊！"

"正是。这是古乐器符号加上他独创符号的混合体。因为他觉得只是靠通用键规则符号的暗号化，恐怕难以完全阻挡住'城镇'的影响。于是他便利用了古乐器固有的音律符号。如您所知，古乐器拥有各自不同的音波，俗称'音色'。是经年累月积累起来的。因此，古乐器的音会因听者不同而改变。"

白濑颔首，显露出认可的表情。

"也就是说，他利用了'城镇'无法读懂的古乐器的固有音色，是这样吗？"

"是的。他的主要研究课题就是通过声音来控制人，或者向人传达思想。我过去就是他理论的试验平台。因此，我的那些与他拥有的古乐器的音波相对应的'反应值'全都保存下来了。再精确一点说，那并不是所谓'值'之类固定不变的东西，而是将由音诱导出来的激情在二维平面上素描化的结果。因此，并不是一个音代表一个词，也不是将一串音转换为一段文章。就好像是点彩的一个又一个的点，虽然每个点以点出现时都是独立的，但作为一个整体被观察时，它们便会有机地发挥功能，互相作用，构成一幅画。与之相似，他演奏的曲子，给我留下了明确的信息。而我自身的反应，因为已成为固有的'钥匙'，所以可以防止'城镇'的侵入。"

由佳那令勇治难以理解的说明还在继续。接下来，她便讲到了那封信。

"解读这封信，花了我三个月的时间。"

三个月，这与由佳旷课的时间完全相符。由佳取出写有解读后文章的纸张，铺展开来。

致由佳：

这封信 是否能够被送到你的手中呢 即便能 你又是否能够正确地读懂它呢 虽如此 数年后 你大概还是能够看到这封信吧 面对着拥有这种未来的你 虽只有微乎其微的可能性 我写下了这封信

现在是三月末 对了 恐怕在三天后 我和这个城镇上的人们将会消失掉 我有这样一种不可思议的感觉 没有恐惧 完全没有 我也好 姐姐也好 父母也好 还有城镇上的人们 大家全都淡漠地 等候着那个消失时刻的降临

心有憾事 那就是所有的人 都不被允许将这件事流露于表情上 语言上 文章上 在想要传达与消失有关的信息那一瞬间里 "城镇" 就会敏锐地觉察出 并使我们 丧失那种能力

可是 在这种地方 我并不认为那个 "游戏" 能发挥作用 唯如此 才有可能将我的真实心境告知于你 因此 我采取了这种转弯抹角的表述方式

进入正题吧

如你所知 我的耳朵与众不同 因此也就发现了与城镇的消失相对抗的方法 那就是"音"

我琢磨了一下 大约从两个月前开始 自己就注意到了那个"音"的征兆 如今想来 我觉得倘若当时就采取对策的话 或许我 城镇上的人们都可以躲过消失的命运也未可知 然而 这只能是马后炮了

"城镇"通过音支配着人们 在城镇上出现的所有众多的音中"城镇"让那个音潜伏其中 它控制着人们 诱导着人们 那是一种令人俯首帖耳的音 慢慢地 慢慢地 那个音覆盖住了整个城镇 当人们意识到它时 它已经宛若浓密的大雾一般 阻挡住了人们的去路

总觉得可笑是吧 我就是一个研究通过音来控制人的人 如今居然反过来被音给俘虏了 但是 搞不好这恰恰就是"城镇"向我进行的挑战呢 倘果真如此的话 我打算挺身迎战

作为自己研究结果之集大成 我决定利用所剩无几的日子开始研发与"城镇"相对抗的音 当然 对于身处"城镇"影响下的我来说 无论从物理角度还是从时间角度 都不可能完成那个音 因此 我只能将"音种"制造出来 在"城镇"的影响下我能够做到的 也不过仅此而已 今后有必要花费长年累月的功夫来进行"音的酿造"

"音种"就留在我房间的光盘里 "音的酿造"需要得到管理局的帮助 但是即便管理局 我也说不清它是否能够在不被"城镇"察觉到的前提下制造出那种音 即便如此 眼下的我也只能

尽力而为了

　　由佳　如今我在希望你能够读懂这封信的同时　也以同样的心情期盼着你读不懂它　因为如果你读懂了它　我很容易就会想到　你势必会为了阻止新的消失发生而馨尽毕生精力　因此它会成为一个可以左右你人生的选择

　　由佳　与"城镇"的斗争将会是一条超乎想像的漫长艰苦的道路也未可知　"城镇"不可小觑　虽如此　"城镇"亦不足为惧　"城镇"对于心灵自由飞翔之人来说绝非恐怖的存在

　　我将消失掉　城镇上的人们也同样会消失掉　但是并非连人们的思想也一起消失了　为了让希望与明日紧密相连　我们将竭尽全力继续活好剩下的每一天

　　由佳　我想再见上你一面

　　由佳的声音中断了，从眸子里流淌下一道泪水。白濑静静地说道：

　　"谢谢！非常感谢你来这里介绍了这么多的情况。他所制造的音种将由管理局来回收，以使它成为今后研究消失的重要基础。"

　　由佳用手帕擦拭着泪水，面朝白濑说道：

　　"白濑女士，我有件事想求您。管理局回收了他的音种后，能否让我也参加为造音而成立的项目小组呢？"

　　勇治惊异地看着由佳的侧脸。由佳的表情是认真的，似乎已经忘记了勇治的存在。

　　"由佳小姐，你是一个非常聪明的人，我想我就是不忠告你，你也会知道在管理局工作的风险。没有破釜沉舟的决心，是无法从事与消失有关的工作的。学会'抑制感情'的训练、污染每时每刻都在纠缠你的恐怖、身边的人们对你不予理解的疏远感……即便如此，你的想法也毫无改变，依然要继承他的遗志吗？"

"是的。毫无改变！"由佳的回答斩钉截铁、毫不含糊，"如果互换立场，假设消失的是我，我想阿润也会说出相同的话！"

由佳的眸子沉静如水，因此更加显示出坚强的意志。勇治今天总算理解了它的含义。

"过去他只是一个人单枪匹马地坚持着他与'城镇'的搏斗。他在消失的那一天还给我打了电话。他是多么想把情况告诉我呀！没能完成心愿，这对他来讲该是多么的痛苦呀！自己当时却没能理解他，也没能支持他。我真是懊悔死了！我们的纽带败给了城镇的消失……这件事让我遗恨终生。"

白濑听着由佳的诉说，似乎在揣度着由佳的心境。她好像理解了由佳的思想深度。

"我明白了。现在'城镇'的活动还很活跃，很难去取回他留下的光盘。总有一天，我们会到'城镇'取回他的音种。到那时，我们再请由佳小姐来帮忙好了！"

离开了研究所的由佳和勇治，默默无语地向前行走着。

勇治找不到任何应该向现在的由佳倾吐的话语。他有一种一败涂地的感觉。或许是觉察出了这一点，由佳开口说道：

"这个……在图书馆谈到阿润的那一天，回家后我就收到了信。"

勇治呆呆地听着远方铁路岔道口的警报器声。

"那一天跟你说的话不是谎话。失去阿润已经两年了，我的心确实在动摇。或许那就是你所说的将要回到这个世界里来的前兆吧。可是，收到那封信后……"

由佳把手放在胸口上。阿润的信寄到了她的心里。

"我，即便失去了阿润，心还是与他紧紧地连接在一起。除了他以外，我的心已经不可能再给别人了。"

虽然由佳小心翼翼地宣布了这一简单的事实，但是其措词反倒使勇治受到了莫大的打击。他意识到了一个甚至可以说是残酷的事实，那就是：说到底自己还是不能在由佳的人生道路上发挥任何作用。他不由得停住了脚步。由佳也停了下来，面对着勇治。

"今后，你也还是要为了那个阿润活下去吗？"

由佳只是把安静的眼神投向勇治。

"我必须把他的未竟理想继续坚持下去。"

由佳再次迈出了脚步。勇治只是伫立在原地目送着她。由佳已经不再回首。那是她今后将孑然一身继续坚持与"城镇"进行孤独而静默的斗争的背影。勇治觉得，她那纤细的身躯上似乎套着一副肉眼看不见的枷锁。

睁开眼时，勇治已经是在自己的公寓里了。原本好好地躺在被窝里的他抬起上半身，迷迷糊糊地在睡魔和清醒之间再度彷徨了片刻。

他想起了自己做过的高中时代的长梦。那梦境恍若就发生在昨天。

他想起了昨夜的事情，不由端详着自己的双手，动动全身，毫无异常。自己既没受伤，也没发现随身物品或钱包被人盗走的迹象。

手机里有几条来电显示和邮件。全都来自昨夜一起前往的那位

"太太"。他打开邮件看了看。那位"太太"发火了，埋怨勇治不该在她浑然不知的情况下打道回府。她似乎难以理解"场子"上发生的那种不可思议的现象。如果不马上给对方挂个电话表示歉意，要想修复关系似乎已无可能。但是，勇治眼下考虑的完全是另外一件事。

数日后，勇治站在了某栋大厦的正面。

这里是首都商圈的一角。大约二十层楼的玻璃墙建筑外面找不到像是正门的地方。从一楼一直延续到顶层的平板玻璃墙面，似乎在毫无表情地阻挡着他人的闯入。

即便环顾四周，也同样找不到标示入驻企业名称的招牌。勇治围着大楼整整转了一圈。大厦的背面亦然，与前面建造得毫无二致。

侧面倒是有个小小的入口，看上去极像是专供员工使用的便门，根本难以被人看做是这座二十层大楼的正门。

入口前站着两个人。本以为是一般的保安，可是仔细一瞧便会发现，他们是警察，而且左胳膊上还戴着印有三道黄线的徽章。这种徽章意味着他们拥有叫人摁下指纹以识别身份的权利。摁一下虽然不痛不痒，可是老百姓还是忌讳摁指纹确认身份。

勇治曾听人说过首都有一栋奇怪的大楼。大楼很怪，只有一个小小的入口，既无公司招牌，也看不到楼里有人在办公。而进驻其中的就是管理局。

不过是一个单纯的城市传说而已，勇治对这种说法一直不屑一顾。可是，如今站在近处一瞧，便觉得传闻十足可信。

他装出散步的样子，避开警察的视线，环顾着周遭。大厦后街有一栋将道路夹在中间的五层建筑。一楼是花店和房屋中介；二楼以上则是法律事务所和一些小公司。这是一栋典型的杂居楼。

勇治乘着只是进去两个人都会觉得逼仄的电梯来到顶层，在没有人影一片静谧的走廊里向前走去。透过走廊尽头的窗户可以看到对面的大厦。

因为整栋建筑都被玻璃墙包裹着，所以无法清楚看到里面的情况。天花板上排列着荧光灯，房间里摆放着办公桌和信息终端机，倒是随处可见的办公楼风景。但是，在观察了片刻以后，勇治就注意到了状态的异常。

无论看哪里，都看不到工作人员的身影。在明晃晃的荧光灯照射下，办公楼内竟然空无一人。不仅仅是这一层，上层也好下层也罢，似乎全都如此。

还有一个传闻。那就是这座无人的办公楼并非是其真实的形态，而只不过是一个从里侧映现出来的影像而已。据说内部还存在着一个完全不同的办公空间。

"只能等等了？"勇治在附近的便利店买了一些饭团和三明治，一边寻找着就餐地点一边回想起从地铁站走过来时途经的那个公园。

说是公园，却没有任何休闲设施，只不过是一个铺满了草坪的空间罢了。勇治坐在公园中央，独自吃着午餐。

仍然带有冬季寒意的风，不时拂面掠过。但是，当风停下来以后，温暖的阳光便包裹住了他。用过餐后，勇治躺在了草坪上。

薄薄的云彩被风拉成长长的云丝，将天空分割成许多小块。

"好高啊！……天空。"勇治不由自言自语。万里晴空毫不含糊的高度，使勇治感受到了自己的渺小，即便他不愿意这样想。

高三那年的秋季，由佳自高中退学，从勇治的面前消失了。打那时算起，三年半的时光飘忽而过，那一天由佳的背影一直潜藏在他的心底。

如果能够见到由佳的话，自己究竟打算怎样做呢？她大概已经进了管理局，正迈着坚实的步伐，向阻止消失这一目标不停地前进着。

由佳会怎样看待现在的自己呢？尽管毫无目标，而且并不用功，自己毕竟也考进了首都的私立大学。但是，由于不努力，自己留级了。虽然当初做出过夸张的亮相，说想当一名演员，要感动世人的心，但自己的努力也只不过是虚应场面而已。虽然他现在隶属于某模特事务所，但来到首都后才得知，长着自己这种脸蛋的男人，在首都真可谓俯拾皆是，而要想冒尖儿出人头地，那就必须付出超常的努力或是得到命运的特殊垂顾，机缘也不可或缺。

脱掉磨砂革大衣，勇治无聊地将身躯倒立起来。世界发生了逆转。已经好久没做倒立了。仿佛是为了否认自己的渺小，勇治用自己的双手托住了世界。

在倒置的世界里，软绵绵地出现了"形变"。实际上这只是他的一种感觉而已。但是，勇治感受到了一种既可以谓之为"压"、也可以称之为"刺"和"迫"的无法形容的力量。手不由得松弛下来，身子倒卧在了草地上。

"相机？"

向四周张望后，勇治发现了一个趴在草坪上、正将相机的镜头

286

对准自己的男人。

"怎么搞的？倒立已经结束了？没有体力嘛！"男人一边这么说一边不断地摁着快门。

"好歹我也是个模特，你怎么可以随便拍我？"

"哈哈，给自己干的事业前面还加上了'好歹'二字，看来是没有什么了不起啦。"

话题被对方轻轻岔开，勇治不禁失语。男人总算停住了拍照的手，盘腿坐在草坪上，将相机放在膝头。

"相当帅气的脸蛋。一边慨叹自己存在的渺小，一边执著于某件事情不愿放弃。可是，却没有找到自己应该努力奋进的方向。你呀，就是这样一种表情啊！"

似乎被这个长着一脸邋遢胡子的男人看穿了内心世界，勇治不由得端坐在草坪上。

"你是怎么知道的？"

"傻话！只要我这么一说，大多数年轻人就都会往自己身上联想，并且表示认同。"

"啊？你太过分了！"

男人的眸子里浮现出笑意。看上去不像是坏人。男人伸出左手胡乱拢了拢跟邋遢胡子一样蓬乱堆在额头的额发。就在这时，勇治总算注意到，男人没有右臂。

用一只胳膊拍摄照片的这个男人没有给他留下任何看上去不便的印象。

可能是这个男人向来就不注意自己有几只胳膊，而是以一种"这就是我"的心态，一直拍摄着自己的照片吧。真不知该怎样形容才好，这才称得上职业摄影师呢。勇治如是默然思考着，打心底羡慕这个意志似乎始终如一的男人。而这恰恰是自己所欠缺的。

男人好像并不在意勇治的这些想法，以悠闲的语调说道：

"嗯，请你喝杯茶吧。就算是模特费了。跟我来。"

男人站起身来，毫不在意沾在身上的结缕草，将相机扛在肩头，迈步向前走去。

勇治被男人带到一个沿公园建造的商住两用建筑内二楼的咖啡店里。店名叫做"Little Field"。

"哎呀，胁坂先生可是给我带来了一个帅气小伙子啊！"

一个说话带点女人味的微胖中年男人笑容可掬地迎了上来。

"什么都成，挑你喜欢喝的！"

"等等啊，胁坂先生。您自己的茶水钱可是一直都在挂账啊！怎么可以大言不惭地请客呀？"

被唤作胁坂的男人，毫不介意地望了一眼酒水单。

"这个嘛，好不容易请一回客，你就给来点大人喝的蒸汽茶吧，老板。"

男人飞快地点好茶水，从勇治手里取回了酒水单。

"毫不客气嘛！专挑贵的点啊。"老板虽然发着牢骚，却兴致勃勃地忙活起来。茶叶在圆圆的玻璃容器内被喷蒸着，冒起红褐色热气。浓浓的茶叶萃取物一滴一滴地注入茶具内。

这是西域北部寒冷地区喜好的饮茶法。之所以用这种喝法，是因为在那个日照强度低的地区，只有这种喝法才能将茶叶的成分提取出来。然而现在，这种喝法已经传播开来，成为品茶族奢侈派追求茶叶本来味道的普遍喝法。

勇治是初次体验，他将蒸汽茶小小的容器倾斜起来，装出习以为常的样子将茶水呷入口中。茶叶本身淳厚的味道——这样说听起来感觉不错，可是，一股呛人的发酵味和泥土味已然在口中蔓延开来并直捣鼻腔。勇治满脸都是难以忍受的愁容，又不能将茶水吐出来。见此情景，胁坂拍了拍他的后背，勇治这才好歹把茶水咽进肚里。

"怎么样？味道不错吧？"

"哎，好像会上瘾的。"

望着愁眉颦蹙、硬着头皮忍受的勇治，老板忍俊不禁。在老板的影响下，先是胁坂，最后连勇治也扑哧一声笑了起来。

"这个店里装饰着的照片，莫非……"

"没错，是胁坂先生拍摄的。与其说是做装饰物，不如说是他放在这里抵茶水钱了。为了不觉着吃亏，我就只好自己劝慰自己说，'这些照片还有点装饰价值不是！'"

老板嘴上虽然这么说，脸上却是一副欣赏有加的样子。勇治站了起来，从正面欣赏起来。所有的照片都是黑白照。朝阳辉映下的首都楼群、小巷里杂乱不堪的景致、人迹杳然的地下通道，此外还有耸立着的高射炮塔。

没有什么特殊的风景，也没有什么特异的拍照角度。完全是随处可见的首都景致。

即便如此，勇治还是感受到了在拍摄的风景深处的气味和声响，甚至还有风声。尽管只是原封不动地拍摄了街道的气息，却实实在在地刻印上了胁坂的思想。

照片上没有人物，可勇治还是觉得自己甚至看到了熙熙攘攘的人流乃至人们各自摇曳着的心旌。

"没有人物照吗？"

勇治开始担心自己的那张照片了。会被拍成什么样子呢？

"我还处在康复训练阶段，如果拍人物照，会相当耗神啊。"

"这么说，我成了你康复训练的素材了。"

"啊啊，是再也理想不过的素材了。"

不知道这是在夸奖自己，还是在贬低自己。

胁坂顺从地回答了勇治关于自己生活的问题。据他说，他一边过着帐篷生活，一边周游世界并拍摄照片。透过窗户俯瞰过去，果然，公园的一隅支着一顶帐篷。

胁坂放下茶具，只用左手熟练地点燃了香烟。

"可是小伙子，我倒要问你呀，你在这个商务区里做什么呢？这里也没有什么可供年轻人玩耍的地方啊。该不会就是为了倒立而跑到这里来吧？"

"有谁愿意被一个在商务区内支顶帐篷露宿的人说三道四呢，是吧？"撤下茶具的老板戏谑地说。勇治的脸上露出一丝笑意，态度认真起来。不知为何，他觉得这个叫做胁坂的男人，虽然捉摸不透他的心思，却似乎是个值得信赖的人。

"其实啊，我是来找管理局的。听人说这前面的一栋大厦就是管理局。"

"管理局？"

胁坂掐灭了香烟，眉头颦蹙起来。这个单词平素在日常会话里是绝对不会说出口的。因此，他有这种反应也不足为怪。

勇治讲了由佳的事——自己与打那日起便消失了踪迹的由佳那不可思议的再会，而她现在恐怕就在管理局里等等。

"您没听说过吗？这一带有个管理局？"

"不知道啊。"正在擦拭玻璃的老板毫无兴致地答道。

"我正在旅行途中，对这一带的事一无所知。"

胁坂以驾轻就熟的姿势喝完了第二杯蒸汽茶。

向二人道过谢后，勇治离开了"Little Field"，暗中盯着那栋自己认为是管理局的建筑。他一直等到天黑，仍然不见由佳走出的迹象。大楼入口处，警察依然严密监视着周遭，令勇治无法靠近。

一直等到夜里十点，勇治对今天的监视断了念想。入夜后气温骤降，勇治感觉自己快要感冒了。

在返回地铁站的途中，勇治再次顺路来到公园里。稀疏安置的路灯灯光在地面上照出了一个又一个圆圈，似乎更好地装点了这个人工制造的休憩空间。

在一个角落，支着一顶略显肮脏的单人帐篷。里面灯光不时摇动。

"胁坂先生，在吗？"

"噢，小伙子！还没走啊？怎么样，找到了吗？"

胁坂只是露出了一个头部。勇治摇了摇头。

"是吗？啊，地方倒是小了点，进来喝杯茶再走吧？"

"啊，不了！我这还要去另外一个地方呢。"

"这大半夜的，你去哪儿啊？"

"再去上次和她见面的地方看看。"

风化帝都和上次造访时无异，因为年轻人的会聚而热闹非凡。

在沙龙里，勇治少见地要了一杯掺有"合法药粉"的甜酒。蒸汽茶的苦味依然残留在舌尖，他想用甜酒去除那种苦味。

勇治端着红色液体，眺望着整个沙龙。靠近天花板的烛光，反射到洞窟状粗糙的矿石天花板上，朦朦胧胧地映照出地面上宾客的影子。

穿着时髦服装，梳着流行发型，看上去颇为整洁利落的年轻人们喧嚣不休。他们将早晚都会光顾的衰老和死亡置于脑后，正在充分品尝"当下"这段享乐的时光。勇治用清醒的目光审视着他们。他之所以能够以这种与己无关的心态看待这一切，大都源于其幼年时代的那段体验。

勇治一出生就患有先天性神经连结障碍。这是一种疑难病——也就是说，他可以过一般人的普通生活，只是会在数小时或数日内，出现意识丧失的现象。

这种病的难缠之处是，病症完全不会被身边的人察觉。患者本身也是，即便在意识丧失的过程中，在周围的人们眼里，这个人也还是过着一如既往的正常生活，应答也与平素无异。勇治的病患之所以被发现，是因为在小学二年级暑假做绘画日记时，其意识突然"飞走"，图画纸上留下了三天的空白。

如果不在意识形成之前进行治疗的话，意识"飞走"的时间就会飞跃性地变长。据记载，有人甚至从四十二岁时起，八年期间里一直是意识空白。

这种疾病的苦楚，除了本人外他人是难以理解的。比如，意识空白是三天时，并非只是"意识到时，三天的时间已经逝去"，而是患者必须持续地感受那三天时间里的那个"无"。当然，因为已经丧失了意识，所以根本就感受不到什么，自己只是一直待在不知何时才会终结的那个"无"中。

说来这是一种与死亡直接相连的恐怖。如今的他已经彻底治愈，而且没有复发的可能。他可以跟父母开玩笑。但是，即便是现在，当他把手伸向太阳，让阳光透过手背，意识到里面蕴含着生命时，他也还是觉得有些不可思议。当初所感受到的"无"的恐怖，即便自己已经静止、时间却并不停止的那种束手无策的无力感如今仍然残留在心底。

掺放了镇静粉剂的酒，各处焚烧着的帕米尔油甜甜的香气，来自合法药物的轻微酩酊感，正在使其大脑的周边处于朦胧状态。

对了，他想起了一件事。上次，周围的宾客们停止了动作时，他觉得自己似乎闻到了一种与合法药物不同的别样的气味。那气味到底是什么东西呢？

铺洒在沙龙地面上的绿沙，蠕动着消除了来往宾客的足迹。勇治一只手拿着酒杯，百看不厌地观赏着眼前的情景。就在这时，一个身穿光滑质感罩袍的保安走近他的身后，以只有勇治才能够听得见的声音对他说道：

"迎宾包厢那儿有人在等您，请跟我来一趟！"

勇治默然乜斜着这个保安。正是前几天将勇治倒剪双臂、令其失去了知觉的那个男人。

"我并没约谁。"勇治说。他与对方拉开距离对峙着，竭尽全力地虚张声势。

"我带您去。"对方并不介意勇治的想法，转身向包厢走去。勇治踌躇了片刻，最终还是从后面跟了上去。

属于高级会员迎宾专用的包厢被严格地隔断开，一般的宾客无法与之直接接触。勇治通过了保安严守的百叶门，被引导到包厢内。

站在前面的门卫起着带路和监视的作用。他一边向勇治表示最低限度的敬意，一边保持着无论发生什么突发事态都可以随即应对的警戒态势。如果勇治采取愚蠢的行动，则势必重蹈日前的覆辙。

包厢里有几个单间，位置悬浮于中空。如果从场子上望去，简直就像是被拥有特权的人在居高临下地俯瞰着，心里边不是个滋味。

该空间被厚实的调光玻璃隔离开来，充满了静谧的氛围。在脚下地面透过的微暗光线里，一个人正在等候着勇治。对方穿着黑得恰到好处的西装，在下方透过来的照明中，只能看见包裹在黑色长筒袜内的美足。

"好久不见，横山君！"

"你怎么知道我在找你？"

眼前坐着自己正在寻找的人。深深下陷、质感高级的沙发使勇治产生了不安。因为照明没有照到脸部，故而看不清由佳的表情。这就越发增加了勇治的忐忑。

"作为结果，你已经见到了我，过程也就不那么重要了。不是吗？恐怕你想知道的是如下两点吧？第一，是关于前几天在这个店里发生的事情；第二，我是否与那天的事情有关。我可以这样理解吗？"

接下来的话都是在打官腔，由佳对于久违的重逢似乎并无任何感慨。

"我最想问的，被你漏掉了。"

总算恢复了自我的勇治，双腿交叉坐在沙发上。由佳一言不发，似乎在等待着下文。

"为什么高中时代，你连个话都没留就消失了呢？"

"对不起，我没有空暇接受那种感情的支配。我们赶快进入正题吧。"

这是一种控制感情起伏、毫无表情的声音。或许是因为进了管理局，掌握了抑制感情的技巧吧？勇治的话似乎完全没有传入由佳耳中，而是滑落下去了。

"首先，我讲一下上次你在这个现场体验到的现象。在这个精粹传统店风化帝都里，管理局正在做定期实际验证试验。上次试验出了由高纯幻觉剂和消失诱导音模拟出来的'城镇'的'消失适应'状况。并在当时的状况下将人们的行动样式类型化了。"

"怎么可以为了做这种试验就随便把大家当作试验品？"

"因为已经得到上级部委及店铺方面的认可，所以'随便'一词用在这里不恰当。"

"不是那么回事！那些不知内情就成了试验品的人又当如何呢？所谓高纯幻觉剂，难道不是一种未经许可的危险药品吗？要是中了毒怎么办？"

由佳形状优雅的手指指着聚集在下方场子上的年轻人说道：

"喂，横山君，你看看下面。"

马上就要到回旋曼舞的时间了。从沙龙移动过来的年轻人们正在顺从于缓缓的疏导。

"这些人即便消失了，对社会也不会构成多大的损失。你难道不这样认为吗？"

对于这种过分的说法，应该怎样反驳才好呢？就在勇治刚要开口之际，由佳笑了，仿佛在说，刚才的话是笑谈。

"啊，表现虽然有些极端，不过没关系。管理局使用的，不是那种在黑市上流通的低纯度幻觉剂，所以，只是使用一两次是不会引起中毒症状的。"

"你还是那样，只靠利用价值来判断人啊。没错，来到这里的这些家伙，他们心里想的只有享乐，不是什么了不起的人物。也包括我啊。但是，即便是这些家伙，如果他们消失了或是生病了，也还是会有很多人为他们感到悲伤的。你就没想过这些吗？"

"比如，如果牺牲一百个人可以救出一万个人的话，我就决不会在乎那一百个人的牺牲。"眼前的由佳一如既往。为达目的不择手段。

"真是一点都没有改变呀，你！"

"横山君也是一样。一如以往啊！"

这种对立也与高中时代无异。想到这，勇治终于笑了起来，尽管这里不是发笑的场所。

"横山君，我调查了一下你的情况，就上次试验中只有你一个人没有陷入消失适应状态的原因。"

由佳取出了报告书，把它放在盘腿而坐的美足上翻阅起来。

"你小的时候曾患病并接受过某种治疗是吧？是先天性神经连结

障碍。属于百万分之一的难治之症。为了治疗，在你的身上曾经大量使用了高纯幻觉剂。于是你就得到了后天获取的消失抗性……"

勇治一边叹息一边听着由佳滔滔不绝的讲述。他打断了对方的话，说道：

"你不要像以前一样动不动就随便调查人家好吗？那可是我的精神创伤啊！"

"我现在把属于保密义务的事情告知于你，并不是因为我们俩相识。如果是因为在幼年时期使用了高纯幻觉剂进而导致你获得了后天性消失抗性的话，管理局对你就没有多大兴趣了。因为我们寻找的，是与生俱来的先天性消失抗性基因。因此，如果我们的下次试验日和你来店的日子重合了，你就有可能会被拒之于门外，请做好思想准备。"由佳做完了她的事务性说明，仿佛在说"这是自己的任务"。接着，她的语调变得亲切起来。

"那么，工作上的事儿就说到这里。为我们的久别重逢干一杯吧！"

包厢内变得明亮起来。眼前坐着和往昔一样漂亮的由佳。她的脸上浮现着静静的微笑。

"最后一次见你，一晃已经过了三年半吧？横山君的性格自不必说，外表也没有什么变化嘛！"由佳将酒杯拿到唇边，将略显顽皮的视线投向勇治。由佳虽然性格似乎没有改变，但是容貌却印证了三年半的岁月流逝。

岁月带来的成熟，使她的美貌进化到另外一个层次。那是一种不可撼动、任何人都不会怀疑的润入肺腑的美。是一种具有压倒众生的魄力、超越了危险的美。

由佳用眼角乜斜着一直犹豫不决的勇治，将杯中物一饮而尽。因为高中以后一直没有见过面，他与由佳一起饮酒尚属首次——一种奇妙的感觉。

"喂，还记得吗？高中时代的事。"由佳开始回忆起往昔旧事。高中时代，由佳怀着进取精神，只是一门儿心思地向前、向前、再向前，理所当然地与"话旧"无缘，甚至可以说厌恶怀旧。这个由佳，居然在勇治面前谈起了高中时代老师和朋友的往事。

勇治心不在焉地点头应和着对方。不过，他还是注意到，由佳正在力图巧妙地回避几个问题。

"我说，坂上，你现在仍然忘不了那个叫阿润的，并依然是为了他在管理局工作吗？他已经回不来了。"

由佳的脸上浮现出孤寂的笑靥，缓缓地摇了摇头。

"不说这些吧。今天。"

勇治以为，由佳势必会生硬地驳斥自己。听了对方这话后，他不由得沮丧起来。看对方的表情，似乎想说："我自己也知道啊！"消失距今已近六载，或许由佳已经能够客观地看待城镇的消失了吧。

当夜，由佳很是饶舌。过去二人曾经是"恋人"时代的轶事，尤其是凑过来搭讪的男人被勇治击退的往事，由佳一一提起，话匣子关不上了。

"现在想来……我当初真是将一件十分任性的事情拜托给横山君了呀！"

"还'想来'呢……就是不'想来'，你的要求也是十分的任性啊！"勇治无奈地说道。"可不是嘛！"由佳认真地颔首，二人相视一笑。勇治一边罄尽杯中物，一边暗想：二人居然能够将那时的往事付之于笑谈，看来由佳也好自己也罢，全都在岁月的洗礼下发生了变化呀。这就是成长吗？勇治不得而知。

　　将近零点，二人离开了风化帝都，沿着通往民营铁路车站的坡道缓缓漫步。

　　"打那时算起一晃都……三年半了？"似乎想抓住什么机会似的，由佳意味深长地呢喃。

　　后街路面上，被踩碎了的小广告和烟头一片狼藉。它们宛若给马路镶上了天然的斑纹边饰。路灯和色彩绚丽的霓虹灯使二人的影子变化多端。

　　由佳跟随在勇治的身后行走着，鞋跟的响声戛然而止。勇治回头望去，只见由佳正低头伫立在那里，凝望着自己的影子。

　　"横山君，在图书馆你对我说过的话，还记得吗？"

　　勇治一时语塞。由佳仰起脸来，忽闪着湿润的双眸。

　　"怎么可能忘记呢？"

　　"现在也还是那种想法吗？"

　　"啊，当然！"勇治知道，自己的声音是嘶哑的。

　　"我觉得自己累了。为了阻止消失的出现，自己一直在奋力拼搏。横山君，帮我轻松一下好吗？"

　　"轻松一下？怎么……"

　　"请你理解一下女人的话外音好吗？"由佳的手轻轻地触碰到了勇治的手。冰冷柔软的手指与勇治的手指紧紧地扣合在一起。由佳那要比想像小得多的手就在勇治的掌中。勇治用力握去，那只小手无力而柔顺。

在坡道的前方，一家旅馆以微暗的霓虹灯显示着今日尚有空房。勇治窥望了一眼由佳，对方轻轻颔首。

所幸，还剩有一间空室。

进入房间后，由佳脱掉了大衣，拘谨地抱着双臂，一副忐忑不安状。她只是低头伫立在那里，躲避着勇治的视线。这种姿态看上去像个孩子，令勇治爱怜不已。

勇治抱住了由佳。一瞬间里，由佳显示出笨拙的抵抗，可是片刻后，便柔顺地崩溃了一般将身躯依偎在勇治的怀里。她表情娴静、双目闭合，顺从地配合着勇治的动作。勇治恍若拥抱着幻觉一般与由佳交合着。

正因为从高中时代起他便开始打夜工，与众多已婚女子有过性体验，因此，沉湎于性交快乐的时期早已过去。然而勇治今夜也几乎是忘我一般陶醉于一波又一波激越的快感波涛中。然而不可思议的是，他轻易难以达到射精高潮，只是令人心焦地持续着喷射前的甘美时光。

虽然觉得有些怪，但勇治已经无法停止自己的动作。和以往不同的是，这不是在打工，而是在和自己喜欢的对象做爱。他想这样提醒自己。

由佳脸部扭曲面呈痛苦状。她双目紧闭眉头颦蹙，摇晃着头部，口中泄出干哑的喘息声。她和自己一样，正陶醉于快感的波涛中吗？看上去不像。尽管如此，她仍然十分的专注。给勇治的感觉是：她并非是为了他，而完全是为了别的目的在一心一意地奉献着自己。

与在肉体上获得的高潮相反，她的感情正在冷却。一瞬间里，勇治已然冷静下来的意识里出现了一种不协调的感觉。这轻轻飘曳、被巧妙掩蔽着的气味……

高纯幻觉剂！

"由佳！快起来！我怎么觉得不对劲儿！"勇治停止了运动，摇晃着由佳的肩头。

"求你了，别停下！"由佳紧紧地抱着勇治，似乎要制止就要从自己身上离开的勇治。此时的意志已经不再属于她。正在缓缓睁开双眸的由佳，脸上浮现出微微的笑意，茫然凝视着远方。

与那天宾客的状态毫无二致！

勇治突然注意到，从扬声器里流泻出来的静静的音乐，已经在不知不觉间发生了变化，演绎成一种完全不同的"非音乐声响"。这种声响在不知不觉间巧妙替换，强制地诱导着人。果然是勇治那天在场子上听到过的声音。

"试验失败！回收被试验人员！"

声音消失了，从扬声器里传来女人硬邦邦的声音。从外侧本来不可能被打开的门开了，闯进几个穿着白大褂的人。他们的脸上罩着柔软的防毒面具，看不清是男是女。他们完全无视勇治的存在，用床单裹起赤裸的由佳，将她搬运到屋外。

床上的勇治呆然若失。这时，一个女人出现了。她穿着合体的西装，脖子上围着围巾，戴着太阳镜。勇治对她还有印象，这是高中时代在"研究所"接待过由佳和勇治的那个女人。看来由佳果然是在和她一起行动。

"这算怎么回事？你必须给我解释清楚！"

"我这就进行说明，请你先把衣服穿上。"

听到对方冷静的声音，勇治突然羞赧起来，急忙将狼藉的服装收集在一起，钻进被窝穿好了衣服。

"下面我要跟你说的，属于国防三级事项。你有保密义务，一旦泄密就会受到惩罚。听懂了吗？"

见勇治无可奈何地点了点头，对方开始了如下说明。

"你是否知道，高纯幻觉剂会使人产生一种被谓之为'黄泉'的脱离感？如今，被称作'分离'的医疗技术已经一般化，形成了一套应用于'自我同一性障碍'治疗的理论。我们期待着分身者之间的感觉共有可以在消失的信息传达方面发挥作用，正在探索不具备分离遗传因子的个体分离可能性。作为其中的一个环节，我们正在进行这样的试验，即，通过使用了高纯度幻觉剂和诱导音的性交来再现'黄泉'。"

"这么说，她从一开始就是以这种目的来和我……"

"是的。我们事先在这个房间里做好了准备，以迎接你———一个具有消失抗性的人。"

由佳在宾馆附近说出那些话的理由和宾馆只有这一个房间是空房的原因已经不言而喻。一切都准备得天衣无缝。

"可是，她说过的，说我的消失抗性属于后天性质，管理局不感兴趣……"

"如果不那么说的话，你怎么可能来这里呢？不管是先天性的还是后天性的，要想做这种试验，消失抗性的存在就不可或缺。"女人以冷静的语调回答。勇治无言以对，似乎在自责自己被巧妙地引诱上钩的无知。

"必须让你在毫无意识的状态下进行性交，否则意识浮游后的分离就难以成功并扎根不变，她的意识就会永远处于一种混沌的状态。"

"如果这次试验成功了的话，她，将会怎样？"

"这不能告诉你。而且，我觉得你最好还是不要知道。这是最聪明的选择。"

简洁的话语更为明确地传达了由佳意欲进行的这一事项的动机。不单单是他人，即便是对自己的身体，由佳也仅仅是考虑到了利用价值而已。

她身处远方。不是指距离遥远。她被厚厚的、透明的墙壁所遮蔽。虽然看得见身姿，但却绝对抓不住她。她所在的远方，似乎是一个无论音还是声都无法抵达的异样世界。

"你脸上可是写着'失恋'之类的字样哟！"

在勇治硬挤进来的单人帐篷内，小小火炉上摆放着煮茶用的平底壶。狭小的空间被烧得暖洋洋的。

自打被由佳欺骗以后，勇治大学也不上，夜工也不打，一直把自己闷在公寓里。

并不是欺骗打击了他。他产生了一种无可奈何的愤怒——自己对由佳而言，除了那点作用以外再无其他。

他哪儿都不想去，也不想见任何人，每天只是在床上辗转反侧，心中淤积着烦恼和郁闷。之所以想要出去转转，是因为他想去会会胁坂。

"失恋？是吗？不对，连失恋都够不上啊！"勇治发出了无精打采的声音。胁坂给他倒了一杯茶。将温热的茶具拿在手里，勇治多少得了救似的凝视着袅袅升腾的热气。

"啊，失败乃成功之母嘛！年轻时还是多失恋几次，多遭受几次挫折，多遭点罪好啊！"

"胁坂先生，我自以为自己应该算是一个对女人经验丰富的人了，可是，为什么和自己喜欢的人就不能互相交心呢？"

"人与人之间怎么可能互相交心呢？"

胁坂的迅即回答令勇治愕然。

"干吗说得这么直截了当啊？跟您商量事儿呢，就不能回答得热情点吗？"

胁坂凝视着勇治，温和地笑了。他忽然想到：勇治是独生子，如果他有个哥哥的话，会不会就是现在的这种情景呢？

"没有什么可以靠得住啊。人与人之间。即便是自己喜欢的人。不，越是互相想要交心的人，要求也就越多。结果呢，互不理解的地方反倒越来越多了。"

"那您说，该怎么办才好呢？"

"去找出可以互相信赖的部分。寻找出共同的追求。哪怕只能找到一点，那么，无论发生什么事，心都不会分离了。"

勇治想到了自己和由佳。在二人之间，既没有互相信赖的部分，也没有共同追求的东西。

"胁坂先生碰到过那样的对象吗？"

"当然。"

听了胁坂毫不犹豫的回答，看着他做出的一本正经神态，勇治未免心生疑窦。但却无意去确认它。

胁坂不问自答地讲述起自己周游世界的往事。内容大多是远比

304

这个国家贫困的国家的贫苦大众的生活，或是至今仍然民族纠纷不断的地域的事情。

"我去过的都是一些即便明天就会丢掉性命也不足为奇的地方。也正因此，我每天都是这样生活过来的——只想与竭尽全力过好今天的人相互需求，哪怕明天就离开这个世界也在所不惜。"

胁坂喷吐出来的烟雾打着旋涡缓缓升腾上去。勇治抱着膝盖，思考着那个在烟雾彼侧扩展开来的、尚无法看见的遥远世界。吊在帐篷顶端的灯泡正在随风摇摆。

"胁坂！"

听到外面的喊声后，胁坂走了出去。勇治有一搭没一搭地听到了二人的对话。虽然只是三言两语，但毫无疑问，他们的心是紧密相连的。大约是胁坂的女朋友吧？

突然，勇治觉得女人的声音好像最近在哪里听到过。他把头从帐篷里探了出去。贴近胁坂身边站着的女人，好像穿着下班归来的西装，脖子上围着围巾。

"哎？这不是，管理局的……白濑女士吗？"

大概白濑做梦都没想到勇治会待在帐篷里。一瞬间里，她的脸上露出一股惊诧的表情，紧接着便立刻笑容可掬地向勇治施了一礼。

"是，横山先生吧？前几天给你添麻烦了！"

"哪里……"无法作答的勇治不禁语塞。而更为令其困惑的，是她身上的气息发生了天大的变化。

从白濑压抑情感、控制自己表情从事工作时的样子，根本无法想像她此时居然会露出如此温柔的表情。这份可掬的笑容，只有成熟的女性才能具有。

谈话结束后，胁坂刚一回到帐篷里，便立刻遭到了勇治的讥讽。

"胁坂先生，太过分了！居然对我说自己不知道什么管理局！"

胁坂满不在乎地笑了，给勇治换了一杯新茶。

"啊，说来我也有保密义务啊。这个，小伙子啊，从明天起我就要暂时把帐篷收起来了。"

"又要去哪里旅行吗？"

"不是，要回到居留地去，和桂子一起。"

"哎？两个人一起？"

"啊，得回去汇报一下结婚的事情。"胁坂的脸上少见地浮现出羞赧的神色。

勇治的生活恢复到了原来的状态，指的是表面上。即便是暴风骤雨狂澜翻卷的大海，海底也还是会呈现出一片静谧的世界。勇治的生活就处在此类安静的状态中。

去大学听课，和友人聊天借以消磨时光，接到所属事务所的联络后便赶去拍照，接到"太太"的电话后，便跑到约好的打夜工地点。生活与以往无异。

但是，这期间勇治的心似乎一直游荡在海底。处在一个既听不到波涛声，也听不到风声的闭塞世界里。

由佳，她以前就一直处在这样的世界里吗？

由佳孤独地与寂静的"城镇"进行的搏斗如今依然继续着。虽然近在咫尺，可她的心却处在可望而不可即的透明的墙壁彼侧。勇治甚至难以向对方伸出手去。

他想忘掉由佳。尽管他知道这很难……

某日夜晚，他正仰脸躺在床上，一边倾听送来春意的强劲风声摇动窗玻璃的声响，一边精神恍惚地凝望着天花板。

就在这时，装在胸兜里的手机震动起来。有人来了电话。勇治随手取出手机看了看显示屏，不由得愣住了，因为显示屏上没有任何显示。

他想起了一个传言。据说某国家机构，可以在打电话时不留下来电显示信息。当时，他还以为这是一种都市传说，并未做深入思考。

给勇治打来电话的国家机构……

"是……坂上吗？"

勇治将手机贴到耳边，说出了坂上的名字。

"……横山君。"

未出所料，果然是由佳打来的。她是怎么知道自己手机号码的？然而更加使勇治难以释怀的是，由佳的声音里蕴含着一种不同寻常的东西。

"怎么了？"

由佳沉默了片刻。这在无论做什么事都追求高效率的由佳来说是十分少见的。

"横山君，快来救我！"

前来迎接的车子于十分钟后准时开到公寓楼前停了下来，看上去是那种配有司机的公司老总乘坐的轿车。刚想到这儿，驾驶席上真就走下一位戴着白手套的半老男人。他深深地向勇治低头致意。

"要给您添麻烦啦！"

坐到后排座位上以后，勇治通过后视镜看到了男司机和蔼可亲的笑脸。这张笑脸与威风凛凛的汽车本身形成了鲜明的对照。其温和的态度虽然令勇治轻松了些许，然而车内不舒服的感觉却依然如故。

"这个，车子很高级嘛！"

"是的。这辆车原本是管理局总监的专用通勤车。可是，现在的总监没使用这部车，所以便用来接送客人了。"

即便是面对比自己儿子还要年轻的勇治，对方依然坚持使用敬语。他说他叫野下，一直是管理局总监的专任司机。

穿过首都高速公路以后，车子并未驶向勇治预想的那栋大厦。正面，耸立着位于首都环状防卫线第二防卫链上气势威严的高射炮塔。探照灯光照射着炮塔上的数字"二〇三"。车子在高射炮塔下向左侧驶去。

片刻后，眼前出现了一座巨大的白色建筑物。是综合医院。在宽敞用地的一隅，有一座用高墙围起的毫无亮点的建筑。身穿警备服装的特警守卫着大门。勇治通过大门进入里侧，在一个身穿白大褂、面无表情的男人引领下乘上了电梯。

"里面内压很高，请小心！"

在无法判断是上升还是下降的电梯里，白大褂男士只是简洁地做了上述说明。耳朵受压的感觉使勇治吞下了一口唾液。

勇治被领到了一间既像是医院的诊室，又像是工厂系统控制室的房间里。穿着相同白大褂的职员们正在里面忙碌着。即便是在抑制感情、毫无表情的状态下，也依然可以感受到气氛的紧张。

坐在不远处、身穿白大褂的由佳仰起脸来。可以感受到她的动

308

摇与困惑，外加踌躇。勇治可以感觉到：她正在逡巡——千丝万缕的情感正在困扰着她。

"到底怎么了？"勇治意识到发生了非比寻常的事情，话语很温和。由佳紧咬着的嘴唇张开了些许。接着，便难以自抑地哭出声来。泪水顺着面颊流淌着。

勇治身不由己地伸出手去，想要扶住她。由佳拦住了勇治的手，用指尖擦拭着泪水。

"对不起！这是怯懦的表现。居然对一个自己曾经那样对待的人流下泪水，而且还求人家！"由佳用手帕擦拭着眼泪，将勉强装出冷静的面孔朝向勇治。

"下面我要求你的事，要冒极大的危险。因此，希望你做出冷静的判断。如果不愿意的话，希望你能直说。"

由佳的视线扫向用玻璃隔着的房间。那里，一个貌似小学生的少女正赤裸着身躯躺在诊视床上。

系在其身上的几根软线让人看着有些痛心。"实验品"这个词涌上勇治的脑际。

"那个孩子？"

"那孩子是六年前城镇消失时唯一没有消失的是有消失抗性的人。"

"该不会又做了什么试验吧？"声音自然而然地僵硬了。由佳一时失语，再度咬紧了嘴唇。接下来便重新打起精神开口说道：

"我来做一个简单的说明吧。管理局从几年前开始，已经大幅度地转换了消失抗性理论的思考方式。也就是说，我们做出了一种假设，即消失抗性之所以能够排除'城镇'的影响，并非是因为其拥有针对'城镇'而言的隔断壁垒，而是因为其体内拥有一个'内在城镇'。消失抗性就是通过这个'内在城镇'的亲和性排除了'城镇'的影响。我们根据这一推论，定期向那个孩子的'内在城镇'里蓄积旨在阻止下次消失发生的信息。"

勇治对城镇的消失知之甚少，这种说明他连一半都理解不了。但是，他却理解了下述事实，即女孩和自己一样，根据管理局的理论，以体面借口被当作了实验品。

"你还记得以前和你一起去管理局时的事情吗？那个由阿润制造的、旨在对抗消失的音种。在很长一段时间内，一直都没能将其取出。不过，依据新的理论，在确认了'城镇'和这个女孩'内在城镇'的亲和性处于顶峰的时候，我们终于于去年成功地将音种转移到了她的体内。我们把音不断地蓄积在她的体内，持续酿造着对抗下次消失的音。而今天，则是首次萃取日……"

"是失败了还是怎么了？"

"也就是说出现了所谓的'干扰'。在那个孩子的'内在城镇'里出现了一个无止境地循环并增殖下去的'干扰音'。如果就这样放手不管的话，'干扰'就会超过允许值，冲破她'内在城镇'的壁垒，与'城镇'同化。"

"因此就把我叫来了？打算怎么办呢？"

"进入那孩子的'内在城镇'里去清除'干扰'。只有具有消失抗性的人，才能够做到这一点。"

"也就是我了？"

"……管理局内也有拥有消失抗性的人。你还记得上次见过的那个戴着太阳镜的女人吧？她现在去了居留地，因为那里有宗教制约，所以无论怎样快赶，回到这里至少也需要两天的时间。而两天之后再着手清除的话，就已经来不及了。"

"来不及了？那么又会怎样呢？那个孩子。"

由佳犹豫不决地勉强挤出了下面的话语："意识无法恢复，变成植物人……"

勇治呆呆地低头注视着女孩儿。与其说怜悯，不如说对由佳连这样幼小的孩子也拿来充当实验品的做法感到怒不可遏。

"坂上！你，并非是想救助这个孩子吧？你只不过是想继续做你的试验罢了！不是吗？"勇治的话语连珠炮一样喷射而出，"对这个孩子也是如此。难道不是吗？通过救助她来继续你们的试验，因为这样做或许就能够救出数万人的生命！对吗？而一旦失去利用价值后，立刻就会被轻易地抛弃掉！对不对？"

由佳似乎想反驳几句。她张开了口，却又吞吞吐吐地低下了头。

"也是，被你这样想，我也没有办法。对不起，我提出了一个过分的要求。我们自己想办法就是了。"

勇治抱着难以释然的心情离开了房间。在走廊的简易沙发上，坐着一对沮丧的中年男女。看到勇治后，二人无力地向他低头致意。

"这家伙到底想干吗？"坐在后排座位上的勇治，一边看着流逝而去的夜晚街景一边自语。

"这家伙指的是由佳吗？"通过后视镜，野下凝视着勇治。

"野下先生认识由佳？"

"哎，由佳嘛，自打那丫头进入管理局那天起，我就认识她了。"

勇治注意到：野下已经眯缝起自己的眼睛，似乎很怀旧的样子。

"一条道走到黑的性格。有时甚至会豁出命来。想要阻止下次消失发生的意愿比任何人都强烈。"

野下柔和的声音，撼动着勇治的心。

"如果我不干的话，那家伙，打算怎样做呢？"

"我倒是不怎么懂得专业方面的事，恐怕她会亲自干点什么吧？那丫头就是那样的性格。"

"可不，是吗，她就是那样的人啊。"

她就是那样的人！她根本就不需要我的力量！勇治在自说自听，为的是遏制自己的下述想法——也正因此，才更需要有人去支持她呀！

勇治的脑海里浮现出沮丧地坐在沙发里的那对中年男女。他们大约是女孩儿的双亲吧。二人憔悴的面孔难以离开勇治的脑际。

"啊，到了！"

车子开到了公寓前，后排座席的自动门打开了。勇治一动不动。

"您怎么了？"

"野下先生，这个……"

已经没有必要把话说完。

"回去是吗？"透过镜子看到勇治颔首后，野下微微一笑，摁下了一个开关。与此同时，具有威吓力的警报器声骤然鸣起，绿色的灯光将周遭染得一片翠绿。

"特别任务车？"

不容勇治多想，野下在狭窄的路面上毫不犹豫地奋力踩踏着加速器。自不必说，只是看到绿色灯光的忽亮忽灭，路上的行人就已经向路边闪去。

来到大道上以后，路上的车辆一齐让道，向马路牙子上躲避着。这一反应绝非救护车或救火车通过时可比。路上曾多次与躲闪不及的车子相碰，然而野下毫不在意，继续驾车向前奔驰。被碰撞的对方，只要提出申请，讲清冲突的时间和地点，就会得到国家的赔偿。

车子从最近的坡道驶入高速公路以后，越发加快了速度。这个戴着白手套、神态安稳的半老男人，从相貌上简直难以想像他现在的开车状态——他正在以惊人的技巧，灵巧地超越着那些没有来得及躲避的车辆。首都的夜晚之光令人目眩地被甩到了车后。

在一个坡道上，车子离开了高速公路，依旧保持着在高速公路上的行驶速度在国道上奔驰着。由于特别任务车的驶入，信号接二连三地自动变成了绿色，车子再次刮碰了几台躲避不及的车辆。

不久，车子驶进了仓库街，警报声停止了。在一座仓库前，汽车来了个几乎九十度的大转弯。野下毫不减速地冲着仓库紧闭的百叶门冲去。勇治被座位上的安全带从背后紧紧勒住，不禁一声惨叫。

百叶门在就要被汽车猛然撞上的那一瞬间里，开启了刚够车子驶入的高度。未等勇治喘完这口气，眼前又出现了另一道百叶门……勇治再次惊叫起来。

这里并不是仓库，而是被建造成仓库模样的通往地下通道的入口。连接到地下的缓坡越发加快了汽车的行驶速度，车子一直向下方冲去。数道大门，在车子驶到近前时即时开启，随后又发出沉闷的声响再度关闭起来。

最后，车子以一个漂亮的回转换向停在了那里。

"啊，到了！"野下以一成不变的沉稳声音打开了车门。下车的地方是一个貌似停车场的阔大空间。

身穿白大褂的管理局职员们正要用复杂的线路，将躺在诊视床上的由佳和那个拥有消失抗性的女孩连接在一起。看到再度出现的勇治后，由佳以茫然的表情从诊视床上抬起了身躯。

"喂！该我接力了！"说罢，勇治便将由佳从床上抱了下来。

"你愿意帮我们了？"

"自己求的别人，还问别人你愿意了？哪有这么干的！我和你不同，脑子笨！不管对自己有多么不利，也不管多么不合逻辑，只要看着眼前有人就要送命了，我就会什么都不想地赶紧救人！"勇治终于硬邦邦地说完了这些。想法似乎是传达过去了。由佳被勇治抱着，一副半信半疑的表情。最后终于以振作起来似的表情正颜厉色地说道：

"听我说，横山君，你能够回来我当然高兴，但是我想问你，你真的理解了吗？你虽然拥有消失抗性，但却并不意味着你进入那个孩子的'内在城镇'后可以安全返回啊！你做好精神准备了吗？"

"明说吧，我害怕！我不是说过嘛，小时候得的那种病是一种精神创伤。一想到自己很可能又会被卷进那个'一无所有的世界'，我就想跑掉！可是啊……"

勇治把手放到由佳的头上笑了。

"坂上，如果你今后也还想在这个世界里生存下去，并且希望我也活在这个世上的话，就请你全力以赴，以使我能够回到你的身边。"

由佳低头小声说道："谢谢你！"双眼湿润的由佳终于露出了笑容。

"啊，啊，我好讨厌自己啊！因为都这种时候了，可我还在想，你这家伙怎么这么漂亮呢！"

"傻样儿！"由佳擦拭着泪水，将脸扭向一旁。她那颗一直筑着坚实壁垒的心似乎终于松动了。

打那天起过了一周的时间。勇治跟着由佳来到一个可以令人联想到录音室的房间。虽然是管理局内部的设施，但由于在电梯内难以辨别电梯是在上行还是下行，所以，这个房间是在地下还是在顶层，勇治心中无数。

"那是谁？好像不是管理局的人嘛。"

看到向管理局职员发出指示的人物那副怪异打扮，勇治不由得向由佳耳语道。

由佳默默地将桌上的音响磁盘递给了勇治。是 SEKISO·KAISO（石祖开祖）的《绿香双树》。这是一张非常有名的光盘，因为石祖开祖给光盘冠上了大本营居留地的"精粹传统"店名。

属于新锐演奏家的石祖开祖，通过在演奏过程中采用弹奏古乐器的方法，构建了崭新的奏乐风格。他演奏的乐曲甚至被评价为"静静的犯罪"。以居留地为中心，在世界范围内获得了可以谓之为"犯罪同伙"的强力支持。虽多次入围国际大奖，他却一概拒绝，如今仍在居留地隔三差五地发布自己的音乐新作。

他平素都是以头罩蒙面，被称作"无脸演奏家"。

"哎？莫非……"

看到勇治惊异的神色后，由佳默默地颔首。

"为了酿造音，求他来管理局帮忙。他是白濑夫妇的朋友。"

注意到勇治后，白濑来到他的身边。

"横山先生，这一次真是给你添大麻烦了！托你的福，试验终于可以顺利地进行下去了。"

"白濑女士，居留地怎么样了？"

或许是因为正在抑制感情的缘故，即便勇治突然发问，白濑也无意改变自己的表情。

"和那个胁坂先生结婚，白濑女士也很辛苦吧？没感到不安吗？"

听了这略带诙谐意味的话后，白濑把手放到围在脖颈的围巾上，抑制中的表情显露出些微的笑意。

"不安倒是没有，完全没有！"

坚如磐石啊！勇治不禁产生了钦羡之感。他们怎么就能和自己追求的对象心心相印呢？

石祖开祖穿着只有女人才会穿用的大红罩袍。头发好像以身体的中心线为界，右侧被剃得精光，左侧则留得长长的。左脸颊还化了一层淡妆。这副异样打扮更加突出了他压倒性的存在感。

他将耳机压在一只耳朵上，全神贯注地确认着音。

"怎么样？进展情况。"

听到由佳的问话后，他摘下了太阳镜，细长而又清秀的眼睛里浮现出笑意。

"没问题。没有损坏啊。好像。"这是居留地的人们惯用的倒装句说法。

"简单地说明一下吧。阿润制造的音种托横山君的福，已经顺利地再度固定在具有消失抗性的那个女孩儿体内了。我们已经成功地

316

将其作为一个程序进行了提取。所谓程序，就是一种类似于乐谱的东西。从现在起我们要花费十年以上的时间将这种音酿造下去。"

听了说明后勇治依然一头雾水。但他还是理解了下述内容，自己一周前利用消失抗性女孩儿的"内在城镇"潜入"城镇"后所采取的行动已经获得成功——阻止了'干扰音'意欲破坏两个'城镇'之间壁垒的企图。

得知是勇治保护了"音"以后，石祖开祖站起身来紧紧地握住了勇治的手。

"进去了是吧？您！'城镇'里！那个女孩儿体内的。请告诉我啊！拜托！是怎样的世界？她的'城镇'。"

初次见面的"无脸"演奏家的眸子是那样的深邃、柔和而且犀利。他看上去十分兴奋。

"阿润的音的程序通过那个孩子的'内在城镇'转移给了'城镇'。因为横山君进行了适宜的回收，所以才进入到阿润的奏乐程序里。听了这些以后他似乎相当兴奋……"

"太棒了。他的奏乐！最新的奏乐理论。他的独创。一种只将可听空域进行划分，进而扩展'空奏区域'的技术。源于多中心系统的奏乐空间的多样化改观。通过多重解析密码后达到的循环螺旋式上升效果……"

石祖开祖罗列出来的奏乐效果理论勇治一无所知。接着，石祖开祖又耸了耸肩说道：

"才十五岁是吧？他创作这个时。真想见见呀！他！啊不……"石祖开祖一边笑一边摇了摇头，"不想见他啊！也许。没错！我在嫉妒啊！对他的才能。"

这可能就是同为"求音者"真情的率直表露吧。

　　"可是，还是找到了呀！另一个。特殊的程序。"

　　他将一张光盘拿在了手上。程序的题目是"献给由佳"。由佳的表情出现了变化。

　　"什么内容？"

　　"听不了！"石祖开祖说。接着便耸了耸肩。由佳的脸上流露出沮丧的神色。

　　"是程序坏了吗？还是受到了污染？"

　　"不是……"石祖开祖滴溜溜地转动着光盘盒，一副沉思状。

　　"缺点东西啊！不知是什么。本来已经成功了，百分之九十九。但是它整体上启动不了，只差那么一点点。"石祖开祖窥望着由佳的眸子。左右的脸颊似乎存在着不同的想法——在勇治看来。

　　"没留下什么吗？关键词之类。"

　　"关键词？"

　　"应该有的！我觉得。就像留言一类的东西。他应该是交代给你了。"

　　由佳闭上了眼睛。这么做似乎并不是为了想起什么，而是为了将埋藏于心底的贵重的东西轻轻取出。

　　"……这是尾声，这是序曲。"

　　由佳的声音得到了识别，话语被自动录入程序中。已被推倒的多米诺骨牌出现了分岔，接下来便好像产生了各种作用——已经死机的程序刹那间启动了。

　　"打开了，大门！"

　　石祖开祖催促着由佳。由佳凝望着勇治。勇治颔首。由佳缓缓地摁下了"回车键"。

阿润的奏乐开始了。静静地，静静地，仿佛要呼应人心的鼓动一般静静地……

那是延绵不断无限增殖着的丰润的生命峻岭；那是洒满阳光之处持续盘旋着的欢喜乐章；那还是献给持之以恒求索者的、正在飞翔的、强劲无比的思想湍流。

它告诉了人们——他，还活着！一个迫不得已才接受了与"城镇"一起消失之命运的阿润！也正因此，他的音乐才充满了希望。

身旁由佳的手，碰到了勇治的手。她在静静地向勇治求索。勇治握住了那团暖流，强有力地握住了它。

勇治邀请送他到门口的由佳去公园里散步。本以为由佳会以工作繁忙为由拒绝自己，没想到对方竟爽快地答应下来。

"已经春意盎然了。"

脱掉了白大褂的由佳身穿浅粉色针织衫和棋盘格花纹百褶裙，这使她同以往相比显得分外娇小，简直就像回到了高中时代。

由佳伸出双手做了个深呼吸。接着，便将身躯转向勇治并低下头去。

"横山君，给你添了这么多麻烦，谢谢！"

接着她便缄默起来。勇治也沉默着。他并不认为这样做二人就已经是互相理解了。她今后也势必还会继续采取勇治无法理解的行动，进行不能被允许的试验吧。

到那时，勇治还会与她产生冲突，闹出矛盾并产生绝望之感吧。

但是，勇治心里明白，即便如此，自己也仍会忘掉这所有一切，继续猛烈地追求由佳。他们两人，还未相互信赖，也没有共同的追求。即便如此，总有一天……

"由佳，我对那个叫做阿润的家伙还是一无所知啊。真不知由佳与那个家伙是怎样的心心相印，又是怎样的相思相念啊！不过，那小子的信息可是真真切切地传达过来了。那就是'活下去'。他的意思是：不是为其他任何人，而是要为自己活下去。你也差不多应该迈出自己人生的第一步了吧。"

低头思忖的由佳抬起头来仰望着天空，眼睛眯成了一条线。勇治从她的脸上看出：她的内心世界正在浮想联翩。不久，由佳得出了结论似的凝视着勇治问道："你能支持我吗？"她的问题和从前一样。

像自己希求她一样，她何时才能强烈再强烈地希求自己呢？勇治对那遥远的未来充满期待地说道：

"我现在还不能支持你。就像由佳你还没能走出自己的人生一样，我也尚未走上自己的人生之路。对我来说，寻找人生的道路需要时间。当我寻觅到了自己的人生后，那时，我就会再次出现在你的面前。为了支持你而出现在你的眼前。在那一天到来之前，你能等我吗？"

由佳静默了许久。从她那美丽的脸庞上无法窥知她的内心世界。她的头发正在随风摇曳。向着首都的中枢地带，正在吹来一股恰遂人愿的春天气息。

勇治面对着由佳，久久、久久地等待着她的回答。

"怎么可能呢……昨天还在这里来着。"

勇治放下帆布背包，呆然环顾着四周。迎来了真正的春天后，草坪蓄积的阳光能正在使它绿意盎然。方向不定的春风，不时暖暖地抚弄着面颊。清晨的气息正在转为正午。公园里人迹杳然。

　　勇治彷徨的视线在某处凝固下来。那就是"Little Field"。他扛起帆布背包，跑进了店里。

　　"喂，大叔！知道胁坂先生去哪儿了吗？"

　　看到勇治的身影，刹那间老板的脸上便绽开了笑靥。可是，听了勇治的话后，他又立时板起了面孔。

　　"我不是跟你说过了吗？勇治君是不可以管我叫大叔的！"

　　"不好意思！老板！胁坂先生的帐篷不见了。该不会是……"

　　"嗯，方才过来收拾了一下行李，说是又要出去旅行了，最后再让我吃点什么。这人真是，脸皮居然厚到了最后一天！"老板抱着双臂，一副愤愤不平状。可是脸上竟全然没有恼怒的样子，莫如说甚至浮现着一丝孤寂。

　　"对了对了，胁坂先生给你留下了这个东西。"

　　老板从柜台下取出了一张放大了的照片。

　　"为什么留下它呀？"

　　那是初次邂逅时，勇治在公园里玩倒立时被拍下的照片。看了照片后，勇治不由得百感交集。正如胁坂先生所说，自己的身躯看上去是那么微不足道，似乎显示了自己的渺小和找不到前进方向时的焦虑。

　　"喂！勇治君，倒了！"

　　"嗯？倒了？什么倒了？"

　　"嗯，胁坂先生说了，这幅照片应该这样看！"

老板将照片上下掉了个个儿。正在倒立的勇治刹那间就变成了一个站立在那里支撑着地面的人。

照片的背面写着胁坂龙飞凤舞的字。好像是居留地的文字。

"老板！这写的是什么呀？"

"哎？我瞧瞧我瞧瞧！说什么'如果能够支持一个自己所爱的人，就等于是在支撑一颗星星'。笔头不赖！和他的长相可是不般配。"

勇治将上述话语在心底咀嚼了好几遍。好像刚刚注意到似的，老板目不转睛地盯着勇治问道：

"……我说，勇治君的行李可够大的呀！这是要去哪儿吗？"

"那，那么，胁坂先生说他要去哪儿了吗？"

"嗯？这个嘛，啊对了！好像说什么天气热了，到北方去待几天吧。"

就在听到"北方"这个词语的一瞬间里，勇治已经把手放到了店门上。

"老板，再见！啊不，改日再来打搅啊！"

"等等！勇治君呀，怎么……"

勇治将老板抛在身后，跑下楼梯站在了公园的草坪上。

不管胁坂怎样视自己为累赘，自己都要追随他而去。自己要去看看世界！要看看自己到底"渺小"到了何种程度！他觉得只有这样，才能迈开自己人生的步伐。

勇治奔跑着去追赶胁坂了。

为了寻找自己的"序曲"！

Episode 7
壺 中 阿 望

"那我走啦！"

声音虽然底气十足，却并非是阿望内心的真实写照。

"去吧！对了，今天搞不好是演习日啊，小心点！"

"您是从哪儿得到的消息？事先都让人知道了，哪里还谈得上突然演习啊？"

阿望一边轻声嗔怪着母亲弓香，一边走出了家门，像以往一样对自己进行了切换。

低云笼罩的天空似乎在表达阿望那阴沉忧郁的心境。家门口停着一辆暗灰色汽车，汽车的颜色就好像是被天空映染而成。

好歹也有个"公司老板"的头衔，却一直骑自行车上下班的父亲总是奚落她说："你这丫头片子，居然无视我这个老子，还要车接车送？"

被老爹揶揄的，是每三个月一次的惯例活动。就阿望而言，如有可能，倒是希望父亲代替自己去。

宛若披上保护色一般，身穿与汽车同一色调西装的白濑，戴着一副大大的太阳镜来接阿望。

"早上好！让您久等了。"

"早上好！那么，我们走吧。"白濑毫无表情地回应着，把手伸到车门处，将后车门打开，催促着阿望。阿望从记事时起就开始与白濑接触。最近几年白濑的视力似乎在明显下降。

从阿望所住的城市到位于首都的医院，开车需要一个多小时，然而阿望却并不清楚医院的具体地址。汽车的后部座位与驾驶席被隔开，车窗上甚至挂着厚厚的窗帘，使她无法看到外面的景色。

车子下了高速后好像开到了一般的道路上。通过传来的轻微震动，她知道每到信号灯处车子就会停下来。接下来车子好像通过了几个出入口，之后便缓缓地向下坡路滑去。

跟往常一样，车子停在了地下停车场内。虽然停车空地用白线画得井井有条，但里面一辆车子也没有。出口和入口也无法确认。这里只是一个充满黄色光线的阔大的奇妙空间。

"那么，检查结束后，请你再回到这里来。"白濑手扶着汽车说道。医院的职员在那里接她并为她带路。坐上直通电梯后，她跟表情木然的男性职员度过了一段静寂的时间。阿望在不知是升还是降的闭锁空间里，焦虑地等待着时间的逝去。

好不容易才走下电梯，来到医院特有的白色无机质走廊上。来到最里面的门前时，阿望终于摆脱了那个毫无表情的职员。

她松了一口气，高兴地敲了敲门，不待里面回答就从门缝把脸探了进去。

"由佳大夫，早上好！"

"早上好！阿望。还好吗？"

今天，身穿白大褂的由佳大夫戴着一副无框眼镜，因此，浑身散发出睿智美的她看上去便显得更加聪慧。她似乎没有化妆，但却娇艳无比，是阿望仰慕的那类女性。

"那么，开始检查喽。"

比水更亲密、质感更充实的液体。她觉得自己好像被裹在了这种液体的安宁氛围中，正在一点儿一点儿地浮出水面，徘徊在通向觉醒的路上。

"……打过电话再……那又有什么意义呢……"

这是在哪儿听到过的声音。莫非是自己的熟人？阿望慢慢地睁开了双眼。

"所以说嘛，你为什么要来这里呀？我不是说过了吗，我在工作呢！就算你有许可证……"虽然处在压抑感情的过程中，由佳大夫嗔怪对方的声音里还是或多或少地流露出一丝怒气。

"这不是没办法嘛，明天又要去海外拍外景了，一时半会儿见不到你了！"

"好啦好啦，我的人气演员先生！往你身边凑的可爱女孩儿不是有的是嘛？干吗非得追我这种人啊！"

"人气演员？"可不，声音熟稔。阿望觉得对方的声音似乎经常在电视上听到。她从诊视床上坐了起来，通过帘子的缝隙向彼侧窥去。

"长仓勇治！？"阿望不由得大声喊叫起来，并拉开了帘子。

身材修长的男性正与由佳大夫相向而立。慢慢转过来的那张脸正是长仓勇治本人。以西域为据点，参与各国电影事业的长仓在当下来说，是将来最受瞩望的年轻演员。

他身穿夹克，内衬T恤，棉布裤子，打扮得很一般，但却并不影响他的存在感。举止言谈无不显示出：作为一个以"被人欣赏"为职业的人，他深知怎样做才能使自己有魅力。

看到阿望后，他的脸上泛起微笑。咄咄逼人的目光消失了，露出一副温和的笑靥。透过他的肩头，阿望看到由佳大夫皱起了眉头，似乎在说"糟了"。

"噢，小姐，很荣幸你能认出我来！唷，看这制服，你是名校慧叶女子高中的学生吧？"

长仓勇治紧盯着阿望的眸子。恰如俗话"神不守舍"所形容的那样，阿望只觉得对方的虹膜里似乎具有一个引力磁场。

"初、初次见面！"阿望身不由己结结巴巴地跟对方打着招呼。于是，对方向她伸出了右手。阿望怯怯地伸出手后，立时被对方紧紧地抓住———一股温暖的感觉包裹住了她。

"检查虽然很辛苦，但你要坚持住哦，我声援你！"

阿望不由得满面绯红。对方把名片放到了她的右手上。

"请你不要连我的重要患者都诱惑，行吗？"

"哦！你嫉妒了，这就证明还有希望啊。"

"横——山——君——！"

被唤作横山的长仓勇治吐了下舌头，急忙离开了阿望。

"啊，阿望，你有事儿的话就联系我好了，我会帮你出主意的。还有由佳，今晚还是老地方，二〇三塔那儿见。别让狗仔队看见！"说罢，不等对方回答就关门离去了。看上去他与由佳应该是长年故交，深谙与由佳大夫的交往之术。

"真厉害！由佳大夫，您和长仓勇治是朋友吗？"

由佳大夫坐在办公椅上，眉头颦蹙不停地转动着手中的笔。

"也不是很熟啊，只不过是同一个高中的同年级同学罢了。"

那表情看上去既像是觉得麻烦，又像是装出败于对方强邀的样子，对自己的心境进行着巧妙的掩饰。总之，对人气演员的冷漠态度令由佳大夫看上去很酷。

"不过由佳大夫，今晚你们会见面的吧?"

"嗯，这个嘛，如果工作顺利的话。"

话虽然说得冷淡，但还是看得出她有些不好意思。阿望不由得笑了。

由佳大夫掩饰着自己的羞涩，做出一本正经的神态，突然恢复了认真的表情。

"他呀，跟阿望患的是同一种病! 所以才显得很担心你啊。"

"啊! 是吗?"

自己和人气演员居然有这种意外的交点，阿望感觉到一种奇妙的连带感。她真想与这个产生了一抹亲近感的人聊上一次。他也和自己一样看到过那种风景吗?

带着仍然残存在脑海一隅的那种不自然的睡眠碎片，阿望坐着通往地下的电梯，钻进了等候着她的汽车。因为每次检查后都会出现这种不协调的感觉，所以阿望已经习以为常。

阿望的病被解释为"后天性神经分裂症"。属于几百万人中才有一人罹患的疑难病症。幸运的是，阿望在出现自觉症状前就开始了治疗，所以直到现在仍然是阴性。

据由佳大夫介绍，这种以意识分裂为特征的疾患，发病很难被确认，所以，像阿望这样，随着年龄的增长一直呈阴性状态的患者尚无先例。因此，计划在学会上发表论文的由佳大夫所属的私立大学医学系便垄断了阿望的检查，并且建立起这般重要的保密体制。同时，一切治疗费用全免。

在与外界隔绝的汽车里，阿望总是反复地询问着自己——在检查过程中似乎受到那种不自然睡眠的诱发笃定会出现的"那个风景"到底是什么呢？

梦境中，阿望伫立在通向高冈的道路上。高冈中央矗立着的，是用石头建成的古旧高射炮塔。

她想，那里或许是自己小时候去过的地方吧，于是便打开相册反复搜寻。但是，在那些褪了色的照片中无论如何也找不到那风景。

不仅如此，那风景在梦境中每次看都会发生变化。夏天是绿叶繁茂的夏季景色，冬季则是雪花飘飘的冬日装束。看上去就像是阿望进入梦乡时的真实景致。

在长年观看的过程中，她发现那些房屋已经开始一点一点地损坏。没有人的身影。杳无人烟的城镇似乎正在一点一点地荒芜下去。

"是座无人的城市吗？"她轻轻呢喃。坐在身旁的白濑大夫虽然转过脸来，却没有跟她搭话。

"说是社会福利活动，这哪里是什么社会福利活动啊！"阿望靠在校车车窗上，听着文雅而又有礼貌的同学们的欢笑声，用谁也听不到的声音抱怨道。

阿望就读的私立女子高中，根据学校的宗教教义方针，每两个月就要访问一次养老院或残疾人设施等地方。这已经成了一种惯例。

阿望讨厌参加社会福利活动。

她知道，世上需要对他人进行无偿援助的情况不胜枚举，就此所采取的行动值得赞许。虽然现在自己还不能说与同学们完全一样，但也还是能享受到一种充实感。一想起告别时由自己负责的那个老奶奶恋恋不舍地笑着送她的情景，她就想再次来帮助她。

但是，看到同学们毫无顾忌直言不讳地说"我想做一个对别人有用的人"时，她就会在心中暗想，"这可就不对了吧。"没错，得到别人的感谢，心里边会很高兴，很舒服。可她又觉得不应该把别人对自己的感谢作为目的。

首先是自己应该有一种"我想这么做，这是我应该做的"的意识。根据这一意识采取行动后，从结果上讲如果得到了别人的感谢，则无可非议。可她又觉得让别人高兴的目的，如果就是为了使自己心情舒畅，这又似乎是在利用别人。

不过，她心里非常清楚：这种郁闷的心结跟朋友们一样，是对找不到奋斗目标的自己投下的一种自我厌恶的阴影。也就是说，在被称作淑女学校的女子高中就读的同学们，虽然性情温和，恬静稳重，易于交往，而另一方面她又甚至想狠狠地责骂她们"不值得交往"。她们有一种未曾见过世面的天真烂漫劲儿。也正因此，阿望才仰慕走自己的路的由佳大夫。

在等待信号的林荫道后面耸立着一座高射炮塔，阿望将视线停留在侧面的数字"二〇三"上。

"二〇三？"

没错！检查日那天，长仓勇治对由佳大夫说的约会地点记得确实就是"二〇三塔"。想到这，阿望立刻站起身来，对坐在汽车最前面的修女说道：

"修女阿姨，对不起，医院就在这附近，我想去取点药，可以吗？"

戴着跟瓶底儿差不多一样厚眼镜的修女脸上略显出惊诧的表情。她也知道阿望常跑医院看病的事。学校尚未将阿望的事公诸于世，因此，修女毫不怀疑地让阿望下了车。

"真好对付呀！"阿望微笑着朝那些在驶去的车内向她挥手的同学们扬了扬手，吐了一下舌头。

警笛声突然响彻云霄。包括阿望在内的行人全都一齐停住脚步向空中望去。警笛声三短一长。接着又是三声短笛。

三，一，三。这是突然进行的防空演习。正在行驶的车辆同时靠近道边停了下来，车里的人来不及关掉马达就匆匆跑出。阿望跟着大家一起向建筑物内跑去。

"妈妈没有猜错呀！"阿望生怕自己被拉下，紧紧地跟着大家跑进附近的一家店铺里。防空演习时所有的建筑物都有义务接收任何人，即便是一般的民宅也不必犹豫。不过，跑到一个生人家里还是会感到不自在的。

店里已经有了几位先到的客人。大家喘着粗气，一副松了口气似的表情。

阿望从面临马路的窗户向外眺望着。那个高射炮塔就在附近吧？连发的演习弹带着它那枯燥而又有节奏的声音回荡在她的下腹部。确认道路是否畅通无阻的迷彩装甲车正在马路上奔驰。

不久，耳畔便传来缓慢的长长汽笛声。演习结束了。人们露出安心的表情，快步从店内走出。阿望也想跟在大家的后面。就在这时她才发现，这里原来是个画廊。

在最近处陈列着一张照片，拍的是一个褐色肌肤的婴儿。婴儿正依偎在身穿民族服装的母亲怀里，刚刚开始的人生充满了活力。

"……什么呀！这是……"

心中不禁感慨万千。她想窥视一下自己的内心世界。

那是一抹静静的、静静的悲伤，同时也是愤怒。一个将手伸向了照相机的天真烂漫的婴儿和用强壮的双臂将婴儿抱在怀里、面带笑容的异国女性。这是一张以朴素的砖瓦房为背景拍下的照片，看上去不过是一张随意拍下的照片而已。虽如此，还是可以看出，这张照片意欲告诉人们一些什么。阿望还是第一次被一张照片如此深深打动。

"您知道他吗？那个独臂摄影师。"

阿望一直伫立在那里甚至忘记了时间的流逝。这时，一个站在她背后的女性低声问道。大概是店员吧。她穿着三条线长下摆服装，从其话语中特有的尾音上，就可以判断出她来自西域。

阿望也听说过独臂摄影师。他是一个可以谓之为传奇人物的战场摄影师。从他所拍摄的照片上完全找不到强调战争惨状的景象。没有武器，没有行军的士兵，没有受伤者，没有失去亲人的人的哭喊声，没有倒塌的房屋，而且没有一滴血。

即便如此，人们还是深深地记住了他——"战场摄影师"。

即便是在不知何时子弹就会飞来的地方，人们也同样拥有生活，拥有日常。他所拍摄的，就是战争已经成为日常的人们的生活。而且，他捕捉到了正因为是战场才显示出来的人们的生命力。

迄今为止，阿望一直觉得："照片之类，还不是谁都可以拍？"但是，面对着这个摄影家拍摄的照片，她觉得自己有生以来第一次真切地看到了什么是拍摄世界的才能。

她曾在由佳大夫和长仓勇治身上感受到了一种精神——那就是一旦明确了自己应该前进的道路，便勇往直前始终不渝。现在的感觉与对他们的那份憧憬重叠在一起。

按理说，他确实已于数年前被纠纷地带的一颗流弹夺去了生命。如此说来，长仓勇治会不会也是被这个摄影师发现的呢？

一块白布一直在风中摇曳。这块挂着的白布将画廊和里间隔离开来。阿望觉得自己似乎发现了什么。她毫不迟疑地迈进了里间。她的视线被吸引到了里面的墙壁处。那里极为随意地摆放着一张没有被展示的照片。

"……白濑女士？"

黑白照片上是一个酷似白濑的女人。她正在安然微笑着，与阿望初次见到白濑时的样子一模一样。人像的背景是一幅画。

"这画……"

当一个人偶然遇到自己的追求之物时，会有怎样的反应呢？阿望深深沉醉于自己的内心世界里。静静地，静到几乎可以听到心脏的鼓动。

那是高冈上陈旧的高射炮塔和城镇的风景。

女子身后的那幅画，画的正是出现在她梦中的风景。这意想不到的关联性让她手足无措。

阿望决定就按方才跟修女说的借口去一趟医院。如果是由佳大夫的话，她一定会解开这个谜。

阿望沿着林荫道向前走去。清洁而又威严的建筑物越来越近。当她站到建筑物前时，便发现不出所料这里正是医院。阿望在患者拥挤的综合接待处说出了由佳大夫的名字，可是，却得到了下述冷漠的答复：

"本院没有这位医师。"

不是这里吗？她觉得自己做检查的那个地方，宁静的空间与这儿的杂乱气氛完全不同，于是便再次来到医院外面。

她这才发现：在这块用地的一隅还建有另外一座建筑。阿望心想，可能是配楼吧？可是她又发现，那栋楼房与医院并未连接在一起，它被森严的围墙和铁丝网隔开了。

阿望与那座建筑保持着一定的距离，顺着围墙向前走去。她发现穿着警备服装的警察正威风凛凛地站在入口处。阿望不由念起了挂牌上的文字。

"无关者止步。管理局……生态反应研究所……"

后背冷风一掠而过。她当然知道管理局是一个与"消失的城镇"有关联的组织。自打进入淑女学校后便再也听不到这方面的事情了，可是，小学时代爱刁难人的男生谩骂别人时，最后笃定要带出那个含有蔑视意味的、与"消失的城镇"有关的"词语"。

一个警官站到呆然若失的阿望面前说道：

"要是没事儿的话，就请你回去吧。这里可不是一般人可以靠近的地方。"高个子警官边说边以威逼的态度用手阻止阿望继续前行。

"父亲，我有话要跟您说。"

父亲信也正盘着双腿躺在沙发里。四周散落着胡乱写在广告纸背面的销售方案。阿望不清楚父亲写下的这些所谓的经商创意是否能对买卖有所裨益。

信也坐了起来，像个不倒翁似的立直身子，用孩子般的口吻沉下脸来说道：

"喂，阿望，在家里说话不要那么讲究，叫爸！"

父亲一直不喜欢文质彬彬。阿望也是。可是今天她却不想温顺地按照父亲说的那样做。她隔着桌子面向父亲坐下，认真地盯着父亲看。之所以这么做，是因为她知道父亲最怕的就是女儿现在的这种态度。

"对不起，父亲。今天我有正事要跟您说。可以吗？"

"嗯……嗯。"信也像个被责骂的孩子似的恭恭敬敬地摆好了坐姿。这时，母亲弓香端着茶水走了过来。

"哎呀，阿望也在呀。正好，喝茶吧。"

"母亲您也一起坐下。好吗？"

"怎么了？这么正经！是不是又要提什么要求啦？"

与父亲相反，母亲面不改色地坐在阿望旁边，倒着茶。

"我跟'消失的城镇'是什么关系？"

正在喝茶的父亲停了下来，没事人似的窥视着阿望，随即便低下头去，似乎被阿望那认真的表情给镇住了，给人以一种整个脸部几乎就要埋进茶具里的感觉。

阿望向父母讲述了中午看到的事情以及在检查时梦中经常出现的那道风景。还有在医院院内看见的"管理局"字样、白濑女士和那个风景以及梦中出现的那座无人居住、随着时光的流逝逐渐荒芜下去的城镇。

于是她便得出了这样一个结论——自己会不会与"消失的城镇"有着某种关联呢?

"喂,孩子她妈,这种情况下我们该怎么办才好呢?"信也以走投无路的声调向弓香求助。虽说弓香并不参与公司的经营,但事实是每当需要做出最重要的决断时,父亲都是根据弓香的一句话做出定夺。

"我看可以了吧,已经是时候了。"弓香泰然自若地一边喝茶,一边拍板道。于是,信也换成了一副"那么我就说了"的表情,面对着阿望说道:

"阿望,你是在'消失的城镇'里出生的。是爸爸发现了你。"

传到耳朵里的,全都是一些突如其来、令人难以置信的话语——阿望是因为具有"消失抗性"才幸存下来的;信也以回收员的身份进到城镇里时发现了阿望;夫妻二人自愿将阿望收养为自己的孩子……

"您这是在说谎吧?别的……别的不说……相册里不是有我婴儿时的照片吗?还有,对啦,前几天不是还给我看了户籍吗,那上面可没那么写啊!"阿望勉强挤出笑容,一边说一边交替观察着父母的表情。信也那张怯懦的笑脸和弓香那副恬淡的表情似乎越发告诉她这一切都是事实。

"一切都是管理局给准备的呀。为的是使阿望能够像其他人一样正常地生活下去。"

阿望的心里五味杂陈。自己不是父母的亲生孩子;是一个与被人厌恶的"消失了的城镇"有关联的人;父母,白濑,还有自己始终信赖着的由佳大夫都一直在欺瞒自己。可以彻底颠覆阿望人生的这些事实一下子铺天盖地地向她袭来。

"可是，父亲为什么产生了要收养我的想法呢？"阿望振作起来，向父亲问道。

"阿望，被选为消失回收员的人都有一个没有形成条文的共同条件。你知道是什么吗？"

阿望摇了摇头。与消失了的城镇有关的信息人们平时从来不说，阿望怎么可能知道。

"踏进消失了的城镇以后，如果对消失了的城镇感到悲哀，就会受到污染。因此，进入城镇的人，其心底必须充满了悲哀，这种悲哀必须大于对消失了的城镇的同情。"

"父亲的悲哀是什么？"

信也语塞。弓香接下话头说道：

"当时，因为一场交通事故，我们夫妇失去了女儿。一个三岁的女儿。和被发现的你恰好同龄。"弓香以与往日无异的平静语调说道。

"不过，只是有一点请你一定要相信。那就是我们收养你并不是拿你代替死去了的女儿。你就是我们的亲生女儿啊！"

然而此时的阿望，已经魂不守舍，她必须确认：

"我说，父亲，莫非我的病……那也是假的？"

望着父亲痛苦的表情，答案已经不问自明。

"父亲，就请您实话实说吧。"

"没错，你不是因为有病才去医院做检查的。你是上次消失中唯一一个逃脱了消失的具有消失抗性的人，因此，管理局需要从你的身上获取信息。"

"果然，不出我所料啊！"

阿望把茶水拿在手中，平静地喝了下去。心想：在这种时候，如果是那些屡见不鲜的电视剧，大约就会出现这样的场面——当事人会哭着跑出去，把自己的门锁上，然后躲在房间里闭门不出吧。

可眼下的实际情况并不是那个样子。

"吓着了吗？吓着了？"信也胆怯地问。

"可不是嘛！这么突然，怎么说好呢……"好像与己无关似的，阿望小声嗫嚅。父母用怜恤的目光注视着本来茶水已经喝光，却仍然继续倾斜着茶杯的阿望。

"白濑女士是管理局的人吧？你并不是医院的职员，对吧？"

这一天是久违了三个月的检查日。在看不到景色的车子里，阿望向前探身用生硬的语气问道。阿望虽然意识到了白濑从太阳镜里向这边扫来的目光，却故意错开了自己的视线。

"把我骗来，然后就一直把我当成了实验品。对吗？"阿望的话语里终于带上了一抹诘问的语气。她觉得白濑那履行公务毫无表情的样子，就是一个把自己单纯当成了实验品的管理局的象征。白濑没有反驳。

到了医院以后，阿望什么也没说就走进了由佳大夫的房间。由佳抬起头来看着坐在那里的阿望，面带愁容，不停地转动着手中的笔。她大概已经从阿望父母那里得到了阿望已经知道了所有一切的消息，可又不知怎样开口解释才好。

由佳大夫咬了一阵嘴唇，默默地看着阿望。片刻后，她摘下眼镜，将椅子挪近阿望说道：

"不说是不行了。是吗？"

"是的，就请您全部说出来吧，实话实说！我今天来的目的就是为了这个。"

由佳大夫将手放到胸口上，仿佛在忍受痛苦似的开口说道：

"正如你父母所说的那样，阿望，你是在消失了的城镇——月濑镇出生的。十三年前发生消失时，只有一个人具有消失抗性，那就是你。"

由佳大夫的话，就像是一个特别沉重的物体一般向阿望袭来。待阿望激动的心情平静下来以后，由佳大夫接着解释道：

"为了对抗下次消失，我们将信息保存在了你的体里。让你定期来这里，就是为了更新你体内与消失有关的信息。"

藏在阿望体内的"成长音"理论。据说通过"酿造"这种音，就有可能回避下次消失。

由佳大夫的解释太艰涩，阿望无法听懂。不过只有一点她还是理解了，那就是自己简直就像是一个实验用"容器"一样被人们利用着。

"从结果上讲，我们在形式上是利用了阿望。不过希望你能理解。这么做无论是对我们管理局，还是对阿望你本人，都是最好的方式。"

"我不允许你们这么随意地做出决定。就算我是在消失了的城镇里出生的，但这和现在的我没有关系。这怎么能够成为默默地欺骗我并一直拿我做实验的理由呢？"

由佳大夫悲哀地锁紧了眉头。

"可也……是啊。我们管理局为了拯救在下次消失中消失的数万人这才利用了阿望。话虽如此，可也不能将数万人的生命和阿望的心情拿到天平上进行称量啊。因为这两者都是无法代替的。"

"大夫认为我重要，是不是因为我是实验的材料啊？"

由佳无力地摇了摇头，平日里的聪明劲儿不见了踪影，看上去就像个柔弱的少女。

"以前勇治也跟我发过火，说我把阿望当作了实验材料……我无法辩解。只要我还在管理局工作，大约就只能使阿望继续痛苦下去啊！"

由佳大夫没有否定阿望是实验材料这个事实。阿望期待着由佳大夫能做出否定的回答。她希望只有由佳大夫与众不同。

阿望精神恍惚地站起来说道：

"我，回去。实验品之类，我受够了！"

"……明白了。我送你回家吧。"

"请让我一个人回去。"

或许是因为没有必要隐瞒地点了，回去时她是在身着警备服装的警察目送下从正门被带出去的。

离开医院将身子浸润在喧哗的市街中后，阿望开始感到自己无可奈何的"孤独"。她已经无法一人独处。可是，自己是一个与消失有关联的人，是不可能向任何人倾诉的。

她从衣兜里掏出一张名片。

他能陪我吗？阿望一边犹豫一边注视了一会儿名片。手机号码是后来手写上去的。这给了阿望以勇气。她摁下了号码，将手机放到耳边。电话里传出沉闷的呼叫音。在响到第五下的时候，对方接了电话。

"这个……您还记得我吗？在由佳大夫的房间里……"

指定的见面地点，即便在首都也是屈指可数的高级酒店。阿望按照对方说的来到服务台报上名字后，一位身穿黑色西服套装、四五十岁的半老酒店职员向她深深地鞠了个躬说道：

"正在等您。"

说罢，便带着阿望来到最顶层的一间可以观赏夜景的包房里。眼前展开着一片意想不到的迷人灯火。那些被厚厚的玻璃遮挡住的无声的光，正在不断地闪烁，构筑出了一个远离都市喧嚣的宁静世界。

阿望着了迷似的紧紧地贴在玻璃上。她从玻璃上看见身后站着一个正在微笑的高个子男人。在他的陪伴下，阿望坐在了椅子上。

"这个，长仓先生，都这个时间了还麻烦您出来，没问题吗？您工作很忙吧？"

长仓笑着摇了摇头。跟电影中的微笑毫无二致，一副不把人迷倒誓不罢休的笑容。他问了问阿望喜欢的口味后，便叫来服务员，用一口流利的西域话熟练地点起菜来。

"你就叫我勇治好了。你的事我常听由佳说起。听说你正在努力地检查自己的疾病，作为患有同样病症的'前辈'，我一直想跟你聊聊。"

阿望不由得低下头去。既然勇治先生也经常进出那座楼房，那么他一定知道那个地方就是管理局了。

"勇治先生，我都已经知道了。由佳大夫是管理局的人，我是为了做实验才去那个地方的。"

一瞬间里，勇治惊诧地眨巴起眼睛来。片刻后便平静地点了点头说道：

"是吗？你都知道啦！可也是啊，这不是一直能瞒得下去的事情。"

"通过勇治先生说的那个'二〇三塔'，我知道了那个地方。"

阿望这样讲明真相后，勇治不禁惊慌失措起来。

"哎呀！是这样啊。这可不妙。又得被由佳痛骂一顿了。"

菜上来了。点的都是西域传统菜。菜肴的味道阿望也可以轻易辨别出来。

"到了这个时候，肚子还会饿得慌。感觉怪怪的！"

勇治一边喝酒，一边温和地守护着此时的阿望。阿望完全打消了内心的隔阂，一边吃饭，一边向勇治讲述了自己的成长经历。

"连自己一直信赖的由佳大夫都欺骗了我，我真不知道该相信谁才好了。"

看到勇治脸上的消沉模样后，阿望慌忙用手捂住了自己的嘴。他可是一个眷恋着由佳大夫的人啊！

"啊，对不起，对于由佳大夫，我说得过分了。"

"嗯……啊，没关系的。阿望这么想，也情有可原不是？"勇治那阴沉的表情并未改变。

"您怎么了？"阿望问。

勇治摇晃着杯中的琥珀色液体。片刻后，他将杯子放到桌上，紧盯着阿望说道：

"我可能也在欺骗你。"

从几乎是初次见面的勇治先生嘴里居然说出这种话来，令阿望

342

有些不知所措。

"我在你很小的时候曾经与你见过面。并看过你体内的那个'城镇'的风景。"

据说勇治小时候因为治疗疾病获得了后天性消失抗性。而阿望九岁时的实验则失败了。那时阿望本应消失的意识就是被勇治硬"拉回来"的。

"阿望，你的体内展现着一个与那座'消失的城镇'完全相同的风景。我进入到你九岁时的体内，看到了那座'城镇'。我看到了高冈上矗立着高射炮塔的那座'城镇'的风景。"

阿望愕然失色。他也看到了那座城镇的风景。而且，阿望还理解了：自己选择的倾诉对象勇治，也在帮助管理局进行那场自己无法摆脱的实验。

"由佳大夫为什么要在管理局那种地方工作呢？"

她一直这么想。像由佳大夫那么漂亮、聪明的女性，为什么要把和城镇消失有关的这种"污秽"之事作为一辈子的事业呢？

勇治将胳膊放在桌上，抱着胳膊，一副若有所思状。接着便从座位上站起身来，在窗边俯视着城市的夜景。简直就像是电影中的一个镜头。

"由佳，在高中一年级的时候失去了一位朋友。"

"莫非，是因为城镇的消失……"

勇治点了点头，回过身来，靠在窗边，讲述了那两个人高中时代的往事。因为城镇的消失，由佳失去了青梅竹马的恋人。由佳意识到，只有向"城镇"复仇，自己的人生才具有意义。就是在那个时候，她认识了勇治，并结成了一种奇妙的关系。而两年以后收到的信，则更加坚定了由佳的决心。

"在由佳而言，只要是为了阻止消失，无论牺牲谁她都在所不惜。当然也包括对她本身进行的沉重打击。我就曾被她骗过好多次，每次都受到了严重的伤害。"

这可与自己一直仰慕的那个开朗、健康而且美丽的由佳大夫完全不同了。正因为自己与"城镇"有着不可摆脱的关联，阿望才觉得自己似乎看到了"城镇"丑陋的黑暗面。一阵令人毛骨悚然的颤抖向她袭来。可能，自己的体里也同样存在着这一黑暗。

或许是察觉到了阿望的恐惧，勇治向阿望靠近，将脸凑了过来说道。

"阿望啊，突然间发生了这么多的事情，你的思维可能有些混乱。所以呢，你不要着急下结论，好好地想想吧。"

阿望身不由己地把脸扭了过去。勇治立刻意识到了对方扭头的原因，不禁愕然。阿望是条件反射地避开了自己，为的是不让她污秽的身体污染了自己。

"这种状态，没有谁能够理解我！自己是个大家所说的……"阿望难以承受摆在自己面前的这个现实的重压，终于脱口说出了那个针对和消失有牵连的人的蔑视词语。她做梦都没有想到，在小学时代，也只有小学生才能怀着天真无邪的恶意脱口说出的那句话，如今竟然应验到自己身上。

勇治把她送回了家。电影演员的突然造访似乎使阿望的父母激动不已。他们很想问这问那，然而阿望却没有心思陪伴他们。她早早地走进了自己的房间。

阿望静静地注视着镜子，看着自己那张既不像父亲，也不像母亲的脸。我到底是谁？我到底……看着看着，她的视线渐渐失去了焦点，世界在融化。在朦胧浮现的自己的轮廓里，重叠着"消失"二字。

在开往北方的列车上看到的风景对阿望来说很陌生。

春假期间早上的列车里，上班族和游客交相混杂。阿望坐在窗边，想像着自己的"出生地景象"。

关于"消失了的城镇"，阿望一无所知。当然，她知道过去曾经存在过那么几个城镇。如果打开地图册，便会发现里面有几张看上去很不自然的空白页。它们都是过去消失了的城镇的遗痕。

虽然在学校里没有学过，也不能请教任何人，但是，即便是孩子，也能充分感觉到那些空白处包含着禁忌之意。

但是，她不知道十三年前消失了的城镇是哪座城镇。由佳大夫曾经提起过"月濑"这个地名，可是，这个名称在地图上已经被完全抹掉，根本无法查找。即便在网络领域，也毫无疑问被指定为禁止检索词汇。如果进行检索，就会留下痕迹。可想而知，势必会成为调查的对象。

唯一的线索就是父亲信也向自己倒出实情时提到过的"都川"这个地名。父亲说他曾经住在那里从事过回收作业。阿望查看了一下地图，确实存在着都川这个城市。都川的旁边凸显出一块空白区域。这是一个临海城市，距首都大约二百公里，位于首都的东北方向。

阿望等到了学校放假，没有告诉父母就离开了家门。为的是前往消失了的城镇——"月濑"。

接踵而来的奇遇以及与身边人的瓜葛，弄得她失去了思考能力。为了调整心情，她想去看看自己的出生地。

列车驶进了一个颇大的车站。阿望所在包厢座位上的乘客也全都换了人。她的身旁坐上了一位中年男性，对面的座位上则坐上了一个男孩和一个女孩。看上去像是一家人。

眼前坐着的这两个孩子大概是姐弟俩吧。姐姐比阿望小几岁，大约中学一年级左右；男孩儿则像是小学高年级的学生。

独生女阿望，搞不清姐弟之间的关系。但是从旁观者的角度看，她觉得两个孩子的关系很好。

一想到自己是"独生女"，嘴边便不知不觉地流露出一丝寂寞的微笑。在"消失的城镇"上只有阿望一人幸存下来，所以她连自己有没有兄弟姐妹都不知道。

在无意识地观察姐弟二人的过程中，她注意到了一件事情。她发现每隔几分钟就会出现一次这样的现象——两个人的手或者身体的动作在一瞬间里居然会完全一样。这是一种动作的同步。

这两个孩子是"分离者"呀。

如果是一般的分离者，马上便会被人察觉。可是，却从未见过性别不同而且年龄也明显不一样的分离者。

"您也吃一个吧。"

可能是由于阿望看得太过专注，坐在斜对面座位上的女孩儿拿着橘子递给阿望吃。阿望的心思似乎已被对方看透。她有些不知所措，但还是在道过谢后将橘子接了过来。四个人一起剥着橘皮。不知为何，阿旺觉得自己好像成了这个家庭中的一员，有些怪怪的。

父亲把两个孩子全都称做"阿响"，男孩儿阿响和女孩儿阿响。

橘子的形状虽然不太好看，却很甜，很好吃。听阿望这么一说，坐在旁边的像是父亲的那个男性，眯缝着眼睛跟阿望聊了起来。

"你是一个人在旅行吗？要去哪儿啊？"

"啊，去都川。"

"哎？"男人的脸上露出狐疑的神色，接着说道：

"我们也是去都川啊！"

阿望谨慎地点了点头。因为她觉得，自己的目的地是与"消失了的城镇"相邻的都市，如果遭到过多的盘问则难以回答。然而，这种担心完全没有必要，两个人的对话被男孩子的大声喊叫给打断了。

"姐姐，我们打扑克吧。"

未待姐姐回答，男孩儿便开始分发扑克牌了。自己的、父亲的、还有阿望的，每人一张。

"不是四个人玩儿吗？"

因为男孩没给姐姐发牌，阿望觉得奇怪，便问道。

"我和他互相之间拿的什么牌，彼此都知道，所以无法分出胜负。"女孩百无聊赖地说。

于是，两个阿响交替着参加进来，玩起了三人扑克牌。越是玩到兴头上，两个孩子的同步频率就越高，因此，周围的乘客们也全都知道了他们的分离者身份。时而投来的视线使人感到十分尴尬，然而两个阿响和父亲却不以为然。

分离者本来就会成为人们产生好奇心或暧昧歧视的对象，所以鲜见一起行动。大半的分离者，都被视为"自我同一性障碍"患者，要接受治疗。他们的体内存在着复数的性格，在成长的过程中因为不能相互和睦相处，这才选择了分离。被分离的个体同伴是不会愿意呆在一起的。

列车驶进了一个颇大的高架站。

"停车五分钟!"耳畔传来播音员的声音。

两个阿响跟父亲要了点零花钱,向站台上的小卖店跑去。两个人手牵着手跑到卖店,极为和睦地挑选着点心。那双背影令人感到欣慰。

"关系不错嘛!"

这句话不由得脱口而出。阿望的话里似乎含有"虽然他们是分离者"的意味。

"是啊,两个孩子是为了某种目的,这才自己选择了分离啊。我作为父亲,也没能阻止得了他们。"

男人并不想隐瞒两个孩子是分离者这一事实。极为自然的话语令阿望无法继续追问下去。

都川站颇有地方小市的韵味,站前排列着商店和低矮的楼房。阿望在那里与他们一家三口分手。

"我们住在山冈上的客栈里,说不定我们还会见面呢。"

"拜拜!阿望姐姐。"两个阿响同时向阿望挥手致意。阿望也微笑着向他们挥手致意,直到他们走远,这才拿起背包开始上路。刚走出没几步,她便意识到了一件事情——孩子们是怎么知道自己名字的呢?

待她回过头去寻觅时,一家人已经走得无影无踪。站前这条冠名以铃兰大道的大街,是一条任何城市似乎都可以看到的排列着各种店铺的带有拱顶的商店街。

不久，商店街到了尽头。阿望毫不介意地继续往前走去，于是，宛若一堵墙样的堤坝挡住了她的去路。她登上了堤坝。这个地方的命名源头"都川"展现在眼前。这条靠近大海的河流，河面宽阔，几乎感觉不到河水的流动。与她在地图上确认的无异，如果溯流而上的话，是应该能够看到消失了的城镇"月濑"的。

去那里并非有什么目的，因此，当她看到眼前写着"前方因污染不可进入"的牌子和栅栏后，她就不打算继续前行了。栅栏做得很简单，似乎轻而易举就可以翻越过去。污染这件事本身，大约已经构成了一道看不见的壁垒，令人们远远地躲避着它，故而才没有必要安放那种森严的栅栏吧。

栅栏的对面，作为"消失缓冲地带"的，是一大片房屋已被拆除的空间。空间的后面展现着已经消失了的城镇。消失已经过去了十三载，无人居住、闲置在那里的城镇正在一点一点地受到大自然的侵蚀。城镇存在过的迹象即将消失。

"我是在这个城镇里出生的。"阿望毫无实感地在心中自语。

就在这时，不知是什么东西向阿望袭来，就像是一层薄薄的面纱，包裹住了她。

"啊，这是……"

产生这种感受并非首次。它与在管理局接受检查意识恢复后那一瞬间出现的、那种被比水更亲密的液体包裹住了的感觉一模一样。

阿望看了看四周，在确认没有任何人后便越过了栅栏。怪了，对城镇的恐惧心理已经淡薄下来。阿望向着城镇的中心走去。

说是三岁之前自己一直生活在这座城镇里，可是，记忆中却没有留下任何东西。家家户户的门牌都已被摘掉，信号牌上的地名标示也都被撤走了。没有任何痕迹可以证明这个地方叫做"月濑"。这就是阿望的父亲执行回收员任务的工作成果。将城镇的名字、城镇的记忆全部抹去的目的，就是为了尽可能使下次消失晚些到来。

城镇理所当然似的万籁俱寂。一排排沉默无语的房屋。时而刮来的风，将堆积的落叶吹起，令它们在空中飞舞；风儿摇曳着那些已将柏油马路盖死、芊绵茂密生长着的杂草。几座古旧的房屋已经显露出倒塌的征兆，令阿望裹足不前。

不久，阿望便来到一条似乎是城镇最繁华的大马路上。她停住脚步，伫立在马路中间环视着周遭，看自己应该往哪个方向走。

"高射炮塔……"

在道路的前方有一个小小的山冈。经受过时代的洗礼、用石头建成的高射炮塔就矗立在山冈的顶部。它既是守护城镇的象征，也是一道睥睨城镇气势威严的风景线。阿望如今就伫立在每次做检查时都会出现在梦中的那片风景中。

阿望愈加意识到自己与消失了的城镇有关这一事实。

"我，就是在，这个城镇里……出生的。"

她再次呢喃，仿佛要靠这句话来让自己接受这一命运似的。

夜幕即将降临。

阿望依然没有离开城镇。不知为何，她的思考力正在明显下降，失去了时间概念，只是一味呆然伫立在山麓下。

她第一次明白了裹住自己身体的东西是什么。以左一层右一层透明面纱般的物体包裹住自己、意欲将自己思考力夺走的，正是"城镇"的意识。

让自己对"城镇"的恐惧淡薄下来，这正是"城镇"的阴损谋略。水虽然会时而温暖柔和地裹住人体，但有时也会像海啸一般向你袭来，它可以强烈地压迫你。

"阿望，回来吧！"

强烈的呼唤自己的喊声使阿望恢复了意识和动作。她以依旧昏昏沉沉的大脑向呼喊她的方向望去。站在那里的是白濑女士，一个她最不想见到的人。

"回来吧，再不回来你就有危险了。"

这冷淡的声音与平素无异，丝毫也不体谅阿望的心情。

"反正回去也还是拿我当实验品，难道不是吗？我已经受够了！"

阿望跑了起来。如果是视力近乎失明的白濑，自己很快就能够甩掉她。然而与她想像的相反，白濑好像完全能够看见路似的轻快地跑着，逼近了阿望。她打着赤脚。

"别碰我！"

阿望想要挣脱被对方抓住的右手，狠狠地甩了一下胳膊。但是，白濑在此之前便松开了自己的手，瞅准阿望动作停止的那一瞬间，再次抓住了她的右手。简直就像完全掌握着阿望的一举一动，动作十分准确。阿望产生了一丝怯意。

"你看看那个。"

白濑抓着她的右手抬起头来。阿望只好将目光勉强移向白濑注视着的前方上空。

已经变了形的椭圆形月亮绽放着光芒。那绽放着银白色光芒的月亮，似乎就要将黑暗引诱出来，看上去令人毛骨悚然。

"在这个城镇里，已经有好几年没有看到过这种'月亮'了。这证明由于你的侵入，'城镇'的意识正在活跃起来。"

"可是，我是一个具有消失抗性的人，应该没事吧？所以，请你不要管我了。"

阿望想要跑开，白濑毫不放松。

"'城镇'现在还只是把你当作一个闯入者，不过，如果知道你是一个具有消失抗性的人，'城镇'立刻就会对你张牙舞爪的。如果'城镇'动起真格的来，就会将你的整个意识掠走。可不能小看了'城镇'啊。不是已经向你做过说明吗，你的体内保存着阻止下次消失的重要信息！"

"岂有此理！我不是工具！所以……"

"对不起了。你再这样下去会很危险的。我要采取强制手段了。"

刹那间她便将阿望的双臂反绑起来，用布捂住了阿望的嘴和鼻子。一股药味。阿望失去了知觉。

被子柔软的触感使阿望感到心境舒适。她缓缓地睁开了眼睛。天花板的木纹像波浪一样，歪歪斜斜地伸展着。她的视线很快就固定住了。

她的枕边坐着一位男子，正在以温和的表情目不转睛看着她。

"哎，这是哪儿啊？"

男子微微一笑。这是一张充满善意的纯真的笑脸。能这样笑的大人阿望还是第一次见到。她望了望四周。好像是在旅馆的一个房间里。

"我为什么会在这里？白濑女士呢？"

男子露出为难的笑靥，挠着头站了起来，做出了一个"你等等"的动作后便走出了房间。

片刻后，楼梯上传来了轻快的脚步声。

"啊，醒过来了？这可太好了！"

与脚步声无异，进来的是一个给人以快活印象、自称叫做阿茜的中年女人。整齐的短发下一对眸子正在闪烁。她看着阿望，感慨万分地晃着头说道：

"想不到这孩子都这么大了啊！"

听口气好像以前见过阿望似的。

"嗯，您认识我吗？"

对方露出了一副要把秘密和盘托出的表情。

"我十三年前来到都川，开始在这个叫做待风亭的客栈里工作。"

"您是说十三年前？"

"对，就是月濑镇消失的那一年。我是一个消失回收员。"

阿望本想多问些事情，可是阿茜却想让醒来的阿望再睡上一觉，给她盖好了被子。

"你现在身上还有进入城镇的后遗症，再睡一觉吧。我去给你准备一些可口的饭菜。跟你的父母也联系上了，明天你就可以见到他们。桂子女士过后也会过来看你的。"

"好的。"阿望顺从地答道。事实也是，一起来头就晕。虽然见到父母和白濑女士会使自己心情沉重，不过那毕竟是睡醒以后的事情。

当阿望再次睁开眼睛时，从楼下传来了熟悉的声音。是母亲弓香。觉察到母亲是要上二楼以后，阿望慌忙钻进毛毯里。

"阿望！"

因为是常年相处至今的"母女俩"，所以只是听到声音，她就知道对方现在是一种怎样的表情——既没发火也没笑，无动于衷，态度恬淡。就好像这件事根本就无所谓似的。阿望感到非常愤怒。

"是用自己的零花钱过来的吗？要是吱一声的话，电车费什么的早就给你了不是？"

自己下了好大决心才赶到这里，好像被母亲看作旅游了。阿望不禁心头火起，忽地掀开毯子跳了起来。

"您这算什么呀？妈妈！根本就不考虑我的心情！"

站在那里的弓香不出阿望所料，毫无吃惊的样子，只顾眨巴着自己的眼睛。

"哎呀！看上去蛮精神嘛！看来也没有必要过来看你啊。"

这副无动于衷的表情和爸爸的软弱正好形成反比。在日常生活方面虽然令人依赖，但在这种场合下，则只能引起反感。

她觉得自己的存在似乎受到了轻视，于是粗暴地喊道：

"妈妈看上去一副满不在乎的样子，自然是因为我不是您亲生骨肉的缘故喽！否则，就应该更担心我一些才是！帮助他们骗我，让我去当管理局的实验品，您心里边也同样很坦然是吧？"在责难母亲的同时，阿望也因为自己的语言而兴奋得无法自抑了，"我今后还有自己的人生呢！将来不能做自己想做的事。既不能谈恋爱，也不能结婚。我只能万念俱灰。请您不要把话说得那么轻松好不好？没有人能够理解我的心情！"

阿茜叼着没有点燃的香烟，笑容可掬地把脸凑了过来，毫不犹

354

豫地在阿望的脸上猛地掴了一掌。

与疼痛相比，更令阿望受到冲击的，是自己有生以来第一次如此这般地被别人殴打。

"我倒不知道是怎么回事儿。不过……"阿茜面不改色地继续笑着说，"你迄今为止一直都不知道自己不是父母的亲生骨肉，这难道不正是被当作亲生孩子抚育到今天的证据吗？你应该感谢才是，根本就不应该记恨他们。"

阿望捂着脸颊，咀嚼着阿茜话语的含义。

弓香在枕头旁边的椅子上坐了下来，仍然镇静如初。

"听我说，阿望，我不管你是在哪儿出生的，也不管你是怎样长大的。对这些我不感兴趣。"她用手轻轻地敲了敲阿望的头，"我所感兴趣的只有一点，那就是你就是我的女儿。"

听了弓香的这番话，阿望垂下头去，不知该做出怎样的表情才好。

在弓香的背后，站着白濑。她拄着丁字拐，脚上缠着绷带，看上去令人揪心。她正在以笨拙的动作，拄着拐杖向阿望身边走来。阿茜扶住了她。

"阿望！你没被'城镇'掠走，这实在太好了！"

白濑的脸上浮现出发自内心的安心笑靥。阿望不禁惶然，因为她平素所面对的，是一个神色木然、仿佛丧失了感情的白濑。

"白濑女士，您和往常完全不同了。究竟出了什么事？还有，您的脚……"

白濑意欲在笑靥的背后隐藏真实的原因。于是，阿茜代替她答道：

"桂子女士光着脚背你，把你从城镇里救了出来！所以才受了伤啊！"

白濑想要进一步靠近阿望，她放下了手中的拐杖。可能是伤痛在作祟，她的脸歪扭着。阿望以近乎惊讶的语调问道：

"您为什么要救我？我曾经那样地讨厌您！再怎么为了实验，也不至于……"

语调终于辛辣起来。

"因为我也品尝着和你相同的痛苦……"

桂子依旧戴着厚厚的太阳镜，但是，可以令人感受到她对阿望的照拂和一片仁慈之心。

"您说的相同的……莫非，白濑女士也……"

"是的，我是四十三年前消失了的城镇'仓辻'镇的幸存者。"

阿望以难以置信的目光凝视着白濑。

"既然已经成为具有消失抗性的人，那么，我也好阿望也罢，都无法从国家的管理范围内逃脱出来。作为一个具有消失抗性的人，我曾经被迫亲身体验过那种可以称之为人体试验的检查。即便无法逃脱，但是，如果是在不知情的情况下，至少还有可能幸福地生活下去。因此，管理局给你准备了户籍，请信也先生夫妇作为你真正的父母，希望你能在尽可能的范围内，作为一个'普通人'生存下去。"

白濑摘下太阳镜，露出了一对白浊的眸子。阿望身不由己地想要错开自己的视线。但是，另一个自己也在告诫着自己，你必须面对她！

"因为我是唯一一个具有消失抗性而没有消失的人，所以便被置于国家的管理下。我没有家人，在抵抗污染的防护层形成之前，一直在反复地接受试验。所以'城镇'对我的污染才发展到了今天这种地步。我不希望阿望也和我一样品尝这种痛苦的滋味。尽管从结果上讲，在形式上确实是欺骗了你。"

从对方那白浊的眸子里流出了一道泪水。这意想不到的告白以及告白者白濑的那份温情，令阿望不知所措。

"白濑……桂子阿姨，为什么迄今为止您一直都是那么冷漠无情？因为您冷漠，所以我一直都非常讨厌您……"

倚靠在墙壁上倾听二人对话的阿茜，嘴里叼着没有点燃的香烟说道：

"因为你们都是消失抗性所有者啊！所以必须控制自己的感情，否则就会互相干扰，对实验产生不利影响。实际上桂子阿姨最担心的就是你了。你的父母也是一样啊。否则，你爸爸他也不会……"

阿茜突然噤声。阿望这才注意到一个不自然的现实——父亲信也不在身边。作为一个公司的老板，自然理应与员工们一起为交货而奔波忙碌，但是，在现在这种情况下，父亲理应最先跑过来探望自己才是。

"爸爸在忙工作吗？"

弓香默默地摇了摇头。阿望这才注意到：母亲的脸色，因为疲惫和激动已经憔悴得不成样子了。

"喂，妈妈，桂子阿姨，爸爸在哪里？"

桂子以勉强控制着感情的僵硬表情说道：

"为了追你，他闯进城镇里，受到了污染……如今已经昏迷不醒了。"

一个荒废了的工厂地下室里，有一个用厚厚的墙壁覆盖着的空间。据说，在过去月濑镇消失之际，这里曾是管理局的都川分部。阿望的父亲信也正躺在其中的一个房间里。

走进房间以后，身后的双重门静静地关闭了。像是空气压缩机发出的机械音似的音响正在发出低沉的呻吟声并逐渐高涨起来。耳鼓深处感受到一股压力，阿望不禁吞咽下一口唾液。

"那天，阿望到了傍晚都没有回去，旅行包也不见了，所以爸爸便急忙前去追赶你。"母亲弓香依旧淡淡地说道。如今阿望已经能够接触到那种被压抑的、隐藏在深处的情感。

阿望与弓香并肩坐在尚未睁开眼睛的父亲枕边。室内除了床和椅子以外，再无其他物品。在理所当然没有窗户、单调平坦的室内墙壁上，并排挂着两只挂钟。一只只有短针，另一只只有长针。黏黏嗒嗒的声响正在记录着时刻。

背后的门开了，出现了桂子的身影。大约正在控制自己的感情吧，她已经恢复了以往那种漠然的神态，将手放到围巾的扣结上，轻轻地咳嗽了一声。

据她说，由于阿望的闯入，"城镇"的意识恢复了活性。因此，父亲的意识便因为二次污染，在"城镇"本身并未意识到的前提下被掠走了。

父亲为什么要做这种鲁莽的事啊？阿望以遗憾的心情观看着父亲的睡脸。可能是觉察到了这一点，桂子透过太阳镜目不转睛地注视着阿望。

"阿望，要想叫爸爸回到身边，你的力量是不可或缺的。"

"我的？我怎样做爸爸才能回来呢？"

"消失抗性使你的体内存在着一个'内在城镇'。通过'城镇'

和'内在城镇'的互相干扰可以达到一种平衡，于是拥有消失抗性的人就不会受到污染。当两个'城镇'的'亲和性'高涨时，就会暂时破坏掉你体内'内在城镇'的防御壁垒，与'城镇'连接到一起。如果时间短暂的话，'城镇'是不会察觉到的。因此，请你去寻找你的父亲，把他带回来。"

阿望未能充分理解桂子的说明内容。但却预想到：自己大约会再次遭遇到"自己再也不想接受的"、在管理局接受检查时所遭遇过的那种境遇。

"你爸爸恐怕难以凭借自己的力量冲破'城镇'的阻碍。你爸爸对你的思念和你对你爸爸的思念必须重合在一起才行。"

"如果不那么做的话，爸爸会怎么样呢？"

桂子目不转睛地注视着阿望，片刻时间里身子一动不动。俄顷，她静静地说道：

"就会一直像现在这样，无法恢复意识。"

空气压缩机低沉的响声静静地覆盖了整个房间。阿望低低地叹息了一声。

"明白了。像以往做检查时那样做就可以了，是吗？"

无论如何，她都不能不去救助自己的父亲。再怎么讨厌那种检查，检查本身也并非伴随着痛苦。自己是"实验品"的这种令人厌恶的想法，只要再忍耐一次，也就万事大吉了。阿望简单地得出了这种结论。

桂子否定似的摇了摇头。

"阿望啊，这次和一般的检查不同。与'消失了的城镇'之间的壁垒只是暂时打破而已。如果搜索你父亲的时间过长，你就会猛地受到污染。污染如果蓄积下来，总有一天，就会像我一样……即便如此，你也还是下定了决心，想要进入城镇里去吗？"

一种对污染源于本能的抗拒心理袭遍阿望的周身。污染作为污秽之物，一直为人们所忌讳。她的眼前浮现出桂子隐藏在太阳镜后面的白浊眸子。如果持续受到污染，总有一天自己也会……阿望不禁浑身颤抖起来。见此光景，桂子告诫道：

"还有时间考虑。要做好让两个'城镇'相互连接的准备，至少也需要三天左右的时间。你先好好考虑考虑吧。"

翌晨，睁开眼睛的阿望，透过房间的窗户俯视着窗外的景致。眼下，带有春季特有的那种薄薄雾霭的大气，使得街景看上去一片溟蒙。她对耸立在中央山冈上的塔影有些印象，那是消失了的城镇——月濑的高射炮塔。

昨天刚认识的那个叫做和宏的男人正在晒台上调整一件乐器类的东西。阿望被吸引到晒台上。男人的脸上露出孩子般天真无邪的笑靥，为阿望让出椅子。

在昨晚被送到客栈的车子里，阿望从桂子那里得知，和宏之所以不能开口讲话，是因为受到了"城镇"的污染。来到此地以后，她才知道了许多活生生的关于污染的事情，为此她的心境极为复杂。

"那东西，是乐器吗？能弹个曲子让我听听吗？"

应阿望所邀，和宏拿起了乐器。这是一把古旧的外国弦乐器。简直就像是为他定做的一般，看上去是那样的合适。看得出他与乐器之间相互信任有加。

纤长的手指在乐器上跳跃着。乐声好似一股轻柔的风轻轻吹来，包裹住了阿望的躯体。那乐声犹如施舍下来的丰润雨水，令阿望心旷神怡，贯穿了她的整个心灵。她的体内涌出一股被轻轻推动着的漂浮感。就在接下来的一瞬间里，阿望"飞了起来"。

意识乘着乐声，在已经消失了的城镇里自由飞翔着。在从上空鸟瞰了高射炮塔后，遂一气向地面俯冲下来，紧挨着地面，滑翔般来到覆盖着杂草的大街上。

于是阿望听到了。她听到了滴落在家家户户颓败屋脊上的雨音；她听到了吹向各种树木的风声——那些树木正在芊绵茂密地恣意生长，做着回归原始森林的美梦；接下来她便听到了潜藏在所有的音背后的"城镇"的意志。

和宏的心，如今也与"城镇"连在了一起。他所编织出来的乐声，甚至可以令听者的心同样自由自在地飞向城镇。

乐声停止了，阿望也再次"回到"了晒台上。她暂时失去了注视的目标，片刻时光里，一直处在呆然若失的状态下。直至看到了和宏近在咫尺的笑脸后，这才终于恢复了自我，拼命地拍起手来。和宏将手放到胸前施了一礼，似乎在说"谢谢"。

凭依着晒台的栅栏，阿望俯瞰着城镇。这是一座矮屋脊鳞次栉比，随处可见的地方城镇。在这极为普通的风景背后，是已经消失了的数万人口、因为受到污染而痛苦不堪的和宏以及像由佳大夫和桂子阿姨那样为了阻止消失而多方奔走的人们。

本以为自己今后的一生都与消失无缘，不料想自己却正处在与消失有关的人们的中央。为此，一股说不出是恐惧还是困惑的无名的情感席卷了阿望。

从下面的林子里传来了声响。有人正拨开繁茂的林木向山冈上攀来。片刻后，有人走了上来。原来是在列车中遇到的那个男孩阿响。他正以洋洋得意的表情，睨视着脚下的灌木丛。稍迟片刻攀登上来的，是女孩阿响。

隔了许久以后，两个孩子的父亲才气喘吁吁地登了上来。

"早上出去散了一会儿步。我们想效仿阿茜走走这条近道，可是却有点迷路了。不过也多亏了迷路，这才正儿八经地运动了一会儿！"

他一边拂去粘在头上的蜘蛛网，一边哎呀哎呀失意地擦拭着额头上的汗水。他们所说的将要住宿的山上客栈就是待风亭。看到阿望以后，三个人的脸上并未显露出特别惊讶的表情，就好像阿望待在这里是理所当然的。他们很自然地与阿望交谈起来。听到声音后，阿茜也走了出来。两个阿响仿佛是这家客栈的常客，立即缠住阿茜与和宏不再离开。

"那么，好啦，开始今天的训练吧！"被阿茜唤作英明的男人拍着手，催促着两个阿响。

"今天该我留下了吧？"男孩阿响这样说着拽住了和宏的胳膊。

"那么，我和爸爸去河滩。对吗？"

"那就二十分钟后，也就是从十点三十分开始吧。"

英明对和宏说。接着便打算和女孩阿响一起离开晒台。他转过身来问道：

"阿望不跟我们一起去吗？"

虽然不知道要去何处，阿望还是点了点头。英明熟稔地钻进了客栈的汽车。他让女孩阿响坐在副驾驶席上，让阿望坐在了后排座位上。

一直连接到越岭道路的小路尚未铺修，汽车一路颠簸着向前驶去。来到铺修好了的道路上以后，便朝着都川市街，经由岭上的道路开了下去。

　　车子停在了河滩的停车场上，三个人走下了汽车。

　　"还差几分钟？"阿响窥望着英明的手表问。

　　"还有三分钟啊。做好准备吧。"

　　"好——的！"

　　从汽车的后备箱里取出野外休闲用席子和写生簿后，阿响便在铺展开来的席子上脱掉鞋子躺了下来。她将写生簿抱在胸前，静静地闭着眼睛。

　　"还差十秒……五、四、三、二，开始！"

　　英明静静地宣告了"开始"。阿望在稍微隔开一点距离的位置上观察着。她感受不到任何的变化。

　　阿响一动不动地闭着眼睛，好像将精力集中在了某个事物上，似乎不愿放过任何些微的声响。

　　英明以认真的眼神盯着阿响。阿响则仰望着天空。云朵正从月濑镇方向缓缓漂来。

　　一动不动的阿响突然睁开了眼睛。她保持着仰视的姿势，往胸前的写生簿上写着什么。接着，又再次闭上了眼睛。如此这般大约持续了二十分钟。之后又多次重复着上述动作。

　　"阿响，结束了。"英明对阿响说。即便如此，片刻时间里阿响依旧保持着一个"大"字身形，一动不动地躺在那里。也许是精神过度集中过后的一种朦胧状态吧。英明抱起了阿响，将热水瓶中的茶水倒进茶杯内，把茶杯放到阿响的手上说道：

"喏，喝杯茶吧。"

"在那之前，我要先和爸爸对一下答案。"

"啊，可也是！"

英明从裤兜里取出一张纸片递给了阿响。女孩阿响精力疲惫地将写在纸片上的文字和自己写在写生簿上的文字对比着。在翻页的过程中，她的表情阴沉下来。

"啊，没有以前好啊！"

她怄气似的将写生簿抛到一边，再次躺成"大"字形，深深地喘了一口粗气。

"说来'城镇'的意识也是有波动的。所以不可能每次都得出好结果。我们只能慢慢地、踏踏实实地，总之……"英明抬头仰望着天空，"还有好多的路要走啊！早呢早呢！"

"方才做的是什么？"接过茶杯后，阿望道出了自己的疑问。

"你是否知道，在'分离者'之间会出现一种被称作'心灵感应'的现象。"

知之不多的阿望摇了摇头。英明向她解释道：

"所谓'心灵感应'，据说就是产生在分离者之间的一种共有感觉。分离就是将原本存在着的某个个体，为便利起见将其置换成了两个身体。因此，连意识都被彻底分离的例子十分少见。世上的分离者大都保持着原来的部分'意识粘连'状态。"

这种"粘连"就是产生俗称"心灵感应"的原因。表现方法则根据分离者的不同而各异。比如，以感情为核心的例子有：如果分离者某一方观看电影时感动得流下了热泪，那么，另一方无论相距多远，也会毫无理由地流下眼泪；再比如，如果某一方访问了某一特定的地点，那么另一方也笃定会在几天内造访同一地点。在列车上两个阿响表现出来的同步现象就是最为典型的例子。

"方才做的，是这样一种训练——待在客栈的阿响将其想要表达的想法通过和宏的演奏，让它飞向月濑镇，再看这边的阿响能在怎样一种程度上，不受'城镇'的干扰，把它正确地记录下来。"

"为什么要进行这种训练呢？"

"为的是能在阻止下次消失时发挥作用。如今我们正在进行这种练习。"英明并没有刻意隐瞒的意思。

"是让自己的孩子给管理局做实验品。对吗？"

阿望联想到了自己，话语不由得尖刻起来。

"可不！正是如此。我觉得自己不是一个好父亲啊。"英明坦然承认道。接着，便把呈"大"字形躺在那里的阿响抱了起来。

英明让阿响睡在后面的座席上，阿望则坐在了副驾驶席位上。英明一面开车，一面向阿望讲述了两个阿响的"分离"缘由。

阿响的母亲说来也是一个"分离者"。在"城镇消失"的时候，理应诞生在这个世上的女孩阿响，与母亲一起从城镇上消失了。但是两年以后，她的意识却钻进了另一个母亲生下的男孩阿响体内。

或许是想对训练做一番褒奖，英明把车子开向了冰淇淋店。吃了特制三层冰淇淋后，阿响总算恢复了精神。

"喂，爸爸，让我在这儿下车。"在山麓的十字路口，阿响突然这样说道，"我心情变好了，想运动运动走着回去。"

"还是想走那条路吗？多加小心呀！"

"阿望姐不和我一起去吗？"

在阿响的邀请下，阿望也下了车。望着汽车消失在翻越山岭的道路上以后，二人迈开了脚步。

"我说，阿响！你是怎么知道我名字的呢？"

阿望一边与阿响一起行走，一边提出了这个一直萦绕在脑际的疑问。

"哎，嗯。我无意中就知道了。"巧妙地岔开话头后，阿响开始连蹦带跳地有节奏地向山上登去。

道路笔直地穿过横陈于一大片山冈斜坡上已经不算新的新型住宅街，不久后就分化成通往林间的小路。阿响已经完全恢复了体力，轻车熟路地在并无道路的山坡上向上攀登着。为了不落下，阿望用尽了全身的力气。

"我说，阿响，等等我呀！"

听到阿望的呼叫后，阿响这才停住了脚步。被阿响拉了一把后，阿望总算登上了一个很大的坎儿，之后便立时瘫倒在那里。

就在阿望调整呼吸的当儿，她觉得似乎有人正从山冈上走下。拨开矮矮的树丛，男孩阿响的脸蛋露了出来。

"果然啊！我就合计着会从这儿上来嘛。"

男孩阿响的脸上稍稍流露出得意的神色，立刻向姐姐阿响提出了要对照方才训练答案的要求。当他看到姐姐的成绩不甚理想后，脸上露出了极为不满的样子。

"你认真做了吗？"

"对不起了，状态好像有点不佳呀，下次努力！"

二人认真地交流着训练结果，沿着山路攀登上去。

"喂，我说，你们真的觉得即便那样也无所谓吗？"

在总算来到客栈的晒台上以后，阿望气喘吁吁地向两个阿望提出了自己的疑问。

"你说的'即便那样'指的是什么呀？"

二人的脸上全都露出茫然之色，似乎不理解阿望的意思。

"你们那么认真，到底是在为谁忙碌嘛？我的意思是：对父亲啦，对管理局啦，对他们的指示你们唯命是从。对你们来说，围绕着消失这件事，今后无论干到什么时候都无所谓。是这样吗？到时后悔可没人管啊！"

阿望，作为一个年纪稍长的人，作为一个与消失有关联的人，语气中已经包含了训诫的意味。她甚至想对对方说，你们可千万别上当啊！

然而，两个阿响面朝阿望，脸上反倒露出了怜悯的神情。

"阿望姐的想法不对头呦！在决定某件事时还要一一考虑为什么吗？最重要的是自己想不想做那件事情。难道不是吗？"

两个阿响手拉着手跑开了。阿望一个人被撇留在那里。她低头俯视着月濑镇，不由得一声叹息。

阿望走进了客栈。阿茜叼着没有点燃的香烟叫住了她，看样子似乎有些不好意思，或许还在介怀昨天揪打阿望那件事吧。

"昨天对不起了！"

"哪里，是我不好！"

"其实啊，我有件东西想让你看看。"

阿茜抱着阿望的肩头，把她引领到连接着客栈的偏房里。那里是阿茜与和宏的寓所。房间里已经有了一位先到的客人。解除了感情抑制的桂子以温和的笑脸迎接了阿望。

房间里摆满了各种尺寸的画作。有的已被装进画框内装饰起来，有的则杂乱无章地立在墙边。看那淡淡的笔致，大约是出自同一位画家之手吧。

"风景画，不过，这些……"

画的是没有人烟的、荒芜了的街道。阿望觉得最近自己似乎看到过这些风景。

"没错。这就是月濑眼下的景色。和宏只能画它。他的心如今仍被'城镇'抓在手里。因此，他能够自由自在地使自己的意识飞向城镇，并看到城镇的风景。"

阿茜抱着胳膊，仿佛在保护贵重物品似的目不转睛地看着画作。

墙壁上还装饰着几张照片。其中的一张，似乎是拍摄于客栈的晒台上，是一位老人的肖像照。

"阿茜阿姨，他是谁呀？"

"他叫中西，是我的前任——待风亭的第一任老板。从中西先生时代起，这个客栈就制定了一个方针，那就是它要接受那些在城镇上失去了亲人，而悲伤的情感又无法表露的人。我与和宏继承了这个方针。"

老人的脸上浮现出慈祥柔和的微笑。

"我怎么觉着自己感受到了他对这个客栈的思念之情呢！这位爷爷已经去世了吗？"

阿茜将手中的香烟摁到烟灰缸里，颔首说道：

368

"嗯，大约是在消失发生后的第四个年头吧。中西先生啊，因为城镇的消失，失去了自己家里所有的亲人。我与和宏帮助他好歹才让客栈走上了轨道。就在那时，他突然就⋯⋯咳！这张照片正好就是在他逝世十天前请摄影师胁坂先生拍下的。"

这位摄影师的名字阿望还是头一次听说，但阿望却知道他是谁。因为装饰在旁边的另一张照片她曾经看到过。

以一张城镇上的高射炮塔画为背景，一名女子笑容可掬地坐在椅子上。这是阿望以前在那个画廊看到过的年轻时代的桂子阿姨。

"您说的胁坂先生，就是那位赫赫有名的独臂摄影师吧？"

"是的。她是桂子女士的丈夫！"

阿望吃惊地回过头来看着桂子。

"桂子阿姨已经结婚了呀！"

戴着太阳镜的桂子轻轻点了点头。

"记得他，确实是⋯⋯在战争中⋯⋯"阿望的语尾不禁含混不清起来。

"唉，是的。在拍摄内战照片期间，他遭遇了不幸。因此，两人的婚姻生活也就五年左右。更何况胁坂还是一位旅行摄影师，因此，待在一起的时光屈指可数。"

"可不是嘛！"

对于在管理局工作，并且是消失抗性持有者的桂子来说，能够邂逅一个爱她、理解她的男人，恐怕已经是个奇迹了。然而，爱人却居然说没就没了。桂子该是多么的悲戚哀伤啊！同为消失抗性持有者的阿望终于向桂子投去了同情的目光。

然而，桂子正在用自己已经失明了的眸子目不转睛地看着照片，脸上流露出恬淡满足的神情，根本就没有余心接受别人的同情。二人是怎样邂逅的，又是怎样度过了那段短暂的婚姻生活呢？看着眼前的桂子，阿望在心中想像着两人认真度过的那段厚重凝缩了的幸福时光。

桂子的视线转向了中西的照片。

"管理局曾给中西先生添过很多麻烦。也没能好好地为中西先生送别……"

"啊，那是因为来得太突然嘛！不过，正是因为桂子女士和胁坂先生前来向中西先生汇报结婚的喜讯，这才有机会拍下了这张照片呀！"

阿茜眷恋似的轻轻地抚摸着相框。她切实地继承了脸上洋溢着祥和笑容的中西的遗志。

"和宏有个礼物要送给阿望。"

阿茜拿出了一张已被镶进相框里的画。这也是一张同样画着山冈上高射炮塔的画，只是尺寸不同而已。但是，还有一个巨大的不同。那就是画上画着人物。有三个人伫立在已经消失了的城镇中。

"莫非这是桂子阿姨和阿茜阿姨年轻的时候？"

"是的，是在十三年前城镇消失不久后的时候。那么还有一个人，你认为会是谁呢？"

那是一个剪着短发的女孩的背影，正在仰脸看着炮塔。年龄也就三岁左右吧？如果是十三年前的话……

"莫非，是我不成？"

一副"猜猜看"表情的阿茜脸上浮现出笑意，点了点头。

据说为了寻找一个消失了的人，和宏打破禁忌闯进城镇里。为了救出和宏，就是三岁的阿望引导阿茜闯进城镇的。

"阿望啊，你可是和宏的救命恩人呀！"

视界慢慢开阔了。

阿望正伫立在延伸至山丘的路上。耸立在眼前山顶上的，是经历过时代洗礼的石造高射炮塔。月亮正在将冷硬的光洒落在塔上。

这是在做检查时肯定要出现的风景。片刻里，阿望精神恍惚地仰望着炮塔。然而不知为何，阿望突然意识到了自己待在这里的原因，遂摇了摇头恢复了自我。

那里是阿望的"内在城镇"。打那以后过了三天，瞅准与"城镇"的亲和性上升到高潮的时机，阿望进入了自己的"内在城镇"，为的是取回父亲的意识。

阿望再次环顾着周遭。虽说是看过多遍的风景，但在意识到这是自己"内在城镇"后的观望尚属首次。这里与阿望数日前闯入的真正城镇毫无二致。一片杳无人烟、经历过岁月洗礼后的广袤荒凉景象。她觉得有些头晕，脚跟不稳，因为她没有想到在自己的身体内部还存在着如此广袤的世界。

视界的焦点偏离了。本来笔直地站立在那里，却觉得地轴似乎摇晃起来。这恐怕是源于管理局的体外操作——他们正在对阿望"内在城镇"的壁垒做拆除作业吧。

片刻后，晃动的焦点重合在一起，两个"城镇"合二为一了。

"时限是五分钟！"

可以避开"城镇"的意识感知，使两个"城镇"重合在一起的时间只有三百秒。阿望必须在这段时间内找到父亲。

为了发现父亲的身影，阿望在被杂草覆盖着的柏油马路上飞奔起来。她来到落叶高高堆积的岔道上，顺着时而显现出塌落房屋的街道挨家挨户地搜寻着。

虽说是一个狭小的城镇，却也很难在短短的五分钟时间内将不知身在何处的父亲寻觅出来。她产生了一种错觉，觉得时间正在捉弄人似的流逝过去。她觉得时间那黏黏嗒嗒的声音正在向自己逼近。

"爸爸，您在哪里呀？"阿望身不由己地发出焦虑的声音。她或多或少地产生了这样一种想法：她觉得父亲干了一件多此一举的事情。她当然理解，父亲之所以这么做，是因为担心她。但是，如果不是因为父亲丝毫不计后果地跑出来，自己又哪能遭这份儿罪呢？责难的想法终于冒了出来。

时限正在迫近。阿望不知道该去哪里寻找父亲才好。她回到大马路上呼唤着父亲的名字。

蓦地，一股恶寒向阿望袭来。一个冰冷透明的物体倏然穿过她的体内。

什么呀？方才那个物体。她窥望着周遭。消失了的城镇毫无变化一如故我。没有风声，万籁俱寂。在凝固了的大气背后，阿望感觉到了一个正在虎视眈眈觊觎自己的物体。那个物体正在蠢蠢欲动，仿佛总算意识到了阿望正"存在"于这里。

是"城镇"！肉眼难以看见的"城镇"触手的先端，正在冰冷地向阿望袭来。阿望挣扎着想要摆脱，目光突然不由自主地被空中的某个物体所吸引。那是一轮大于以往数倍、膨胀而且变了形的椭圆形月亮。那分外清澈的月光，就是"城镇"冷彻残酷的意志本身。阿望陷入触手的包围网中，她走投无路，藏匿无门，只好蹲在原地抱住了自己的头颅。

快来救我！谁来救救我呀！

"姐姐，你是从心里相信爸爸吗？你必须相信他，否则你就难以找到他！"

耳畔竟意想不到地传来了话语声。是两个阿响同步的声音。他们的话语伴着和宏古乐器的音色飘进阿望的耳郭。

相信爸爸吗？我，相信爸爸吗？

无须自问——自己眼下就待在这里，与父亲之间的芥蒂并未完全消除。但是，和宏的乐音已经直接响彻阿望的心底，正欲温暖阿望的心田。

阿望曾经一直固执地拒绝着与消失有关的所有一切。可是，当她来到此地，接触了那些已经不在乎消失、污染的污秽以及恐怖，并正在奋力与消失进行针锋相对抗争的人们，她才开始意识到那绝不是飞来横祸或命中注定。

让自己的心飞向"城镇"吧！无须恐惧！

耳边响起了似曾听过的鼓励自己的话语声。不知为何，阿望确信这是和宏发出的声音。

阿望下定决心点了点头站起身来。让心灵乘着和宏的乐声飞翔起来。那乐音与阿望一起陡然冲进了云霄，从空中俯瞰着城镇。不知为何，即将伸向阿望的"城镇"触手消失了。

在耸立着高射炮塔的山脚下，阿望发现了父亲信也的身影。他正呆然蹲坐在道旁。

"爸爸！"

阿望摇晃着父亲的肩头想要唤回他的意识。信也抬起头来，脸上虽然一如既往地浮现出怯懦的笑意，但却似乎并未看到阿望。

阿望干脆拍打着父亲的脸颊喊道：

"爸爸，跟我回去！"

睁开眼后，阿望发现连接在自己身上的复杂的软线已被拆除。母亲弓香正以和以往无异的淡淡的表情坐在自己的枕边，像以往早上起床时一样，向阿望问候了早安。看了看表，已经是早上。

"妈妈，爸爸的意识恢复了吗？"

大约彻夜未眠的弓香静静地摇了摇头。

在母亲的搀扶下，阿望步履蹒跚地向睡在旁边病床上的父亲身边走去。桂子正坐在父亲的枕边。

父亲仿佛正处于安静的睡眠状态下，看不到苏醒的迹象。

"桂子阿姨，该不会是我失败了吧？"

桂子的唇边先是显露出抑制感情的一本正经的神态，接着便解除了抑制，微笑着说道：

"阿望，你试着喊声爸爸看！"

阿望将脸凑到父亲的耳边。说些什么呢？在思考了片刻以后，她说道：

"父亲，请归来！"

信也缓缓地睁开了眼睛。脸上浮现出一如既往的懦弱笑靥，像个孩子似的说道：

"喂，阿望！不许使用那么正经的敬语！应该叫爸！"

阿望抱住信也的脖子喊道：

"爸爸，您总算回来了！"

当一家三口乘上出租车，告知司机要去待风亭客栈后，司机露骨地皱起了眉头。

"我可是不想去那种地方啊！"

"不好意思，求您了！"父亲信也以卑微的语调恳求着，难以想像他平日里竟是一个被人尊称为老板的人。阿望在心中自语：您就说得再威风一点又有何不可？

出租车穿过中心街，驶过了架在都川上的大桥。已经可以看到建造在山腰上的那座白色建筑物——待风亭了。司机再次开口说道：

"你们也一样，要是住在那种地方，会被污染的！"

听了司机带有忠告意味的话后，阿望不禁心头冒火，想要开口反驳几句。但是，父亲信也已经抢先开了口。

"请你把车子停在这里。"

"哎？可是，还……"

"你就别管了，在这里停下来！"

听了信也彬彬有礼，但却语气强硬的话后，司机将车子停在了路边。司机面露不解的神色，信也将车费塞给对方，从车上走了下来。阿望和弓香也自然紧随其后。

信也以沉静但却坚定的语调说道：

"你根本就不了解实际情况，却只是凭借臆测和偏见轻视与消失有瓜葛的人。你心灵上受到的污染更为严重！"

司机脸上露出一抹愠色，粗暴地掉转车头，绝尘而去。

"那么，我们怎么办呢？"信也将弱弱的笑脸转向阿望和弓香。

这里是山麓的十字路口。阿望率先迈开了脚步，仿佛在说，交给我好了。"这里有条近路。"

看到父女三人登上山来，阿茜以惊诧的神情欢迎了阿望一家。看到信也的脸后，阿茜露出了若有所思的样子。

"我怎么觉得好像在哪儿见过您呢……"

"可不，说来我也有这种感觉。"

"该不会是在月濑一起干过回收工作的，哎，叫什么来着？对了！您不是信也先生么？怎么，您就是阿望的父亲？"

"哎？莫非你是阿茜？"

二人追溯往昔，为这令人怀念的重逢而欢欣不已。

"阿望姐，你回来了！"

"阿望姐，你回来了！"

两个阿响异口同声地欢迎着阿望。他们那句"你回来了"的含义，阿望心中了然。

"这个……谢谢你们了。你们帮助了我。"

面对面地道谢未免令人羞赧，她不由错开了自己的视线。两个阿响面面相觑着咔咔一声笑了起来。

"听我说呀，你们呀，在列车上见到我时，就已经知道了我的事，是吗？"

"当然!"

"当然!"

两人异口同声理所当然似的挺起了胸脯。

"阿望姐,往后也得加油啊!"似乎看透了阿望的心理变化,两个阿响这样说道。

傍晚,由佳大夫和长仓勇治与桂子一齐赶了过来。

就早春而言,这是一个温暖之夜。

晒台的桌子上摆满了餐具,人们全都到齐了。阿茜与和宏、桂子、由佳大夫和勇治、英明和两个阿响,还有阿望和父母。年龄各异、人生际遇迥然不同的人们聚集在这里。他们虽然立场和思想不同,却都是与"消失的城镇"有关联的人。

虽然很忙碌,阿茜与和宏还是以心满意足的表情一次次端出饭菜。阿望回忆起了方才那个出租车司机的态度。对与消失有关的事物的歧视和偏见已经根深蒂固地扎根在人们的心底,难以拂去。十三年来,这二人一直坚守在待风亭接待着那些无法对失去的人们表示悲哀之情的人们,他们不知度过了多少令人生厌的日子。

不过,阿望却喜欢阿茜与和宏,因为他们丝毫也不让人感到忧郁。

为庆祝众人齐聚一堂,大家享用到了"初穗茶",干了杯。经过发酵蒸馏后已经含有酒精的茶水令阿望满面绯红。

两个阿响好像是第一次见到长仓勇治。他们一会儿缠着他签字,一会儿又和他合影,忙得不亦乐乎。也许是兴奋之故,二人的同步行为大大高于以往,看上去有些怪怪的。

由佳大夫一边饶有兴致地看着脸上浮现出困惑的笑意陪伴两个阿响玩耍的勇治，一边坐在了阿望的身边。

"听说阿望去'迎接'自己的爸爸了，是吗？"

"是的。摊上个鲁莽的父亲，女儿只好辛苦了。"阿望装模作样地板着面孔说。由佳不由得在喉咙深处笑了起来。

"可是，阿望的鲁莽，与父亲相比，也不遑多让不是！"

"也许啊！"

信也点头哈腰地与英明及勇治对酌周旋着。态度虽然一如既往，然而阿望对父亲这种举止的火气已经消失了。

"这个……由佳大夫，让您操了不少心，真是不好意思。"

由佳笑着摇了摇头。

"因为一下子突然知道了那么多事嘛！没有办法呀。不过阿望啊，来到这里以后，你对消失和消失了的城镇的看法，是不是多少有了一些改变呢？"

阿望颔首。她向由佳问起了那个一直想问的问题。

"我说，由佳大夫，您选择在管理局工作，有没有后悔过呢？"

由佳手执茶杯，脸上飘着微微的红晕，若有所思地遥望着远方说道：

"确实呀，管理局的工作，常常与城镇的污染为邻，周围又存在着偏见，坚持下来确实不易呀！可是，选择这个工作我一次都没有后悔过。"

话语自然，既无争强好胜之意，也没有丝毫的游移。

"大夫最重要的好朋友不是因为城镇的消失而消失了吗？可是，消失已经过去了十多年，只是凭借着那股心劲儿能够坚持这么多年吗？"

"你稍微等等。"由佳大夫说。接着便站了起来，不知跟和宏说了句什么。片刻以后，由佳大夫手里拿着和宏的弦乐器折返回来。

"这个乐器是一把古乐器。它原先的主人，就是因为那场消失而不在了的我的朋友阿润。是和宏先生继承了这把乐器。人虽然失去了，但是思想却可以承继下来。我就是秉承了阿润的思想，为了解开消失之谜而待在管理局里的。当然，有时也迷茫，有时也苦闷哦！可是，因为有人支持我的想法……"

由佳大夫以羞涩的表情目不转睛地看着勇治。

"阿望，今天汇集到这里的人们，全都因为城镇的消失失去了自己一生中最为重要的人。人，有时就会毫无道理地失去什么，没有谁能够阻止。虽如此，我们还是应该考虑在消失的瞬间到来之前，毫不气馁地奋力'生存'下去。所以我才在管理局工作呀！当然，阿望的人生属于阿望自己，不能说因为你是一个具有消失抗性的人，所以就有义务参与到对抗消失的队伍中来。不过，和宏先生或阿响他们，也包括阿望你，如果你们能够拧成一股绳的话，或许就能够阻止下一次消失的出现。这样说可能有些太随意了，你的存在就是我们大家的'希望'。"

由佳大夫将古乐器抱在胸前，仰望着天空。在春天的空气里，月亮看上去有些朦胧。朦胧的月光照射在大地上。阿望站起身来，凭依在栅栏上。山下的月濑，在月光下一片静寂。

"为了别人而活着，够了。"阿望在兀自呢喃。讨厌做社会福利义工的想法一如既往。但是，眼下的阿望似乎理解了自己当初为什么会有那种想法。

在学校时，他们会定期探访残疾人和为空巢老人建设的设施。

那里的人们被定义为"不幸的人们"。而身为"幸福之人"的自己要对那些人施舍。这种感觉令她厌恶。

城镇的消失亦然。阿望将与消失了的城镇有关联的人定义为"不幸的人们"。作为一种污秽之物,消失或者污染为人们所避忌。她甚至毫无接近管理局的想法,因为管理局一马当先地力图接近那种污秽之物。

可是,这里的这些人……阿望回过头来,望着聚集在晒台上的人们。

这些人都被不可抗拒的命运摆弄着,但他们却选择了与消失有关的工作,并且一步一步地走到今天。在他们的身上找不到丝毫不幸的阴影。他们在各自应该走的道路上,缅怀着失去了的人们,以继承消失了的人们的思想为使命生存至今。

阿望知道,城镇的消失,如果听之任之的话,就会有新的人们卷入消失事件中。她也知道,必须有人针锋相对地与消失进行搏斗。可是,在阿望的心中迄今为止从未萌生过那个人必须是自己的想法。

不过……阿望心想,不过,如果这样做并非是为了他人,而是为了自己不得不走出的人生一步的话……

晒台上,有的人坐在椅子上,有的人依偎着栅栏。他们双目闭合,聆听着乐声。

和宏的脸上飘逸着令人联想到坐禅的安静微笑,细长的手指正在缓缓地编织出顺风而去的悠然乐声。

那仿佛融入夜空一般的音色,正或远或近地、轻柔拥抱般地包裹住了人们。就连阿望心中的疙瘩，都似乎已经消融了。

那音色并非只是起到单纯的疗愈效果。它知晓人笃定会有难以治愈的悲伤或痛苦。那音色具有穿透力，它告诉大家即便拥有悲伤和痛苦，也必须继续前进。

据说古乐器的乐声可以驮载人们的思想。古乐器的音色，超越了时空，弹奏出人们的思绪，编织出美丽图案。阿望觉得，自己在音色中看到了无数个与消失有关的人的身影。

阿望回过头来，俯视着已经消失了的城镇。不必说，在那个月光笼罩的无人城镇中，没有亮光，没有声响，只有无声无语的一片静谧。她默然无语。

即便如此，她仍然觉得自己感受到了城镇中人的气息。虽然不得不听从消失这一命运的安排，人们却将希望维系到未来。

人即便消失了，希望也将会被承继下去。有些东西是绝对不会消失的——阿望如是想。

仿佛受到了古乐器音色的诱导，来自城镇的风登上了山冈，摇曳着阿望的刘海。

尾声暨序曲

"在天黑以前，你可要赶回来呀！"

听了姐姐的话后，阿润说了句"知道了"。接着便用一只胳膊挥了挥手，骑着自行车离开了家门。

"今夜终于……"一声轻微的叹息过后，他抬起头来仰望着夜空。虽然已是四月，阿润口中呼出的气息，看上去仍然有些发白，飘荡在冬意尚存、几乎就要冻结了一般的天空里。

今夜，月濑将要消失。这件事阿润和他的父母自不必说，城镇上的人无人不知无人不晓。但是，却没有谁想要说出口来。大家全都把它视为一种命运接受下来。因为那是"城镇"的意志。

实际上，阿润在直接面对城镇的消失之前，曾在内心深处瞧不起以往那些与城镇一起消失了的人们。他曾这样想过：如果遇到了那种情况，他将单独与"城镇"进行搏斗。

但是现在他理解了："城镇"拥有一种难以想像的强大意志，它可以强迫人们服从它的意志。

在碰到城镇居民以外的人时，他曾多次尝试过要将这一信息传达给对方。他想告诉对方："月濑即将消失！请您汇报给管理局！"然而徒劳无益。他想利用电话或信件、邮件以及他可以想到的其他所有手段，将城镇即将消失的信息传达给外界，但是，"城镇"的意志从阿润的口中夺走了他的声音，从他的手上夺走了书写文字的力量。

"城镇"的意志具有压倒性威力，而且毫不动摇。阿润既无法逃走，也无力抵抗，只能一败涂地。月濑镇将于今夜席卷一切彻底消失。

他往自己踩着脚踏板的脚上铆足了力气。早春的黎明，城镇上飘逸着清新宁静的空气。连它们似乎也都做好了消失的准备。

城镇上的人们迎来了与以往无异的周六黎明。一个看上去已经退休的一家之主，正在擦洗他再也无法驾驶的汽车；一位领着小女孩的太太，为了购买明天做饭的食材，正在向超市走去——尽管她明天已经不可能再站在厨房准备餐食。所有的人脸上都没有显露出悲哀的神色。"城镇"甚至不允许人们显露出悲伤的表情。

阿润在一家店铺前下了自行车。这是一家餐馆，店名叫做"Long Field"。就像笑话一样，据说其中的"long"竟然取自店主长野先生的姓氏。这是一家常年坚持原始风味的老店。历经了祖孙三代之手，店铺不乏熟客光顾。

阿润走近挂着"准备中"牌子的店铺窗子，敲了敲窗户。窗户里侧出现了一个系着围裙、挽着袖子、身材修长的男人。

"和宏，在都川举办的个人作品展是从明天开始，对吗？"

和宏的脸上露出与以往无异的温和笑靥，点了点头。阿润卸下背着的帆布背包，从里面拿出十几张录音光盘。

"这些，我拿来了。"

"什么呀？这是。"

"给你的画配的音乐。开画展时放一下听听好了。"

"是吗？谢谢！那我就借用一下啦！"

接下来阿润又从背包内取出一把已经把背包撑得变了形的古乐器，硬塞一般把它递到和宏手里。

"还有这个，你能把它留下吗？它现在已经完全适应你了呀！"

"可是，这是阿润你不能舍手的东西，所以……"话到中途，和宏突然打住了话头，因为阿润今后已经不能再弹奏这把古乐器了。

阿润成熟温和地笑着说：

"和宏你会'留'下来的，对吧？"

和宏静静地点了点头。在今夜城镇消失的时刻如果离开城镇，和宏就可以免遭消失之难。但是，谁人留下谁人消失，连这些"城镇"都已俨然做出了安排。和宏将不会消失。阿润是从姐姐那里听到这一消息的。

"我要是有本事传达你们这些即将消失的人的思想就好了。可是消失出现后，自己心中对你的记忆、对你姐姐的记忆，都会被'城镇'给夺走的。"

"你跟我姐好好告别了吗？"

"嗯！只是，虽说是告别了，却产生不了什么实际感受。"

和宏的脸上与以往无异，再次浮现出温和的笑意。"城镇"甚至夺走了人们悲哀的表情。

与阿润被夺走姐姐相比，明知恋人将被夺走却又束手无策的和宏，其心境理应更为痛苦。

与和宏分手后，阿润再次骑上了自行车。将光盘和古乐器交给和宏以后，后背背包里的物品就只剩下了一个。身子变轻了的阿润，在自行车上站立起来，踩着脚蹬子，一口气登上了都川的堤坝斜坡。

来到堤坝上以后，一股冷风迎面扑来，泪水不禁涌出。他眯缝起眼睛。一大片广袤的河床风景展现在眼前。

顺着堤坝的斜坡，自行车一气滑了下去，在没有铺修的地面上，自行车猛烈地弹跳着。他明显地感觉出了在后背上晃动着的背包内物体的分量。

沿河床大约骑行了一半以后，阿润甩掉自行车，徒步向水边走去。

在靠近大海的下游，河道变得十分宽阔。在风的吹拂下，河水微波激滟，向阿润的脚下荡来。

阿润从背包内取出了那个最终之物。

那是一个装着纸卷的小玻璃瓶。瓶内的纸卷做过多次防水处理，以使其能够经受得住长途旅行乃至海水的浸泡。瓶子本身也是一样，在被严严实实地用瓶塞堵住之后，还涂抹上了特殊的树脂涂料。

阿润将瓶子举到头顶，好像要让光透过它。接着，便蹲在河边将小瓶轻轻放到水面上。

小瓶在水面上上下漂动时起时落，片刻后，便随波逐流时进时退地在河面上往复漂荡了一阵。又过了一会儿，这才终于确定了行进方向似的慢慢地向下游漂去。

它最终是否能够抵达目的地呢……

小瓶大约会经由都川顺流而下漂过大洋吧？它抵达的最终地点，会是遥远异国他乡的海滨吧？如果走运，它就会被某人拾起；如果那人是个热心肠，就会把它送到由佳的身边吧？不知道这需要几年的时间，而被送到由佳手里的可能性也是微乎其微。

而且，就算它最终被送到了由佳手里，她却无法解读瓶内“信件”的内容也未可知。因为，为了骗过“城镇”，阿润只能采用一种特殊的表现方法。

即便只有万分之一的可能性，阿润也只能赌上一把。今夜，阿润将会消失。但是，必须有人将希望维系到未来。阿润把自己的希望托付给了由佳。

河面上的微波将日光切割成无数道线条。缭乱的反射光晃得阿润眯缝起自己的眼睛。在这个被光包裹着的世界里，小瓶正在缓缓远去，不久，便从视野中消失了。确认完这一切以后，阿润从衣兜内取出了移动电话。

呼叫音鸣响了五次以后，对方接了电话。

“早！怎么了？这个时间打来电话，很少见嘛！”

耳畔响起由佳那存在感十足、令人怀念的可爱声音。阿润不由语塞起来。

“我、今天、晚上、将会、消失。”

如此简单的话语怎么也说不出来。阿润闭上了眼睛。眸子深处浮现出已经深深刻印在脑海里的由佳的形象。对方的形象就好像近在咫尺般立刻就可以忆起，但又像隔着透明玻璃似的可望而不可即。

“希望你能记住我下面说的话。”

“嗯！明白了。”

对于阿润的请求，由佳马上做出了回答。在两人的对话里，绝不会出现“为什么”一类的反问词语。两人之间，一方想将自己的想法传达给对方时，毫无障碍。即便那句话需要数十载以后才能理解，一方也会一直守护好对方的想法。就像迄今为止那样……

阿润想要发话了，他吸了一口气。"城镇"在谨慎地读取他的心声，探寻着"那句话"。当它确认这句话并不是通知消失的意思后，这才允许阿润发出声音。阿润以坚定的语调说道：

"这是尾声，这是序曲。"

听筒中的由佳沉默了片刻。

"由佳！"

"嗯，明白了！我会记住的！"由佳以肯定的语气回答。她理解这句话的那一天会到来吗？如果会，又将会是哪年哪月的事呢？即便如此，阿润也必须把这句话告诉由佳。

切断电话后，阿润再次置身于堤坝的高处。横陈眼前的，是低矮房屋鳞次栉比的月濑镇。

自己也好，这个城镇上的其他人也好，今夜都将消失。既非戏剧性，也无悲壮感，城镇平静的日常生活将于今夜彻底终结。

虽如此，一定会……

人们将消失。但是，消失了的人们的思想一定会有人承继下来。消失不是尾声。从此将会诞生出一个新的序曲。

阿润仰望着深邃的万里晴空。飞往北方的鸟儿排成了一列，那白色耀眼的身姿正在笔直地向前飞翔。阿润的思绪，与那一往无前毫不犹豫的飞翔姿态重合在了一起。

总监室是一个逼仄的长房间，被厚厚的防止污染墙围护着。

总监视线的前方，有两个椭圆形挂钟挂在门楣上方。两个指针，其中的一个只有短针指向十时，另一个只有长针指向三十五分。记录时间的挂钟发出的怪异黏着质声响回荡在室内。自不必说，总监那白色浑浊的眼球，作为"眼睛"已经不再发挥作用。他看不到挂钟。

总监思考了片刻后拿起了听筒。电话连上接线员后，他向对方说道："打开通讯网，与外界隔绝开来。"

听筒内的警告音停止了，墙壁上的红色灯泡变成了红黑色，不停地闪烁着。它意味着"通讯网已经开启"。总监慢慢地摁下号码。呼叫音响过数次以后，对方接了电话。

"……是我。久违啦。"总监发出了温和的声音。即便只是透过听筒，也能够感受到对方的惊诧状。

"几十年未见了呀！比这更重要的是，你居然会找到这里啊！"

"这是因为，以我现在的地位，只要自己愿意，便可以调查任何自己想要调查的事。"

"原来如此！你现在的工作好像很了不起嘛。"

"你我'分开'已经六十年了。真是时光如梭呀。"

"可不是吗！那时还没有'原身'和'分身'一说呢。"

"我们可是不为人知的'分离者'鼻祖啊。"

二人互相通报了一下彼此的近况。手持听筒，身处异地的二人以同样平静的声音，互相倾诉着彼此走过的人生道路。

片刻后，总监以突然意识到了似的声音问道：

"对了，我问你，你现在住在哪里？"

"眼下我在一个叫做都川的河边城市的山冈上开着一家小小的客栈。女儿女婿则住在相邻的一个叫做月濑的小城镇里。对了对了，我还没告诉你我已经有了外孙女的事吧？外孙女已经两岁了。"

"月濑……"

"怎么了？"

话语突然被打断，总监惶惶然继续说道：

"啊，没什么。是这样啊。怎么样，过得还舒心么？"

"啊，感觉是总算找到了安居之所呀。你那边怎么样啊？"

刹那间总监嗫声无语。

"幸福啊！一直在走自己应该走的路。"

贴在总监耳朵上的听筒内，传来了婴儿的哭声，同时还夹杂着喧闹声。

"你闺女两口儿现在在你那儿吗？"

"啊，只是白天过来搭把手帮帮忙。我嘛，就只管照顾外孙女了。"

"是吗！一家团圆的时候打搅你，真是不好意思了。就聊到这儿吧。"

"是吗？可是，你是不是有什么事呢？"

"没有，只是很久没有听到你的声音了，想听一听。那么，将来找空再聊吧！"

"好吧，再联系。"

通话中断了。墙壁上表示"通讯网开放"的红色灯光熄灭了。总监缓慢地放下听筒，将胳膊肘拄在桌上，抱住了自己的头部。

而后，他便吐出了一种似乎出自其胸中苦闷之情的沉重的声音。

"月濑……"

面向传声筒，总监说道：

"白濑秘书，请你到总监室来一趟。"

在只能听到钟表走动声的房间里，总监一动不动地等候着秘书的到来。

沿着已经"硅化"了的器官，意识正在逐步扩大。通过这种意识，他知道秘书已经来到走廊里。对方正在以规规矩矩的步伐向这里走来。他甚至似乎看到了：对方正站在门前，像以往一样把手放到了围巾的扣结上，轻轻地咳嗽了几声。

"白濑秘书奉命前来拜访。"

"允许入室！"

防止污染的双重门打开了，秘书站到了总监的面前。在抑制感情的状态下，对方的脸上毫无表情，但是，她的眼神里却充满了对可以敞开心扉之人的信赖之情。总监仰起脸来。裸眼检索时代留下的宿疾，污染使他的脸上到处都是水肿，一副惨不忍睹状。他的这种惨状只允许白濑秘书等有限的几个人看到。

"希望你汇报一下消失地的情况。"

秘书迟疑地垂下了眼帘。俄顷，才以生硬的语调汇报道：

"在消失预定地月濑，在没有发生任何事情的情况下，新的一天开始了。居民们全都静候着消失那个瞬间的到来。他们甚至没有表现出悲哀的神情……"

声音僵硬似乎并非是为了"抑制"自己，而是因为她压抑着自己就要喷涌而出的感情。

"反抗消失的动向还没出现吗？"

秘书无力地摇着头。只有钟表声回荡在室内，仿佛在毫不留情地预告着消失即将到来之前那段时光的流逝。

"为什么没能更早一点确定出消失地呢？至少也应该搞清消失适

应的初期状态，如果那样的话，就还有机会采取对策……"

"对不起！我们，消失预知委员会的能力有限。我们没能尽早搞清消失候补地。非常遗憾，根据现在管理委员会得到的情报，要想尽早做出预告那是极为困难的。"

秘书的脸上呈现出疲惫至极的神色。

总监也心如明镜。他知道，管理局消失预知委员会的所有成员几乎都是在不分昼夜地与消失进行着斗争。他还知道，白濑秘书为了阻止消失是怎样地四处奔波。

但是，正因为如此，总监才想继续叮问下去。为什么就不能更早一点确定出消失地呢？

"就消失地的状况，要继续做进一步的观察，以达到阻止下次消失发生的目的。"

"明白了！"

"回到工作岗位上去吧！"

秘书将手放到围在脖颈的围巾上，轻轻咳嗽了一声后，转身向门口走去。双重门里侧的门扉伴随着静静的震动打开了。

"桂子！"总监在直呼秘书的名字。背对着总监的桂子停住了脚步，转过身来等待着总监的下文。总监张开嘴巴似乎想要试着说点什么，可是片刻后，又断了念想似的摇了摇头。

"总监，您怎么了？"

秘书解除了抑制感情的屏障，以充满忧郁的孤寂表情注视着总监，目光中充满了对自己信赖之人的情感。总监身不由己地转过脸去，只觉得心如刀绞。

"啊……没什么。回去工作吧。"

"知道了。"

深深地鞠了一躬以后，秘书离开了总监室。即便她的身影消失了，总监也依旧紧紧地盯着门扉方向。

再度孑然一身以后，总监室又被挂钟那黏黏嗒嗒的声响所占据。

他紧紧地盯着墙上的挂钟，仿佛要阻止时间的流逝。两个挂钟全都指向了十一时，令人不得不意识到，它们就是一种将无法阻止的时间流逝具体化的装置。

"再过十二个小时……"

自我确认一般一阵喃喃自语过后，总监站起身来走出了自己的房间。

虽然已经失明，但在了如指掌的管理局内，他不必依靠器官的硅化来扩展自己的意识。他畅通无阻地沿着走廊向前行走，乘上了下行电梯。电梯事先预谋好了似的令常人难以判断是升是降，朝着下方降去。电梯发出了含混不清的声音，先是停在了地下三层，在办理了"许可者确认"手续后，这才继续向更深的地下楼层降去。

最下方楼层，是在管理局的地下深深挖出的一个巨大空洞。

双重防止污染墙上的门打开了，眼前浮现出黝黑深邃的内部空间。由于温度差引起了对流，空气刹那间变得一片白浊，脚下流泻出翻卷的旋涡。

这里是保管库。在巨大的圆筒状空间里，靠着多层墙壁摆放着书架。书架上陈列着污染保管图书。中央部位则是为进行污染搅拌而设计的巨大空洞。

因为是高浓度污染区域，所以即便在管理局内部，能接近这个区域的人也寥寥可数。若在往日，会有一些只是临时穿上污染防护服的服刑人员，将污染图书摆放到书架上。然而今天却看不到他们的身影。

总监沿着螺旋形楼梯缓缓走了下去。脚步声在密闭的保管库中央扩大并回荡着。

越过了写有"封围"字样的门禁后，总监来到保管库的最底层。墙壁书架上摆放着经年累月无人触碰已经开始朽烂的旧书。

"今夜，月濑将要消失。"总监如是嗫嚅。语气中充满了苦涩与绝望。

"怎么搞的！还是跑到这里来了？"

一个拿着拖把的人从他的身后缓缓走近他的身边。是清扫员打扮的园田。

"看上去好像相当感伤啊！嗯？"原田以诙谐的语调揶揄着总监。

"我呀，这三十年间，到底都干了些什么呀？"总监以带有自嘲意味的语调嗫嚅着。如果他的脸上还可以表露出感情的话，大约就会浮现出混杂着苦笑的绝望神色吧。

"今夜的消失已经阻止不了啦。本来我们知道消失这件事，却无法拯救月濑的人们。如果让处于消失适应状态下的居民从城镇中转移出来避难的话，就会产生更为严重的消失连锁反应，使更多的人消失掉……"

仿佛难以忍受下去似的，总监在原地跪了下去。园田将总监的头部抱到自己的腹上，像哄小孩似的慢慢地抚摸着他的头颅。总监则任凭园田抚摸着。

"你已经干得很好了！至少只差一步就能摸到预知消失的门了。月濑的牺牲是无可奈何的事。"

听了原田冰冷的认命话语后，总监就像个天真的幼童似的，极不情愿地摇着头。

"可现在也不是流泪的时候啊。即便这次消失没能阻止得了，可是，还可以阻止下次消失啊；如果下次也不行的话，还有下下次呢。总之要把希望延续下去。这才是你的工作啊！不管怎样你终归还得让她来接你的班不是？"

园田在巨大的保管库内仰望着上方。圆筒形保管库的上方，是一片黝黑的封闭空间，没有一丝光亮，令人联想到黑暗的夜空。

图书在版编目（CIP）数据

消失的城镇／（日）三崎亚记著；帅松生译．
—上海：上海译文出版社，2014.10
ISBN 978−7−5327−6615−4

Ⅰ.① 消… Ⅱ.① 三… ② 帅… Ⅲ.① 长篇小说—日
本—现代 Ⅳ.① I313.45

中国版本图书馆 CIP 数据核字（2014）第 119310 号

"USHINAWARETA MACHI" by AKI Misaki
Copyright © 2009 AKI Misaki
All rights reserved.
Original Japanese edition published in 2009 by Shueisha Inc., Tokyo

This Simplified Chinese edition published by arrangement with Shueisha Inc., Tokyo
in care of Tuttle-Mori Agency, Inc., Tokyo through Bardon-Chinese Media Agency,
Taipei

图字：09−2011−423 号

消失的城镇	［日］三崎亚记 著	出版统筹 赵武平
失われた町	帅松生 译	责任编辑 刘 玮
		装帧设计 尚燕平

上海世纪出版股份有限公司
译文出版社出版
网址：www.yiwen.com.cn
上海世纪出版股份有限公司发行中心发行
200001 上海福建中路 193 号 www.ewen.co
常熟市文化印刷有限公司印刷

开本 890×1240 1/32 印张 12.5 插页 2 字数 198,000
2014 年 10 月第 1 版 2014 年 10 月第 1 次印刷

ISBN 978−7−5327−6615−4/I · 3975
定价：39.00 元